痴人の愛

朗読CD付

谷崎潤一郎

JN174696

海 王 社 文 庫

目次

痴人の愛

一

私はこれから、あまり世間に類例がないだろうと思われる私達夫婦の間柄に就いて、出来るだけ正直に、ざっくばらんに、有りのままの事実を書いて見ようと思います。それは私自身に取って忘れがたない貴い記録であると同時に、恐らくは読者諸君に取っても、きっと何かの参考資料となるに違いない。殊《こと》にこの頃のように日本もだんだん国際的に顔が広くなって来て、内地人と外国人とが盛んに交際する、いろんな主義やら思想やらが這入《はい》って来る、男は勿論《もちろん》女もどしどしハイカラになる、と云《い》うような時勢になって来ると、今まではあまり類例のなかった私たちの如《ごと》き夫婦関係も、追い追い諸方に生じるだろうと思われますから。

考えて見ると、私たち夫婦は既にその成り立ちから変っていました。私が始めて現在の私の妻に会ったのは、ちょうど足かけ八年前のことになります。尤《もっと》も何月の何日だったか、委《くわ》しいことは覚えていませんが、とにかくその時分、彼女は浅草の雷門の近くにあるカ*フエエ・ダイヤモンドと云う店の、給仕女をしていたのです。彼女の歳《とし》はやっと数え歳の十五でした。だから私が知った時はまだそのカフエエへ奉公に来たばかりの、ほんの新米だったので、一人前の女給ではなく、それの見習い、――まあ云って見れば、ウエイトレスの卵に過ぎなかったのです。

そんな子供をもうその時は二十八にもなっていた私が何で眼をつけたかと云うと、それは自分でもハッキリとは分りませんが、多分最初は、その児《こ》の名前が気に入ったからなのでしょう。彼女はみんなから「直ちゃん」と呼ばれていましたけれど、或《あ》るとき私が聞いて見ると、本名は奈緒美《なおみ》と云うのでした。この「奈緒美」という名前が、大変私の好奇心に投じました。「奈緒美」は素敵だ、NAOMIと書くとまるで西洋人のようだ、と、そう思ったのが始まりで、それから次第に彼女に注意し出したのです。不思議なもので名前がハイカラだとなると、顔だちなども何処《どこ》か西洋人臭く、そうして大そう悧巧《りこう》そうに見え、「こんな所の女給にして置くのは惜しいもんだ」と考えるようになったのです。

実際ナオミの顔だちは、（断って置きますが、私はこれから彼女の名前を片仮名で書くことにします。どうもそうしないと感じが出ないのです）活動女優＊のメリー・ピクフォード＊に似たところがあって、確かに西洋人じみていました。これは決して私のひいき眼ではありません。私の妻となっている現在でも多くの人がそう云うのですから、事実に違いないのです。そして顔だちばかりでなく、彼女を素っ裸にして見ると、その体つきが一層西洋人臭いのですが、それは勿論後になってから分ったことで、その時分には私もそこまでは知りませんでした。ただおぼろげに、きっとああ云うスタイルなら手足の恰好《かっこう》も悪くはなかろうと、着物の着こなし工合から想像していただけでした。

一体十五六の少女の気持と云うものは、肉親の親か姉妹ででもなければ、なかなか分りにくいものです。だからカフエエにいた頃のナオミの性質がどんなだったかと云われると、どうも私には明瞭《めいりょう》な答えが出来ません。恐らくナオミ自身にしたって、あの頃はただ何事も夢中で過したと云うだけでしょう。が、ハタから見た感じを云えば、孰方《どっち》かと云うと、陰鬱《いんうつ》な、無口な児のように思えました。顔色なども少し青みを帯びていて、譬《たと》えばこう、無色透明な板ガラスを何枚も重ねたような、深く沈んだ色合をしていて、健康そうではありませんでした。これは一つにはまだ奉公に来たてだったので、外の女給のようにお白粉《しろい》もつけず、お客や朋輩《ほうばい》にも馴染《なじみ》がうすく、隅の方に小さくなって黙ってチョコチョコ働いていたものだから、そんな風に見えたのでしょう。そして彼女が悧巧そうに感ぜられたのも、やっぱりそのせいだったかも知れません。

ここで私は、私自身の経歴を説明して置く必要がありますが、私は当時月給*百五十円を貰《もら》っている、或る電気会社の技師でした。私の生れは栃木県の宇都宮在で、国の中学校を卒業すると東京へ来て蔵前の高等工業へ這入り、そこを出てから間もなく技師になったのです。そして日曜を除く外は、毎日芝口の下宿屋から大井町の会社へ通っていました。

一人で下宿住居《ずまい》をしていて、百五十円の月給を貰っていたのですから、私の生活は可成り楽でした。それに私は、総領息子ではありましたけれども、郷里の方の親やきょうだいへ仕送りをする義務はありませんでした。と云うのは、実家は相当に大きく農業を営んでいて、もう父親は居ませんでしたが、年老いた母親と、忠実な叔父夫婦とが、万事を切り盛りしていてくれたので、私は全く自由な境涯にあったのです。が、さればと云って道楽をするのでもありませんでした。先《ま》ず模範的なサラリー・マン、――質素で、真面目で、あんまり曲がなさ過ぎるほど凡庸で、何の不平も不満もなく日々の仕事を勤めている、――当時の私は大方そんな風だったでしょう。「河合譲治君」と云えば、会社の中でも「君子《くんし》」という評判があったくらいですから。

それで私の娯楽と云ったら、夕方から活動写真を見に行くとか、銀座通りを散歩するとか、たまたま奮発して帝劇へ出かけるとか、せいぜいそんなものだったのです。尤も私も結婚前の青年でしたから、若い女性に接触することは無論嫌いではありませんでした。元来が田舎育ちの無骨者《ぶこつもの》なので、人づきあいが拙《まず》く、従って異性との交際などは一つもなく、まあそのために「君子」にさせられた形だったでもありましょうが、しかし表面が君子であるだけ、心の中はなかなか油断なく、往来を歩く時でも毎朝電車に乗る時でも、女に対しては絶えず注意を配っていました。あたかもそう云う時期に於《お》いて、たまたまナオミと云う者が私の眼の前に現れて来たのです。

けれど私は、その当時、ナオミ以上の美人はないときめていた訳では決してありません。電車の中や、帝劇の廊下や、銀座通りや、そう云う場所で擦れ違う令嬢のうちには、云うまでもなくナオミ以上に美しい人が沢山あった。ナオミの器量がよくなるかどうかは将来の問題で、十五やそこらの小娘ではこれから先が楽しみでもあり、心配でもあった。ですから最初の私の計画は、とにかくこの児を引き取って世話をしてやろう。そして望みがありそうなら、大いに教育してやって、自分の妻に貰い受けても差支《さしつか》えない。――と、云うくらいな程度だったのです。これは一面から云うと、彼女に同情した結果なのですが、他の一面には私自身のあまりに平凡な、あまりに単調なその日暮らしに、多少の変化を与えて見たかったからでもあるのです。正直のところ、私は長年の下宿住居に飽きていたので、何とかして、この殺風景な生活に一点の色彩を添え、温かみを加えて見たいと思っていました。それにはたとい小さくとも一軒の家を構え、部屋を飾るとか、花を植えるとか、日あたりのいいヴェランダに小鳥の籠《かご》を吊《つ》るすとかして、台所の用事や、拭《ふ》き掃除をさせるために女中の一人も置いたらどうだろう。そしてナオミが来てくれたらば、彼女は女中の役もしてくれ、小鳥の代りにもなってくれよう。と、大体そんな考でした。

そのくらいなら、なぜ相当な所から嫁を迎えて、正式な家庭を作ろうとしなかったのか？

――と云うと、要するに私はまだ結婚をするだけの勇気がなかったのでした。これに就いては少し委しく話さなければなりませんが、一体私は常識的な人間で、突飛なことは嫌いな方だし、出来もしなかったのですけれど、しかし不思議に、結婚に対しては可なり進んだ、ハイカラな意見を持っていました。「結婚」と云うと世間の人は大そう事を堅苦しく、儀式張らせる傾向がある。先ず第一に橋渡しと云うものがあって、それとなく双方の考をあたって見る。次には「見合い」という事をする。さてその上で双方に不服がなければ改めて媒人《なこうど》を立て、結納を取り交し、五荷《か》とか、七荷とか、十三荷とか、花嫁の荷物を婚家へ運ぶ。それから輿入《こしい》れ、新婚旅行、里帰り、……と随分面倒な手続きを蹈《ふ》みますが、そう云うことがどうも私は嫌いでした。結婚するならもっと簡単な、自由な形式でしたいものだと考えていました。

あの時分、若《も》しも私か結婚したいなら候補者は大勢あったでしょう。田舎者ではありますけれども、体格は頑丈だし、品行は方正だし、そう云っては可笑《おか》しいが男前も普通であるし、会社の信用もあったのですから、誰でも喜んで世話をしてくれたでしょう。が、実のところ、この「世話をされる」と云う事がイヤなのだから、仕方がありませんでした。たとい如何《いか》なる美人があっても、一度や二度の見合いでもって、お互の意気や性質が分る筈《はず》はない。「まあ、あれならば」とか、「ちょっときれいだ」とか云うくらいな、ほんの一時の心持で一生の伴侶《はんりょ》を定めるなんて、そんな馬鹿《ばか》なことが出来るものじゃない。それから思えばナオミのような少女を家に引き取って、徐《おもむろ》にその成長を見届けてから、気に入ったらば妻に貰うと云う方法が一番いい。何も私は財産家の娘だの、教育のある偉い女が欲しい訳ではないのですから、それで沢山なのでした。

のみならず、一人の少女を友達にして、朝夕彼女の発育のさまを眺めながら、明るく晴れやかに、云わば遊びのような気分で、一軒の家に住むと云うことは、正式の家庭を作るのとは違った、又格別な興味があるように思えました。つまり私とナオミでたわいのないままごとをする。「世帯を持つ」と云うようなシチ面倒臭い意味でなしに、呑気《のんき》なシンプル・ライフを送る。——これが私の望みでした。実際今の日本の「家庭」は、やれ箪笥《たんす》だとか、長火鉢だとか、座布団《ざぶとん》だとか云う物が、あるべき所に必ずなければいけなかったり、主人と細君と下女との仕事がいやにキチンと分れていたり、近所隣りや親類同士の附き合いがうるさかったりするので、その為《た》めに余計な入費も懸るし、簡単に済ませることが煩雑《はんざつ》になり、窮屈になるし、年の若いサラリー・マンには決して愉快なことでもなく、いいことでもありません。その点に於いて私の計画は、たしかに一種の思いつきだと信じました。

私がナオミにこのことを話したのは、始めて彼女を知ってから二た月ぐらい立った時分だったでしょう。その間、私は始終、暇さえあればカフエエ・ダイヤモンドへ行って、出来るだけ彼女に親しむ機会を作ったものでした。ナオミは大変活動写真が好きでしたから、公休日には私と一緒に公園の館を覗《のぞ》きに行ったり、その帰りにはちょっとした洋食屋だの、蕎麦屋《そばや》だのへ寄ったりしました。無口な彼女はそんな場合にもいたって言葉数が少い方で、嬉《うれ》しいのだかつまらないのだが、いつも大概はむっつりとしています。そのくせ私が誘うときは、決して「いや」とは云いませんでした。「ええ、行ってもいいわ」と、素直に答えて、何処へでも附いて行くのでした。

一体私をどう云う人間と思っているのか、どう云うつもりで附いて来るのか、それは分りませんでしたが、まだほんとうの子供なので、彼女は「男」と云う者に疑いの眼を向けようとしない。この「伯父さん」は好きな活動へ連れて行って、ときどき御馳走《ごちそう》をしてくれるから、一緒に遊びに行くのだと云うだけの、極く単純な、無邪気な心持でいるのだろうと、私は想像していました。私にしたって、全く子供のお相手になり、優しい親切な「伯父さん」となる以上のことは、当時の彼女に望みもしなければ、素振りにも見せはしなかったのです。あの時分の、淡い、夢のような月日のことを考え出すと、お伽噺《とぎばなし》の世界にでも住んでいたようで、もう一度ああ云う罪のない二人になって見たいと、今でも私はそう思わずにはいられません。

「どうだね、ナオミちゃん、よく見えるかね?」

と、活動小屋が満員で、空いた席がない時など、うしろの方に並んで立ちながら、私はよくそんな風に云ったものです。するとナオミは、

「いいえ、ちっとも見えないわ」

と云いながら一生懸命に背伸びをして、前のお客の首と首の間から覗こうとする。

「そんなにしたって見えやしないよ。この木の上へ乗っかって、私の肩に摑《つか》まって御覧」

そう云って私は、彼女を下から押し上げてやって、高い手すりの横木の上へ腰をかけさせる。彼女は両足をぶらんぶらんさせながら、片手を私の肩にあてがって、やっと満足したように、息を凝らして絵の方を視《み》つめる。

「面白いかい?」

と云えば、

「面白いわ」

と云うだけで、手を叩《たた》いて愉快がったり、跳び上って喜んだりするようなことはないのですが、賢い犬が遠い物音を聞き澄ましているように、黙って、悧巧そうな眼をパッチリ開いて見物している顔つきは、余程写真が好きなのだと頷《うなず》かれました。

「ナオミちゃん、お前お腹《なか》が減ってやしないか?」

そう云っても、

「いいえ、なんにも喰《た》べたくない」

と云うこともありますが、減っている時は遠慮なく「ええ」と云うのが常でした。そして洋食なら洋食、お蕎麦ならお蕎麦と、尋ねられればハッキリと喰べたい物を答えました。

二

「ナオミちゃん、お前の顔はメリー・ピクフォードに似ているね」

と、いつのことでしたか、ちょうどその女優の映画を見てから、帰りにとある洋食屋へ寄った晩に、それが話題に上ったことがありました。

「そう」

と云って、彼女は別にうれしそうな表情もしないで、突然そんなことを云い出した私の顔を不思議そうに見ただけでしたが、

「お前はそうは思わないかね」

と、重ねて聞くと、

「似ているかどうか分らないけれど、でもみんなが私のことを混血児《あいのこ》みたいだってそう云

うわよ」

と、彼女は済まして答えるのです。

「そりゃそうだろう、第一お前の名前からして変っているもの、ナオミなんてハイカラな名前を、誰がつけたんだね」

「誰がつけたか知らないわ」

「お父《とっ》つぁんかねお ッ母《か》さんかね、――」

「誰だか、――」

「じゃあ、ナオミちゃんのお父つぁんは何の商売をしてるんだい」

「お父つぁんはもう居ないの」

「おッ母さんは?」

「おッ母さんは居るけれど、――」

「じゃ、兄弟は?」

「兄弟は大勢あるわ、兄さんだの、姉さんだの、妹だの、――」

それから後もこんな話はたびたび出たことがありますけれど、いつも彼女は、自分の家庭の事情を聞かれると、ちょっと不愉快な顔つきをして、言葉を濁してしまうのでした。で、一緒に遊びに行くときは大概前の日に約束をして、きめた時間に公園のベンチとか、観音様のお堂の前とかで待ち合わせることにしたものですが、彼女は決して時間を違えたり、約束をすっぽかしたりしたことはありませんでした。何かの都合で私の方が遅れたりして、「あんまり待たせ過ぎたから、もう帰ってしまったかな」と、案じながら行って見ると、矢張キチンと其処《そこ》に待っています。そして私の姿に気が付くと、ふいと立ち上ってつかつかと此方《こっち》へ歩いて来るのです。

「御免よ、ナオミちゃん、大分長いこと待っただろう」

私がそう云うと、

「ええ、待ったわ」

と云うだけで、別に不平そうな様子もなく、怒っているらしくもないのでした。或る時などはベンチに待っている約束だったのが、急に雨が降り出したので、どうしているかと思いながら出かけて行くと、あの、池の側《そば》にある何様だかの小さい祠《ほこら》の軒下にしゃがんで、それでもちゃんと待っていたのには、ひどくいじらしい気がしたことがありました。

そう云う折の彼女の服装は、多分姉さんのお譲りらしい古ぼけた*銘仙の衣類を着て、*めりんす友禅の帯をしめて、髪も日本風の*桃割れに結い、うすくお白粉を塗っていました。そしていつでも、継ぎはあたっていましたけれど、小さな足にピッチリと篏《は》まった、恰好のいい白足袋を穿《は》いていました。どういう訳で休みの日だけ日本髪にするのかと聞いて見ても「内でそうしろと云うもんだから」と、彼女は相変らず委《くわ》しい説明はしませんでした。

「今夜はおそくなったから、家の前まで送って上げよう」

私は再々、そう云ったこともありましたが、

「いいわ、直き近所だから独りで帰れるわ」

と云って、花屋敷の角まで来ると、きっとナオミは「左様なら」と云い捨てながら、*千束《せんぞく》町の横丁の方へバタバタ駆け込んでしまうのでした。

そうです、――――あの頃のことを余りくどくど記す必要はありませんが、一度私は、やや打ち解けて、彼女とゆっくり話をした折がありました。

それは何でもしとしとと春雨の降る、生暖い四月の末の宵だったでしょう。ちょうどその晩はカフエエが暇で、大そう静かだったので、私は長いことテーブルに構えて、ちびちび酒を飲んでいました。――――こう云うとひどく酒飲みのようですけれど、実は私は甚だ下戸《げこ》の方なので、時間つぶしに、女の飲むような甘いコクテルを拵《こしら》えて貰って、それをホンの一と口ずつ、舐《な》めるように啜《すす》っていたのに過ぎないのですが、そこへ彼女が料理を運んで来てくれたので、

「ナオミちゃん、まあちょっと此処《ここ》へおかけ」

と、いくらか酔った勢でそう云いました。

「なあに」

と云って、ナオミは大人しく私の側へ腰をおろし、私がポケットから敷島*を出すと、すぐにマッチを擦ってくれました。

「まあ、いいだろう、此処で少うししゃべって行っても。――今夜はあまり忙しくもなさそうだから」

「ええ、こんなことはめったにありはしないのよ」

「いつもそんなに忙しいかい？」

「忙しいわ、朝から晩まで、――本を読む暇もありゃしないわ」

「じゃあナオミちゃんは、本を読むのが好きなんだね」

「ええ、好きだわ」

「一体どんな物を読むのさ」

「いろいろな雑誌を見るわ、読む物なら何でもいいの」

「そりゃ感心だ、そんなに本が読みたかったら、女学校*へでも行けばいいのに」

私はわざとそう云って、ナオミの顔を覗き込むと、彼女は癪《しゃく》に触ったのか、つんと済まして、あらぬ方角をじっと視つめているようでしたが、その眼の中には、明かに悲しいような、遣《や》る瀬《せ》ないような色が浮かんでいるのでした。

「どうだね、ナオミちゃん、ほんとうにお前、学問をしたい気があるかね。あるなら僕が習わせて上げてもいいけれど」

それでも彼女が黙っていますから、私は今度は慰めるような口調で云いました。

「え？　ナオミちゃん、黙っていないで何とかお云いよ。お前は何をやりたいんだい。何が習って見たいんだい？」

「あたし、英語が習いたいわ」

「ふん、英語と、——それだけ？」

「それから音楽もやってみたいの」

「じゃ、僕が月謝を出してやるから、習いに行ったらいいじゃないか」

「だって女学校へ上るのには遅過ぎるわ。もう十五なんですもの」

「なあに、男と違って女は十五でも遅くはないさ。それとも英語と音楽だけなら、女学校へ行かないだって、別に教師を頼んだらいいさ。どうだい、お前真面目にやる気があるかい？」

「あるにはあるけれど、——じゃ、ほんとうにやらしてくれる？」

そう云ってナオミは、私の眼の中を俄《にわ》かにハッキリ見据えました。

「ああ、ほんとうとも。だがナオミちゃん、もしそうなれば此処に奉公している訳には行かなくなるが、お前の方はそれで差支《さしつか》えないのかね。お前が奉公を止《や》めていいなら、僕はお前を引取って世話をしてみてもいいんだけれど、………そうして何処《どこ》までも責任を以《もっ》て、立派な女に仕立ててやりたいと思うんだけれど」

「ええ、いいわ、そうしてくれれば」

何の躊躇《ちゅうちょ》するところもなく、言下に答えたキッパリとした彼女の返辞に、私は多少の驚きを感じないではいられませんでした。

「じゃ、奉公を止めると云うのかい？」

「ええ、止めるわ」

「だけどナオミちゃん、お前はそれでいいにしたって、おッ母さんや兄さんが何と云うか、家の都合を聞いて見なけりゃならないだろうが」

「家の都合なんか、聞いて見ないでも大丈夫だわ。誰も何とも云う者はありゃしないの」

と、口ではそう云っていたものの、その実彼女がそれを案外気にしていたことは確かでした。つまり彼女のいつもの癖で、自分の家庭の内幕を私に知られるのが嫌さに、わざと何でもないような素振りを見せていたのです。私もそんなに嫌がるものを無理に知りたくはないのでしたが、しかし彼女の希望を実現させる為《た》めには、矢張どうしても家庭を訪れて彼女の母なり兄なりに篤《とく》と相談をしなければならない。で、二人の間にその後だんだん話

が進行するに従い、「一遍お前の身内の人に会わしてくれろ」と、何度もそう云ったのですけれど、彼女は不思議に喜ばないで、

「いいのよ、会ってくれないでも。あたし自分で話をするわ」

と、そう云うのが極《き》まり文句でした。

私はここで、今では私の妻となっている彼女の為めに、「河合夫人」の名誉の為めに、強《し》いて彼女の不機嫌を買ってまで、当時のナオミの身許《みもと》や素性《すじょう》を洗い立てる必要はありませんから、成るべくそれには触れないことにして置きましょう。後で自然と分って来る時もありましょうし、そうでないまでも彼女の家が千束町にあったこと、十五の歳《とし》にカフエエの女給に出されていたこと、そして決して自分の住居を人に知らせようとしなかったことなどを考えれば、大凡《おおよ》そどんな家庭であったかは誰にも想像がつく筈《はず》ですから。いや、そればかりではありません、私は結局彼女を説き落して母だの兄だのに会ったのですが、彼等は殆《ほとん》ど自分の娘や妹の貞操と云うことに就いては、問題にしていないのでした。私が彼等に持ちかけた相談と云うのは、折角当人も学問が好きだと云うし、あんな所に長く奉公させて置くのも惜しい児《こ》のように思うから、其方《そちら》でお差支えがないのなら、どうか私に身柄を預けては下さるまいか。どうせ私も十分な事は出来まいけれど、女中が一人欲しいと思っていた際でもあるし、まあ台所や拭き掃除の用事ぐらいはして貰って、そのあ

い間に一と通りの教育はさせて上げますが、と、勿論《もちろん》私の境遇だのまだ独身であることなどをすっかり打ち明けて頼んで見ると、「そうして戴《いただ》ければ誠に当人も仕合わせでして、………」と云うような、何だか張合いがなさ過ぎるくらいな挨拶《あいさつ》でした。全くこれではナオミの云う通り、会う程のことはなかったのです。

世の中には随分無責任な親や兄弟もあるものだと、私は、その時つくづくと感じましたが、それだけ一層ナオミがいじらしく、哀れに思えてなりませんでした。何でも母親の言葉に依《よ》ると、彼等はナオミを持て扱っていたらしいので、「実はこの児は芸者にする筈でございましたのを、当人の気が進みませんものですから、そういつまでも遊ばせて置く訳にも参らず、拠《よ》んどころなくカフエエへやって置きましたので」と、そんな口上でしたから、誰かが彼女を引き取って成人させてくれさえすれば、まあともかくも一と安心だと云うような次第だったのです。ああ成る程、それで彼女は家にいるのが嫌だものだから、公休日にはいつも戸外へ遊びに出て、活動写真を見に行ったりしたんだなと、事情を聞いてやっと私もその謎《なぞ》が解けたのでした。

が、ナオミの家庭がそう云う風であったことは、ナオミに取っても私に取っても非常に幸だった訳で、話が極まると直きに彼女はカフエエから暇を貰い、毎日々々私と二人で適当な借家を捜しに歩きました。私の勤め先が大井町でしたから、成るべくそれに便利な所を選ぼうと云うので、日曜日には朝早くから新橋の駅に落ち合い、そうでない日はちょうど会社の退《ひ》けた時刻に大井町で待ち合わせて、蒲田、大森、品川、目黒、主としてあの辺の郊外から、市中では高輪や田町や三田あたりを廻って見て、さて帰りには何処かで一緒に晩飯をたべ、時間があれば例の如《ごと》く活動写真を覗《のぞ》いたり、銀座通りをぶらついたりして、彼女は千束町の家へ、私は芝口の下宿へ戻る。たしかその頃は借家が払底《ふってい》な時でしたから、手頃な家がなかなかオイソレと見つからないで、私たちは半月あまりこうして暮らしたものでした。

もしもあの時分、麗《うらら》かな五月の日曜日の朝などに、大森あたりの青葉の多い郊外の路《みち》を、肩を並べて歩いている会社員らしい一人の男と、桃割れに結った見すぼらしい小娘の様子を、誰かが注意していたとしたら、まあどんな風に思えたでしょうか？　男の方は小娘を「ナオミちゃん」と呼び、小娘の方は男を「河合さん」と呼びながら、主従ともつかず、兄妹ともつかず、されぱと云って夫婦とも友達ともつかぬ恰好で、互に少し遠慮しいしい語り合ったり、番地を尋ねたり、附近の景色を眺めたり、ところどころの生垣や、邸《やしき》の庭や、路端などに咲いている花の色香を振り返ったりして、晩春の長い一日を彼方此方《あっちこっち》と幸福そうに歩いていたこの二人は、定めし不思議な取り合わせだったに違いありません。花の話で想《おも》い出すのは、彼女が大変西洋花を愛していて、私などにはよく分らないいろいろな花の名前――それも面倒な英語の名前を沢山知っていたことでした。カフエエに奉公していた時分に、花瓶の花を始終扱いつけていたので自然に覚えたのだそうですが、通りすがりの門の中なぞに、たまたま温室があったりすると、彼女は眼敏《めざと》くも直《す》ぐ立ち止まって、

「まあ、綺麗《きれい》な花！」

と、さも嬉しそうに叫んだものです。

「じゃ、ナオミちゃんは何の花が一番好きだね」

と、尋ねてみたとき、

「あたし、チューリップが一番好きよ」

と、彼女はそう云ったことがあります。

浅草の千束町のような、あんなゴミゴミした路次の中に育ったので、却《かえ》ってナオミは反動的にひろびろとした田園を慕い、花を愛する習慣になったのでありましょうか。菫《すみれ》、たんぽぽ、げんげ、桜草、――そんな物でも畑の畔《あぜ》や田舎道などに生えていると、忽《たちま》ちチョコチョコと駆けて行って摘もうとする。そして終日歩いているうちに彼女の手には摘まれた花が一杯になり、幾つとも知れない花束が出来、それを大事に帰り途《みち》まで持って来ます。

「もうその花はみんな萎《しぼ》んでしまったじゃないか、好《い》い加減に捨てておしまい」

そう云っても彼女はなかなか承知しないで、

「大丈夫よ、水をやったら又直ぐ生きッ返るから、河合さんの机の上へ置いたらいいわ」

と、別れるときにその花束をいつも私にくれるのでした。

こうして方々捜し廻っても容易にいい家が見つからないで、散々迷い抜いた揚句、結局私たちが借りることになったのは、大森の駅から十二三町行ったところの省線*電車の線路に近い、とある一軒の甚だお粗末な洋館でした。所謂《いわゆる》「文化住宅*」と云う奴《やつ》、――まだあの時分はそれがそんなに流行《はや》ってはいませんでしたが、近頃の言葉で云えばさしずめそう云ったものだったでしょう。勾配《こうばい》の急な、全体の高さの半分以上もあるかと思われる、赤いスレートで葺《ふ》いた屋根。マッチの箱のように白い壁で包んだ外側。ところどころに切ってある長方形のガラス窓。そして正面のポーチの前に、庭と云うよりは寧《むし》ろちょっとした空地がある。と、先ずそんな風な恰好で、中に住むよりは絵に画《か》いた方が面白そうな見つきでした。尤《もっと》もそれはその筈なので、もとこの家は何とか云う絵かきが建てて、モデル女を細君にして二人で住んでいたのだそうです。従って部屋の取り方などは随分不便に出来ていました。いやにだだッ広いアトリエと、ほんのささやかな玄関と、台所と、階下にはたったそれだけしかなく、あとは二階に三畳と四畳半とがありましたけれど、それとて屋根裏の物置小屋のようなもので、使える部屋ではありませんでした。その屋根裏へ通うのにはアトリエの室内に＊梯子段《はしごだん》がついていて、そこを上ると手すりを繞《めぐ》らした廊下があり、あたかも芝居の桟敷《さじき》のように、その手すりからアトリエを見おろせるようになっていました。

ナオミは最初この家の「風景」を見ると、

「まあ、ハイカラだこと！　あたしこう云う家がいいわ」

と、大そう気に入った様子でした。そして私も、彼女がそんなに喜んだので直ぐ借りることに賛成したのです。

多分ナオミは、その子供らしい考で、間取りの工合など実用的でなくっても、お伽噺の挿絵のような、一風変った様式に好奇心を感じたのでしょう。たしかにそれは呑気な青年と少女とが、成るたけ世帯じみないように、遊びの心持で住まおうと云うにはいい家でした。前の絵かきとモデル女もそう云うつもりで此処に暮らしていたのでしょうが、実際たった二人でいるなら、あのアトリエの一と間だけでも、寝たり起きたり食ったりするには十分用が足りたのです。

三

私がいよいよナオミを引き取って、その「お伽噺の家」へ移ったのは、五月下旬のことでしたろう。這入《はい》って見ると思ったほどに不便でもなく、日あたりのいい屋根裏の部屋からは海が眺められ、南を向いた前の空地は花壇を造るのに都合がよく、家の近所をときどき省線の電車の通るのが瑕《きず》でしたけれど、間にちょっとした田圃《たんぼ》があるのでそれもそんなにやかましくはなく、先《ま》ずこれならば申し分のない住居《すまい》でした。のみならず、何分そう云う普通の人には不適当な家でしたから、思いの外に家賃が安く、一般に物価の安いあの頃のことではありましたが、敷金なしの月々二十円というので、それも私には気に入りました。

「ナオミちゃん、これからお前は私のことを『河合さん』と呼ばないで『譲治さん』とお呼び。そしてほんとに友達のように暮らそうじゃないか」

と、引越した日に私は彼女に云い聞かせました。勿論私の郷里の方へも、今度下宿を引払って一軒家を持ったこと、女中代りに十五になる少女を雇い入れたこと、などを知らせてやりましたけれど、彼女と「友達のように」暮らすとは云ってやりませんでした。国の方から身内の者が訪ねて来ることはめったにないのだし、いずれそのうち、知らせる必要が起った場合には知らせてやろうと、そう考えていたのです。

私たちは暫くの間、この珍らしい新居にふさわしいいろいろの家具を買い求め、それらをそれぞれ配置したり飾りつけたりするために、忙しい、しかし楽しい月日を送りました。私は成るべく彼女の趣味を啓発するように、ちょっとした買物をするのにも自分一人では極《き》めないで、彼女の意見を云わせるようにし、彼女の頭から出る考を出来るだけ採用したものですが、もともと箪笥《たんす》だの長火鉢だのと云うような、在り来たりの世帯道具は置き所のない家であるだけ、従って選択も自由であり、どうでも自分等の好きなように意匠を施せるのでした。私たちは印度更紗《インドさらさ》の安物を見つけて来て、それをナオミが危ッかしい手つきで縫って窓かけに作り、芝口の西洋家具屋から古い籐椅子《とういす》だの、ソオファだの、安楽椅子だの、テーブルだのを捜して来てアトリエに並べ、壁にはメリー・ピクフォードを始め、亜米利加《アメリカ》の活動女優の写真を二つ三つ吊るしました。そして私は寝道具なども、出来ることなら西洋流にしたいと思ったのですけれど、ベッドを二つも買うとなると入費が懸るばかりでなく、夜具布団なら田舎の家から送って貰える便宜があるので、とうとうそれはあきらめなければなりませんでした。が、ナオミの為めに田舎から送ってよこしたのは、女中を寝かす夜具でしたから、お約束の唐草模様の、ゴワゴワした木綿の煎餅《せんべい》布団でした。私は何だか可哀《かわい》そうな気がしたので、

「これではちょっとひど過ぎるね、僕の布団と一枚取換えて上げようか」

と、そう云いましたが、

「ううん、いいの、あたしこれで沢山」

と云って、彼女はそれを引っ被って、独り淋《さび》しく屋根裏の三畳の部屋に寝ました。

私は彼女の隣りの部屋――同じ屋根裏の、四畳半の方へ寝るのでしたが、毎朝々々、眼をさますと私たちは、向うの部屋と此方の部屋とで、布団の中にもぐりながら声を掛け合ったものでした。

「ナオミちゃん、もう起きたかい」

と、私が云います。

「ええ、起きてるわ、今もう何時？」

と、彼女が応じます。

「六時半だよ、――今朝は僕がおまんまを炊《た》いてあげようか」

「そう？　昨日あたしが炊いたんだから、今日は譲治さんが炊いてもいいわ」

「じゃ仕方がない、炊いてやろうか。面倒だからそれともパンで済ましとこうか」

「ええ、いいわ、だけど譲治さんは随分ずるいわ」

そして私たちは、御飯がたべたければ小さな土鍋で米を炊《かし》ぎ、別にお櫃《ひつ》へ移すまでもなくテーブルの上へ持って来て、罐詰《かんづめ》か何かを突ッつきながら食事をします。それもうるさくて厭《いや》だと思えば、パンに牛乳にジャムでごまかしたり、西洋菓子を摘まんで置いたり、晩飯などはそばやうどんで間に合わせたり、少し御馳走が欲しい時には二人で近所の洋食屋まで出かけて行きます。

「譲治さん、今日はビフテキをたべさせてよ」

などと彼女は、よくそんなことを云ったものです。

朝飯を済ませると、私はナオミを独り残して会社へ出かけます。彼女は午前中は花壇の草花をいじくったりして、午後になるとからッぽの家に錠をおろして、英語と音楽の稽古《けいこ》に行きました。英語は寧ろ始めから西洋人に就いた方がよかろうと云うので、目黒に住んでいる亜米利加人の老嬢のミス・ハリソンと云う人の所へ、一日置きに会話とリーダーを習いに行って、足りないところは私か家でときどき浚《さら》ってやることにしました。音楽の方は、これは全く私にはどうしたらいいか分りませんでしたが、二三年前に上野の音楽学校を卒業した或《あ》る婦人が、自分の家でピアノと声楽を教えると云う話を聞き、この方は毎日芝の伊皿子《いさらご》まで一時間ずつ授業を受けに行くのでした。ナオミは銘仙の着物の上に紺のカシミヤの袴《はかま》をつけ、黒い靴下に可愛い小さな半靴*を穿き、すっかり女学生になりすまして、自分の理想がようようかなった嬉しさに胸をときめかせながら、せっせと通いました。おりおり帰り途などに彼女と往来で遇《あ》ったりすると、もうどうしても千束町に育った娘で、カフエの女給をしていた者とは思えませんでした。髪もその後は桃割れに結ったことは一度もなく、リボンで結んで、その先を編んで、お下げにして垂らしていました。

私は前に「小鳥を飼うような心持」と云いましたっけが、彼女は此方《こっち》へ引き取られてから顔色などもだんだん健康そうになり、性質も次第に変って来て、ほんとうに快活な、晴れやかな小鳥になったのでした。そしてそのだゞッ広いアトリエの一と間は、彼女のためには大きな鳥籠《とりかご》だったのです。五月も暮れて明るい初夏の気候が来る。花壇の花は日増しに伸びて色彩を増して来る。私は会社から、彼女は稽古から、夕方家へ帰って来ると、印度更紗の窓かけを洩《も》れる太陽は、真っ白な壁で塗られた部屋の四方を、いまだにカッキリと昼間のように照らしている。彼女はフランネルの単衣《ひとえ》を着て、素足にスリッパを突ッかけて、とんとん床を踏《ふ》みながら習って来た唄《うた》を歌ったり、私を相手に眼隠しだの鬼ごッこをして遊んだり、そんな時にはアトリエ中をぐるぐると走り廻《かえ》ってテーブルの上を飛び越えたり、ソオファの下にもぐり込んだり、椅子を引っ繰り覆したり、まだ足らないで梯子段を駆け上っては、例の桟敷のような屋根裏の廊下を、鼠《ねずみ》の如《ごと》くチョコチョコと往《い》ったり来たりするのでした。一度は私が馬になって彼女を背中に乗せたまま、部屋の中を這って歩いたことがありました。

「ハイ、ハイ、ドウ、ドウ！」

と云いながら、ナオミは手拭《てぬぐい》を手綱にして、私にそれを咬《くわ》えさせたりしたものです。

矢張そう云う遊びの日の出来事でしたろう、――ナオミがきゃっきゃっと笑いながら、あまり元気に梯子段を上ったり下りたりし過ぎたので、とうとう足を蹈み外して頂辺《てっぺん》から転げ落ち、急にしくしく泣き出したことがありましたのは。

「おい、どうしたの、――何処《どこ》を打ったんだか見せて御覧」

と、私がそう云って抱き起すと、彼女はそれでもまだしくしくと鼻を鳴らしつつ、袂《たもと》をまくって見せましたが、落ちる拍子に釘か何かに触ったのでしょう、ちょうど右腕の肱《ひじ》のところの皮が破れて、血がにじみ出ているのでした。

「何だい、これッぽちの事で泣くなんて！　さ、絆瘡膏《ばんそうこう》を貼ってやるから此方へおいで」

そして膏薬を貼ってやり、手拭を裂いて繃帯《ほうたい》をしてやる間も、ナオミは一杯涙をためて、ぽたぽた洟《はな》を滴《た》らしながらしゃくり上げる顔つきが、まるで頑是ない子供のようでした。傷はそれから運悪く膿を持って、五六日直りませんでしたが、毎日繃帯を取り替えてやる度毎《たびごと》に、彼女はきっと泣かないことはなかったのです。

しかし、私は既にその頃ナオミを恋していたかどうか、それは自分にはよく分りません。そう、たしかに恋してはいたのでしょうが、自分自身のつもりでは寧ろ彼女を育ててやり、立派な婦人に仕込んでやるのが楽しみなので、ただそれだけでも満足出来るように思っていたのです。が、その年の夏、会社の方から二週間の休暇が出たので、毎年の例で私は帰省することになり、ナオミを浅草の実家へ預け、大森の家に戸締りをして、さて田舎へ行って見ると、その二週間と云うものが、たまらなく私には単調で、淋しく感ぜられたものです。あの児《こ》が居ないとこんなにもつまらないものか知らん、これが恋愛の初まりなのではないか知らん、と、その時始めて考えました。そして母親の前を好《い》い加減に云い繕って、予定を早めて東京へ着くと、もう夜の十時過ぎでしたけれど、いきなり上野の停車場からナオミの家までタクシーを走らせました。

「ナオミちゃん、帰って来たよ。角に自動車が待たしてあるから、これから直《す》ぐに大森へ行こう」

「そう、じゃ今直ぐ行くわ」

と云って、彼女は私を格子《こうし》の外へ待たして置いて、やがて小さな風呂敷《ふろしき》包を提げながら出て来ました。それは大そう蒸し暑い晩のことでしたが、ナオミは白っぽい、ふわふわした、薄紫の葡萄《ぶどう》の模様のあるモスリンの単衣を纏って、幅のひろい、派手な鴇色《ときいろ》のリボンで髪を結んでいました。そのモスリンは先達《せんだって》のお盆に買ってやったので、彼女はそれを留守の間に、自分の家で仕立てて貰って着ていたのです。

「ナオミちゃん、毎日何をしていたんだい？」

車が賑やかな広小路の方へ走り出すと、私は彼女と並んで腰かけ、こころもち彼女の方へ顔をすり寄せるようにしながら云いました。

「あたし毎日活動写真を見に行ってたわ」

「じゃ、別に淋しくはなかったろうね」

「ええ、別に淋しいことなんかなかったけれど、………」

そう云って彼女はちょっと考えて、

「でも譲治さんは、思ったより早く帰って来たのね」

「田舎にいたってつまらないから、予定を切り上げて来ちまったんだよ。やっぱり東京が一番だなア」

私はそう云ってほっと溜息をつきながら、窓の外にちらちらしている都会の夜の花やかな灯影《ほかげ》を、云いようのない懐かしい気持で眺めたものです。

「だけどあたし、夏は田舎もいいと思うわ」

「そりゃ田舎にもよりけりだよ、僕の家なんか草深い百姓家で、近所の景色は平凡だし、名所古蹟《こせき》がある訳じゃなし、真っ昼間から蚊だの蠅《はえ》だのがぶんぶん呻《うな》って、とても暑くってやり切れやしない」

「まあ、そんな所？」

「そんな所さ」

「あたし、何処か、海水浴へ行きたいなあ」

突然そう云ったナオミの口調には、だだッ児のような可愛らしさがありました。

「じゃ、近いうちに涼しい処へ連れて行こうか、鎌倉がいいかね、それとも箱根かね」

「温泉よりは海がいいわ、――行きたいなア、ほんとうに」

その無邪気そうな声だけを聞いていると、矢張以前のナオミに違いないのでしたが、何だかほんの十日ばかり見なかった間に、急に身体が伸び伸びと育って来たようで、モスリンの単衣の下に息づいている円みを持った肩の形や乳房のあたりを、私はそっと偸《ぬす》み視《み》ないではいられませんでした。

「この着物はよく似合うね、誰に縫って貰ったの？」

と、暫く立ってから私は云いました。

「おッ母さんが縫ってくれたの」

「内の評判はどうだったい、見立てが上手だと云わなかったかい」

「ええ、云ったわ、――悪くはないけれど、あんまり柄がハイカラ過ぎるッて、――」

「おッ母さんがそう云うのかい」

「ええ、そう、——内の人たちにゃなんにも分りゃしないのよ」

そう云って彼女は、遠い所を視つめるような眼つきをしながら、

「みんながあたしを、すっかり変ったって云ってたわ」

「どんな風に変ったって？」

「恐ろしくハイカラになっちゃったって」

「そりゃそうだろう、僕が見たってそうだからなあ」

「そうかしら。——一遍日本髪に結って御覧て云われたけれど、あたしイヤだから結わなかったわ」

「じゃあそのリボンは？」

「これ？　これはあたしが仲店《なかみせ》へ行って自分で買ったの。どう？」

と云って、頸《くび》をひねって、さらさらとした油気のない髪の毛を風に吹かせながら、そこにひらひら舞っている鴇色の布を私の方へ示しました。

「ああ、よく映るね、こうした方が日本髪よりいくらいいか知れやしない」

「ふん」

と、彼女は、その獅子《しし》ッ鼻《ぱな》の先を、ちょいとしゃくって意を得たように笑いました。

悪く云えば小生意気なこの鼻先の笑い方が彼女の癖ではありましたけれど、それが却《かえ》って

私の眼には大へん悧巧《りこう》そうに見えたものです。

四

ナオミがしきりに「鎌倉へ連れてッてよう!」とねだるので、ほんの二三日の滞在のつもりで出かけたのは八月の初め頃でした。

「なぜ二三日でなけりゃいけないの? 行くなら十日か一週間ぐらい行っていなけりゃつまらないわ」

彼女はそう云って、出がけにちょっと不平そうな顔をしましたが、何分私は会社の方が忙がしいという口実の下に郷里を引き揚げて来たのですから、それがバレると母親の手前、少し工合が悪いのでした。が、そんなことをいうと却って彼女が肩身の狭い思いをするであろうと察して、

「ま、今年は二三日で我慢をしてお置き、来年は何処か変ったところへゆっくり連れて行って上げるから。——ね、いいじゃないか」

「だって、たった二三日じゃあ」

「そりゃそうだけれども、泳ぎたけりゃ帰って来てから、大森の海岸で泳げばいいじゃな

いか」

「あんな汚い海で泳げはしないわ」

「そんな分らないことを云うもんじゃないよ、ね、いい児《こ》だからそうおし、その代り何か着物を買ってやるから。――――そう、そう、お前は洋服が欲しいと云っていたじゃないか、だから洋服を拵《こしら》えて上げよう」

その「洋服」といううえさに釣られて、彼女はやっと納得が行ったのでした。

鎌倉では長谷《はせ》の金波楼と云う、あまり立派でない海水旅館へ泊りました。それに就いて今から思うと可笑《おか》しな話があるのです。と云うのは、私のふところにはこの半期に貰ったボーナスが大部分残っていましたから、本来ならば何も二三日滞在するのに倹約する必要はなかったのです。それに私は、彼女と始めて泊りがけの旅に出ると云うことが愉快でなりませんでしたから、なるべくならばその印象を美しいものにするために、あまりケチケチした真似はしないで、宿屋なども一流の所へ行きたいと、最初はそんな考でいました。ところがいよいよと云う日になって、横須賀行の二等室へ乗り込んだ時から、私たちは一種の気後れに襲われたのです。なぜかと云って、その汽車の中には逗子《ずし》や鎌倉へ出かける夫人や令嬢が沢山乗り合わしていて、ずらりときらびやかな列を作っていましたので、さてその中に割り込んで見ると、私はとにかく、ナオミの身なりがいかにも見すぼらしく思えたものでした。

勿論夏のことですから、その夫人達や令嬢達もそうゴテゴテと着飾っていた筈はありません、が、こうして彼等とナオミとを比べて見ると、社会の上層に生れた者とそうでない者との間には、争われない品格の相違があるような気がしたのです。ナオミもカフエエにいた頃とは別人のようになりはしたものの、氏《うじ》や育ちの悪いものは矢張どうしても駄目なのじゃないかと、私もそう思い、彼女自身も一層強くそれを感じたに違いありません。そしていつもは彼女をハイカラに見せたところの、あのモスリンの葡萄の模様の単衣物が、まあその時はどんなに情なく見えたことでしょう。並居る婦人達の中にはあっさりとした浴衣《ゆかた》がけの人もいましたけれど、指に宝石を光らしているとか、持ち物に贅《ぜい》を凝らしているとか、何かしら彼等の富貴を物語るものが示されているのに、ナオミの手にはその滑かな皮膚より外に、何一つとして誇るに足るものは輝いていなかったのです。私は今でもナオミが極《き》まり悪そうに自分のパラソルを袂《たもと》の蔭《かげ》へ隠したことを覚えています。それもその筈で、そのパラソルは新調のものではありましたが、誰の目にも七八円の安物としか思われないような品でしたから。

で、私たちは三橋にしようか、思い切って海浜ホテルへ泊ろうかなどと、そんな空想を描いていたに拘《かかわ》らず、その家の前まで行って見ると、先《ま》ず門構えの厳《いか》めしいのに圧迫されて、長谷の通りを二度も三度も往ったり来たりした末に、とうとう土地では二流か三流の金波楼へ行くことになったのです。

宿には若い学生たちが大勢がやがや泊っていて、とても落ち着いてはいられないので、私たちは毎日浜でばかり暮らしました。お転婆《てんば》のナオミは海さえ見れば機嫌がよく、もう汽車の中でしょげたことは忘れてしまって、

「あたしどうしてもこの夏中に泳ぎを覚えてしまわなくっちゃ」

と、私の腕にしがみ着いて、盛んにぼちゃぼちゃ浅い所で暴れ廻る。私は彼女の胴体を両手で抱えて、腹這《はらば》いにさせて浮かしてやったり、シッカリ棒杭《ぼうぐい》を掴《つか》ませて置いて、その脚を持って足掻《あが》き方を教えてやったり、わざと突然手をつッ放して苦い潮水を飲ましてやったり、それに飽きると波乗の稽古をしたり、浜辺にごろごろ寝ころびながら砂いたずらをしてみたり、夕方からは舟を借りて沖の方まで漕《こ》いで行ったり、――そして、そんな折には彼女はいつも海水着の上に大きなタオルを纏ったまま、或る時は艫《とも》に腰かけ、或る時は舷《ふなべり》を枕に青空を仰いで誰に憚《はばか》ることもなく、その得意のナポリの船唄、「サンタ・ルチア」を甲高い声でうたいました。

O dolce Napoli,
O soul beato,

と、伊太利《イタリア》語でうたう彼女のソプラノが、夕なぎの海に響き渡るのを聴き惚れながら、私はしずかに櫓《ろ》を漕いで行く。「もっと彼方《あっち》へ、もっと彼方へ」と彼女は無限に浪《なみ》の上を走りたがる。いつの間にやら日は暮れてしまって、星がチラチラと私等の船を空から瞰《み》おろし、あたりがぼんやり暗くなって、彼女の姿はただほの白いタオルに包まれ、その輪廓《りんかく》がぼやけてしまう。が、晴れやかな唄ごえはなかなか止《や》まずに、「サンタ・ルチア」は幾度となく繰り返され、それから「ローレライ」になり、「流浪の民」になり、ミニヨンの一節になりして、ゆるやかな船の歩みと共にいろいろ唄をつづけて行きます。……

こういう経験は、若い時代には誰でも一度あることでしょうが、私に取っては実にその時が始めてでした。私は電気の技師であって、文学だとか芸術だとか云うものには縁の薄い方でしたから、小説などを手にすることはめったになかったのですけれども、その時思い出したのは嘗《かつ》て読んだことのある夏目漱石の「草枕」です。そうです、たしかあの中に、「ヴェニスは沈みつつ、ヴェニスは沈みつつ」と云うところがあったと思いますが、ナオミと二人で船に揺られつつ、沖の方から夕靄《ゆうもや》の帳《とばり》を透《とお》して陸の灯影を眺めると、不思議にあの文句が胸に浮んで来て、何だかこう、このまま彼女と果てしも知らぬ遠い世界へ押し流されて行きたいような、涙ぐましい、うッとりと酔った心地になるのでした。私のような武骨な男がそんな気分を味わうことが出来ただけでも、あの鎌倉の三日間は決して無駄ではなかったのです。

いや、それればかりではありません、実を云うとその三日間は更にもう一つ大切な発見を、私に与えてくれたのでした。私は今までナオミと一緒に住んでいながら、彼女がどんな体つきをしているか、露骨に云えばその素裸な肉体の姿を知り得る機会がなかったのに、それが今度はほんとうによく分ったのです。彼女が始めて由比ヶ浜の海水浴場へ出かけて行って、前の晩にわざわざ銀座で買って来た、濃い緑色の海水帽と海水服とを肌身に着けて現れたとき、正直なところ、私はどんなに彼女の四肢の整っていることを喜んだでしょう。そうです、私は全く喜んだのです。なぜかと云うに、私は先から着物の着こなし工合や何かで、きっとナオミの体の曲線はこうであろうと思っていたのが、想像通り中《あた》ったからです。

「ナオミよ、ナオミよ、私のメリー・ピクフォードよ、お前は何と云う釣合の取れた、いい体つきをしているのだ。お前のそのしなやかな腕はどうだ。その真っ直ぐな、まるで男の子のようにすっきりとした脚はどうだ」

と、私は思わず心の中で叫びました。そして映画でお馴染の、あの活潑《かっぱつ》なマックセンネットのベージング・ガールたちを想い出さずにはいられませんでした。

誰しも自分の女房の体のことなどを余り委しく書き立てるのは厭でしょうが、私にしたって、後年私の妻となった彼女に就いて、そう云うことをれいれいしくしゃべったり、多くの人に知らしたりするのは決して愉快ではありません。けれどもそれを云わないとどうも話の都合が悪いし、そのくらいのことを遠慮しては、結局この記録を書き留める意義がなくなってしまう訳ですから、ナオミが十五の歳《とし》の八月、鎌倉の海辺に立った時に、どう云う風な体格だったか、一と通りはここに記して置かねばなりません。当時のナオミは、並んで立つと背の高さが私よりは一寸ぐらい低かったでしょう。——断って置きますが、私は頑健岩の如き恰幅《かっぷく》ではありましたけれども、身の丈は五尺二寸*ばかりで、先ず小男の部だったのです。——が、彼女の骨組の著しい特長として、胴が短く、脚の方が長かったので、少し離れて眺めると、実際よりは大へん高く思えました。そして、その短い胴体はSの字のように非常に深くくびれていて、くびれた最底部のところに、もう十分に女らしい円みを帯びた臀《しり》の隆起がありました。その時分私たちは、あの有名な水泳の達人ケラーマン嬢を主役にした、「水神の娘」とか云う人魚の映画を見たことがありましたので、

「ナオミちゃん、ちょいとケラーマンの真似をして御覧」

と、私が云うと、彼女は砂浜に突っ立って、両手を空にかざしながら、「飛び込み」の形をして見せたものですが、そんな場合に両腿《りょうもも》をぴったり合わせると、脚と脚との間には寸分の隙もなく、腰から下が足頸を頂天にした一つの細長い三角形を描くのでした。彼女も

それには得意の様子で、

「どう？　譲治さん、あたしの脚は曲っていない？」

と云いながら、歩いて見たり、立ち止って見たり、砂の上へぐっと伸ばして見たりして、自分でもその恰好を嬉しそうに眺めました。

それからもう一つナオミの体の特長は、頸から肩へかけての線でした。肩、……私はしばしば彼女の肩へ触れる機会があったのです。と云うのは、ナオミはいつも海水服を着るときに、「譲治さん、ちょいとこれを篏《は》めて頂戴《ちょうだい》」と、私の傍にやって来て、肩についているボタンを篏めさせるのでしたから。で、ナオミのように撫で肩で、頸が長いものは、着物を脱ぐと痩《や》せているのが普通ですけれど、彼女はそれと反対で、思いの外に厚みのある、たっぷりとした立派な肩と、いかにも呼吸の強そうな胸を持っていました。ボタンを篏めてやる折に、彼女が深く息を吸ったり、腕を動かして背中の肉にもくもく波を打たせたりすると、それでなくてもハチ切れそうな海水服は、丘のように盛り上った肩のところに一杯に伸びて、ぴんと弾《はじ》けてしまいそうになるのです。一と口に云えばそれは実に力の籠《こも》った、「若さ」と「美しさ」の感じの溢れた肩でした。私は内々そのあたりにいる多くの少女と比較して見ましたが、彼女のように健康な肩と優雅な頸とを兼ね備えているものは外にないような気がしました。

「ナオミちゃん、少うしジッとしておいでよ、そう動いちゃボタンが固くって篏まりゃしない」

と云いながら、私は海水服の端を摘まんで大きな物を袋の中へ詰めるように、無理にその肩を押し込んでやるのが常でした。

こう云う体格を持っていた彼女が、運動好きで、お転婆だったのは当り前だと云わなければなりません。実際ナオミは手足を使ってやることなら何事に依《よ》らず器用でした。水泳などは鎌倉の三日を皮切りにして、あとは大森の海岸で毎日一生懸命に習って、その夏中にとうとう物にしてしまい、ボートを漕いだり、ヨットを操ったり、いろんな事が出来るようになりました。そして一日遊び抜いて、日が暮れるとガッカリ疲れて「ああ、くたびれた」と云いながら、ビッショリ濡れた海水着を持って帰って来る。

「あーあ、お腹が減っちゃった」

と、ぐったり椅子に体を投げ出す。どうかすると、晩飯を炊《た》くのが面倒なので、帰り路《みち》に洋食屋へ寄って、まるで二人が競争のようにたらふく物をたべッくらする。ビフテキのあとで又ビフテキと、ビフテキの好きな彼女は訳なくペロリと三皿ぐらいお代りをするのでした。

あの歳の夏の、楽しかった思い出を書き記したら際限がありませんからこのくらいにして置きますが、最後に一つ書き洩《も》らしてならないのは、その時分から私か彼女をお湯へ入れて、手だの足だの背中だのをゴムのスポンジで洗ってやる習慣がついたことです。これはナオミが睡《ねむ》がったりして銭湯へ行くのを大儀がったものですから、海の潮水を洗い落すのに台所で水を浴びたり、行水を使ったりしたのが始まりでした。

「さあ、ナオミちゃん、そのまんま寝ちまっちゃ身体がべたべたして仕様がないよ。洗ってやるからこの盥《たらい》の中へお這入り」

と、そう云うと、彼女は云われるままになって大人しく私に洗わせていました。それがだんだん癖になって、すずしい秋の季節が来ても行水は止まず、もうしまいにはアトリエの隅に西洋風呂や、バス・マットを据えて、その周りを衝立《ついたて》で囲って、ずっと冬中洗ってやるようになったのです。

五

察しのいい読者のうちには、既に前回の話の間に、私とナオミが友達以上の関係を結んだかのように想像する人があるでしょう。が、事実そうではなかったのです。それはなるほど月日の立つに随って、お互の胸の中に一種の「了解」と云うようなものが出来ていたことはありましょう。けれども一方はまだ十五歳の少女であり、私は前にも云うように女にかけて経験のない謹直な「君子」であったばかりでなく、彼女の貞操に関しては責任を感じていたのですから、めったに一時の衝動に駆られてその「了解」の範囲を越えるようなことはしなかったのです。勿論私の心の中には、ナオミを措《お》いて自分の妻にするような女はいない、あったところで今更情として彼女を捨てる訳には行かないという考が、次第にしっかりと根を張って来ていました。で、それだけに猶《なお》、彼女を汚すような仕方で、或《あるい》は弄《もてあそ》ぶような態度で、最初にその事に触れたくないと思っていました。

左様、私とナオミが始めてそう云う関係になったのはその明くる年、ナオミが取って十六歳の年の春、四月の二十六日でした。――と、そうハッキリと覚えているのは、実はその時分、いやずっとその以前、あの行水を使い出した頃から、私は毎日ナオミに就いていろいろ興味を感じたことを日記に附けて置いたからです。全くあの頃のナオミは、その体つきが一日々々と女らしく、際立って育って行きましたから、ちょうど赤子を産んだ親が「始めて笑う」とか「始めて口をきく」とか云う風に、その子供の生い立のさまを書き留めて置くのと同じような心持で、私は一々自分の注意を惹いた事柄を日記に誌《しる》したのでした。私は今でもときどきそれを繰って見ることがありますが、大正某年九月二十一日――即《すなわ》ちナオミが十五歳の秋、――の条にはこう書いてあります。――

「夜の八時に行水を使わせる。海水浴で日に焼けたのがまだ直らない。ちょうど海水着を着ていたところだけが白くて、あとが真っ黒で、私もそうだがナオミは生地《きじ》が白いから、余計カッキリと眼について、裸でいても海水着を着ているようだ。お前の体は縞馬《しまうま》のようだといったら、ナオミは可笑《おか》しがって笑った。………」

それから一と月ばかり立って、十月十七日の条には、

「日に焼けたり皮が剝《は》げたりしていたのがだんだん直ったと思ったら、却って前よりつやつやしい非常に美しい肌になった。私が腕を洗ってやったら、ナオミは黙って、肌の上を溶けて流れて行くシャボンの泡を見つめていた。『綺麗《きれい》だね』と私が云ったら、『ほんとに綺麗ね』と彼女は云って、『シャボンの泡がよ』と附け加えた。………」

次に十一月の五日――

「今夜始めて西洋風呂を使って見る。馴《な》れないのでナオミはつるつる湯の中で滑ってきゃっきゃっと笑った。『大きなべビーさん』と私が云ったら、私の事を『パパさん』と彼女が云った。………」

そうです、この「べビーさん」と「パパさん」とはそれから後も屢〻《しばしば》出ました。ナオミが何かをねだったり、だだを捏《こ》ねたりする時は、いつもふざけて私を「パパさん」と呼んだものです。

「ナオミの成長」――と、その日記にはそう云う標題が附いていました。ですからそれは云うまでもなく、ナオミに関した事柄ばかりを記したもので、やがて私は写真機を買い、いよいよメリー・ピクフォードに似て来る彼女の顔をさまざまな光線や角度から映し撮っては、記事の間のところどころへ貼りつけたりしました。

日記のことで話が横道へ外《そ》れましたが、とにかくそれに依って見ると、私と彼女とが切っても切れない関係になったのは、大森へ来てから第二年目の四月の二十六日なのです。尤《もっと》も二人の間には云わず語らず「了解」が出来ていたのですから、極めて自然に孰方《どちら》が孰方を誘惑するのでもなく、殆どこれと云う言葉一つも交さないで、暗黙の裡《うち》にそう云う結果になったのです。それから彼女は私の耳に口をつけて、

「譲治さん、きっとあたしを捨てないでね」

と云いました。

「捨てるなんて、――そんなことは決してないから安心おしよ。ナオミちゃんには僕の心がよく分っているだろうが、………」

「ええ、そりゃ分っているけれど、………」

「じゃ、いつから分っていた？」

「さあ、いつからだか、………」

「僕がお前を引き取って世話すると云った時に、ナオミちゃんは僕をどう云う風に思った？――お前を立派な者にして、行く行くお前と結婚するつもりじゃないかと、そう云う風には思わなかった？」

「そりゃ、そう云う積りなのかしらと思ったけれど、………」

「じゃナオミちゃんも僕の奥さんになってもいい気で来てくれたんだね」

そして私は彼女の返辞を待つまでもなく、力一杯彼女を強く抱きしめながらつづけました。

「ありがとよ、ナオミちゃん、ほんとにありがと、よく分っていてくれた。………僕は今こそ正直なことを云うけれど、お前がこんなに、………こんなにまで僕の理想にかなった女になってくれようとは思わなかった。僕は運がよかったんだ。僕は一生お前を可愛がって上げるよ。………お前ばかりを。………世間によくある夫婦のようにお前を決して粗末にはしないよ。ほんとに僕はお前のために生きているんだと思っておくれ。お前の望みは何でもきっと聴いて上げるから、お前ももっと学問をして立派な人になっておくれ。………」

「ええ、あたし一生懸命勉強しますわ、そしてほんとに譲治さんの気に入るような女になるわ、きっと………」

ナオミの眼には涙が流れていましたが、いつか私も泣いていました。そして二人はその晩じゅう、行くすえのことを飽かずに語り明かしました。

それから間もなく、土曜の午後から日曜へかけて郷里へ帰り、母に始めてナオミのことを打ち明けました。これは一つには、ナオミが国の方の思わくを心配している様子でしたから、彼女に安心を与えるためと、私としても公明正大に事件を運びたかったので、出来るだけ母への報告を急いだ訳でした。私は私の「結婚」に就いての考を正直に述べ、どう云う訳でナオミを妻に持ちたいのか、年寄にもよく納得が行くように理由を説いて聞かせました。母は前から私の性格を理解しており、信用していてくれたので、

「お前がそう云うつもりならその児《こ》を嫁に貰うもいいが、その児の里がそう云う家だと面倒が起り易いから、あとあとの迷惑がないように気を付けて」

と、ただそう云っただけでした。で、おおびらの結婚は二三年先の事にしても、籍だけは早く此方《こちら》へ入れて置きたいと思ったので、千束町の方にも直ぐ掛け合いましたが、これはもともと呑気な母や兄たちですから、訳なく済んでしまいました。呑気ではあるが、そう腹の黒い人達ではなかったと見えて、慾《よく》にからんだようなことは何一つ云いませんでした。

そうなってから、私とナオミとの親密さが急速度に展開したのは云うまでもありません。まだ世間で知る者もなく、うわべは矢張友達のようにしていましたが、もう私たちは誰に

憚るところもない法律上の夫婦だったのです。

「ねえ、ナオミちゃん」

と、私は或る時彼女に云いました。

「僕とお前はこれから先も友達みたいに暮らそうじゃないか、いつまで立っても。――」

「じゃ、いつまで立ってもあたしのことを『ナオミちゃん』と呼んでくれる？」

「そりゃそうさ、それとも『奥さん』と呼んであげようか？」

「いやだわ、あたし、――」

「そうでなけりゃ『ナオミさん』にしようか？」

「さんはいやだわ、やっぱりちゃんの方がいいわ、あたしがさんにして頂戴って云うまでは」

「そうすると僕も永久に『譲治さん』だね」

「そりゃそうだわ、外に呼び方はありゃしないもの」

ナオミはソオファへ仰向けにねころんで、薔薇《ばら》の花を持ちながら、それを頻《しき》りに唇へあてていじくっていたかと思うと、そのとき不意に、

「ねえ、譲治さん？」と、そう云って、両手をひろげて、その花の代りに私の首を抱きしめました。

「僕の可愛いナオミちゃん」と私は息が塞がるくらいシッカリと抱かれたまま、袂《たもと》の蔭《かげ》の暗い中から声を出しながら、

「僕の可愛いナオミちゃん、僕はお前を愛しているばかりじゃない、ほんとうを云えばお前を崇拝しているのだよ。お前は僕の宝物だ、僕が自分で見つけ出して研《みが》きをかけたダイヤモンドだ。だからお前を美しい女にするためなら、どんなものでも買ってやるよ。僕の月給をみんなお前に上げてもいいが」

「いいわ、そんなにしてくれないでも。そんな事よりか、あたし英語と音楽をもっとほんとに勉強するわ」

「ああ、勉強おし、勉強おし、もう直ぐピアノも買って上げるから。そうして西洋人の前へ出ても耻《はず》かしくないようなレディーにおなり、お前ならきっとなれるから」

——この「西洋人の前へ出ても」とか、「西洋人のように」とか云う言葉を、私はたびたび使ったものです。彼女もそれを喜んだことは勿論で、

「どう？　こうやるとあたしの顔は西洋人のように見えない？」

などと云いながら鏡の前でいろいろ表情をやって見せる。活動写真を見る時に彼女は余程女優の動作に注意を配っているらしく、ピクフォードはこう云う笑い方をするとか、ピナ・メニケリはこんな工合に眼を使うとか、ジェラルディン・ファーラーはいつも頭をこ

う云う風に束ねているとか、もうしまいには夢中になって、髪の毛までもバラバラに解かしてしまって、それをさまざまの形にしながら真似るのですが、瞬間的にそう云う女優の癖や感じを捉えることは、彼女は実に上手でした。

「巧《うま》いもんだね、とてもその真似は役者にだって出来やしないね、顔が西洋人に似ているんだから」

「そうかしら、何処が全体似ているのかしら？」

「その鼻つきと歯ならびのせいだよ」

「ああ、この歯？」

そして彼女は「いー」と云うように唇をひろげて、その歯並びを鏡へ映して眺めるのでした。それはほんとに粒の揃った非常につやのある綺麗な歯列だったのです。

「何しろお前は日本人離れがしているんだから、普通の日本の着物を着たんじゃ面白くないね。いっそ洋服にしてしまうか、和服にしても一風変ったスタイルにしたらどうだい」

「じゃ、どんなスタイル？」

「これからの女はだんだん活潑になるんだから、今までのような、あんな重っ苦しい窮屈な物はいけないと思うよ」

「あたし筒ッぽの着物を着て兵児帯《へこおび》をしめちゃいけないかしら？」

「筒ッぽも悪くはないよ、何でもいいから出来るだけ新奇な風をして見るんだよ、日本ともつかず、支那《しな》ともつかず、西洋ともつかないような、何かそう云うなりはないかな――」

「あったらあたしに拵《こしら》えてくれる？」

「ああ拵えて上げるとも。僕はナオミちゃんにいろんな形の服を拵えて、毎日々々取り換え引換え着せて見るようにしたいんだよ。お召だの縮緬《ちりめん》だのって、そんな高い物でなくってもいい。めりんすや銘仙で沢山だから、意匠を奇抜にすることだね」

こんな話の末に、私たちはよく連れ立って方々の呉服屋や、デパートメント・ストーアへ裂地《きれじ》を捜しに行ったものでした。殊にその頃は、殆ど日曜日の度毎に三越や白木屋へ行かないことはなかったでしょう。とにかく普通の女物ではナオミも私も満足しないので、これはと思う柄を見つけるのは容易でなく、在り来たりの呉服屋では駄目だと思って、更紗《さらさ》屋だの、敷物屋だの、ワイシャツや洋服の裂を売る店だの、わざわざ横浜まで出かけて行って、支那人街や居留地にある外国人向きの裂屋だのを、一日がかりで尋ね廻ったことがありましたっけが、二人ともくたびれ切って足を擂粉木《すりこぎ》のようにしながら、それからそれへと何処までも品物を漁りに行きます。路《みち》を通るにも油断をしないで、西洋人の姿や服装に目をつけたり、到《いた》る処のショウ・ウィンドウに注意します。たまたま珍しいものが見

つかると、

「あ、あの裂はどう？」

と叫びながら、すぐその店へ這入って行ってその反物をウィンドウから出して来させ、彼女の身体へあてがって見て頤《あご》の下からだらりと下へ垂らしたり、胴の周りへぐるぐると巻きつけたりする。――それは全く、ただそうやって冷かして歩くだけでも、二人に取っては優に面白い遊びでした。


近頃でこそ一般の日本の婦人が、オルガンディーやジョウゼットや、コットン・ボイルや、ああ云うものを単衣に仕立てることがポツポツ流行《はや》って来ましたけれども、あれに始めて目をつけたものは私たちではなかったでしょうか。ナオミは奇妙にあんな地質が似合いました。それも真面目な着物ではいけないので、筒ッぽにしたり、パジャマのような形にしたり、ナイト・ガウンのようにしたり、反物のまま身体に巻きつけてところどころをブローチで止めたり、そうしてそんななりをしてはただ家の中を往《い》ったり来たりして、鏡の前に立って見るとか、いろいろなポーズを写真に撮るとかして見るのです。白や、薔薇色や、薄紫の、紗《しゃ》のように透《す》き徹《とお》るそれらの衣に包まれた彼女の姿は、一箇の生きた大輪の花のように美しく、「こうして御覧、ああして御覧」と云いながら、私は彼女を抱き起したり、倒したり、腰かけさせたり、歩かせたりして、何時間でも眺めていました。

こんな風でしたから、彼女の衣裳は一年間に幾通りとなく殖《ふ》えたものです。彼女はそれらを自分の部屋へはとてもしまいきれないので、手あたり次第に何処へでも吊り下げたり、丸めて置いたりしていました。箪笥《たんす》を買えばよかったのですが、そう云うお金があるくらいなら少しでも余計衣裳を買いたいし、それに私たちの趣味として、何もそんなに大切に保存する必要はない。数は多いがみんな安物であるし、どうせ傍《そば》から着殺してしまうのだから、見える所へ散らかして置いて、気が向いた時に何遍でも取り換えた方が便利でもあり、第一部屋の装飾にもなる。で、アトリエの中はあたかも芝居の衣裳部屋のように、椅子の上でもソオファの上でも、床の隅っこでも、甚だしきは梯子段《はしごだん》の中途や、屋根裏の桟《さ》敷《じき》の手すりにまでも、それがだらしなく放ッたらかしてない所はなかったのです。そしてめったに洗濯をしたことがなく、おまけに彼女はそれを素肌へ纏うのが癖でしたから、どれも大概は垢《あか》じみていました。

これらの沢山な衣裳の多くは突飛な裁ち方になっていましたから、外出の際に着られるようなのは、半分ぐらいしかなかったでしょう。中でもナオミが非常に好きで、おりおり戸外へ着て歩いたのに、繻子《しゅす》の袷《あわせ》と対《つい》の羽織がありました。繻子と云っても綿入りの繻子でしたが、羽織も着物も全体が無地の蝦色《えびいろ》で、草履の鼻緒や、羽織の紐にまで蝦色を使い、その他はすべて、*半襟《はんえり》でも、帯でも、*帯留でも、襦袢《じゅばん》の裡《うら》でも、袖口でも、袘《ふき》でも、一様に淡い水色を配しました。帯もやっぱり綿繻子《めんじゅす》で作って、心《しん》をうすく、幅を狭く拵えて思いきり固く胸高に締め、半襟の布には繻子に似たものが欲しいと云うので、リボンを買って来てつけたりしました。ナオミがそれを着て出るのは大概夜の芝居見物の時なので、そのぎらぎらした眩《まぶ》しい地質の衣裳をきらめかしながら、有楽座や帝劇の廊下を歩くと、誰でも彼女を振返って見ないものはありません。

「何だろうあの女は？」

「女優かしら？」

「*混血児《あいのこ》かしら？」

などと云う囁きを耳にしながら、私も彼女も得意そうにわざとそこいらをうろついたものでした。

が、その着物でさえそんなに人が不思議がったくらいですから、ましてそれ以上に奇抜なものは、いくらナオミが風変りを好んでも到底戸外へ着て行く訳には行きません。それらは実際ただ部屋の中で、彼女をいろいろな器に入れて眺めるための、容《い》れ物だったに過ぎないのです。たとえば一輪の美しい花を、さまざまな花瓶へ挿し換えて見るのと同じ心持だったでしょう。私にとってナオミは妻であると同時に、世にも珍しき人形であり、装飾品でもあったのですから、敢《あえ》て驚くには足りないのです。従って彼女は、殆ど家で真面目なりをしていることはありませんでした。これも何とか云う亜米利加の活動劇の男装から ヒントを得て、黒いビロードで拵えさせた三ツ組の背広服などは、恐らく一番金のかかった、贅沢な室内着だったでしょう。それを着込んで、髪の毛をくるくると巻いて、鳥打帽子を被った姿は猫のようになまめかしい感じでしたが、夏は勿論、冬もストーヴで部屋を暖めて、ゆるやかなガウンや海水着一つで遊んでいることも屢〻《しばしば》ありました。彼女の穿いたスリッパの数だけでも、刺繍《ししゅう》した支那の靴を始めとして何足くらいあったでしょうか。そして彼女は多くの場合足袋や靴下を着けることはなく、いつもそれらの穿物《はきもの》を直かに素足に穿いていました。

六

当時私は、それほど彼女の機嫌を買い、ありとあらゆる好きな事をさせながら、一方では又、彼女を十分に教育してやり、偉い女、立派な女に仕立てようと云う最初の希望を捨てたことはありませんでした。この「立派」とか「偉い」とか云う言葉の意味を吟味すると、自分でもハッキリしないのですが、要するに私らしい極く単純な考で、「何処へ出しても恥かしくない、近代的な、ハイカラ婦人」と云うような、甚だ漠然としたものを頭に置いていたのでしょう。ナオミを「偉くすること」と、「人形のように珍重すること」と、この二つが果して両立するものかどうか？——今から思うと馬鹿げた話ですけれど、彼女の愛に惑溺《わくでき》して眼が眩《くら》んでいた私には、そんな見易《みやす》い道理さえが全く分らなかったのです。

「ナオミちゃん、遊びは遊び、勉強は勉強だよ。お前が偉くなってくれればまだまだ僕はいろいろな物を買って上げるよ」

と、私は口癖のように云いました。

「ええ、勉強するわ、そうしてきっと偉くなるわ」

と、ナオミは私に云われればいつも必ずそう答えます。そして毎日晩飯の後で、三十分くらい、私は彼女に会話やリーダーを浚《さら》ってやります。が、そんな場合に彼女は例のビロードの服だのガウンだのを着て、足の突先《とっさき》でスリッパをおもちゃにしながら椅子に靠《もた》れる始末ですから、いくら口でやかましく云っても、結局「遊び」と「勉強」とはごっちゃになってしまうのでした。

「ナオミちゃん、何だねそんな真似をして！　勉強する時はもっと行儀よくしなけりゃいけないよ」

私がそう云うと、ナオミはぴくッと肩をちぢめて、小学校の生徒のような甘っ垂れた声を出して、

「先生、御免なさい」

と云ったり、

「河合チェンチェイ、堪忍《かんにん》して頂戴な」

と云って、私の顔をコッソリ覗き込むかと思うと、時にはちょいと頬っぺたを突ッついたりする。「河合先生」もこの可愛らしい生徒に対しては厳格にする勇気がなく、叱言《こごと》の果てがたわいのない悪ふざけになってしまいます。

一体ナオミは、音楽の方はよく知りませんが、英語の方は十五の歳からもう二年ばかり、ハリソン嬢の教を受けていたのですから、本来ならば十分出来ていい筈なので、リーダーも一から始めて今では二の半分以上まで進み、会話の教科書としては“English Echo”を習い、文典の本は*神田乃武《かんだないぶ》の“Intermediate Grammar”を使っていて、先《ま》ず中学の三年ぐらいな実力に相当する訳でした。けれどもいくら贔屓眼《ひいきめ》に見ても、ナオミは恐らく二年生にも劣っているように思えました。どうも不思議だ、こんな筈はないのだがと思って、一度私はハリソン嬢を訪ねたことがありましたが、

「いいえ、そんなことはありません、あの児《こ》はなかなか賢い児です。よく出来ます」と、そう云って、太った、人の好さそうなその老嬢は、ニコニコ笑っているだけでした。

「そうです、あの児は賢い児です、しかしその割りに余り英語がよく出来ないと思います。

読むことだけは読みますけれど、日本語に飜訳することや、文法を解釈することなどが、……」

「いや、それはあなたがいけません、あなたの考が違っています」

と、矢張老嬢はニコニコ顔で、私の言葉を遮って云うのでした。

「日本の人、みな文法やトランスレーションを考えます。けれどもそれは一番悪い。あなた英語を習います時、決して決して頭の中で文法を考えてはいけません、トランスレートしてはいけません。英語のままで何度も何度も読んで見ること、それが一等よろしいです。ナオミさんは大変発音が美しい。そしてリーディングが上手ですから、今にきっと巧《うま》くなります」

成るほど老嬢の云うところにも理窟《りくつ》はあります。が、私の意味は文典の法則を組織的に覚えろと云うのではありません。二年間も英語を習い、リーダーの三が読めるのですから、せめて過去分詞の使い方や、パッシヴ・ヴォイスの組み立てや、サブジャンクティヴ・ムードの応用法ぐらいは、実際的に心得ていい筈だのに、和文英訳をやらせて見ると、それがまるきり成っていないのです。殆ど中学の劣等生にも及ばないくらいなのです。いくらリーディングが達者だからと云って、これでは到底実力が養成される道理がない。一体二年間も何を教え、何を習っていたのだか訳が分らない。しかし老嬢は不平そうな私の顔つきに頓着《とんじゃく》せず、ひどく安心しきったような鷹揚《おうよう》な態度で頷きながら、「あの児は大へん賢いです」を相変らず繰り返すばかりでした。

これは私の想像ではありますが、どうも西洋人の教師は日本人の生徒に対して一種のえこひいきがあるようです。えこひいき――そう云って悪ければ先入主とでも云いましょうか？　つまり彼等は西洋人臭い、ハイカラな、可愛らしい顔だちの少年や少女を見ると、一も二もなくその児を悧巧《りこう》だと云う風《しき》に感ずる。殊にオールド・ミスであるとその傾向が一層甚しい。ハリソン嬢がナオミを頻りに褒めちぎるのはそのせいなので、もう頭から「賢い児だ」ときめてしまっているのでした。おまけにナオミは、ハリソン嬢の云う通り発音だけは非常に流暢《りゅうちょう》を極めていました。何しろ歯並びがいいところへ声楽の素養があったのですから、その声だけを聞いていると実に綺麗で、素晴らしく英語が出来そうで、私などはまるで足元へも寄りつけないように思いました。それで恐らくハリソン嬢はその声に欺《だま》かされて、コロリと参ってしまったに違いないのです。嬢がどれほどナオミを愛していたかと云うことは、驚いたことに、嬢の部屋へ通って見ると、その化粧台の鏡の周りにナオミの写真が沢山飾ってあったのでも分るのでした。

私は内心嬢の意見や教授法に対しては甚だ不満でしたけれども、同時に又、西洋人がナオミをそんなにひいきにしてくれる、賢い児だと云ってくれるのが、自分の思う壺《つぼ》なので、あたかも自分が褒められたような嬉しさを禁じ得ませんでした。のみならず、元来私は、――いや、私ばかりではありません、日本人は誰でも大概そうですが、――西洋人の前へ出ると頗《すこぶ》る意気地がなくなって、ハッキリ自分の考を述べる勇気がない方でしたから、嬢の奇妙なアクセントのある日本語で、しかも堂々とまくし立てられると、結局此方《こっち》の云うべきことも云わないでしまいました。なに、向うがそう云う意見なら、此方は此方で、足りないところを家庭で補ってやればいいのだと、腹の中でそう極《きわ》めながら、

「ええ、ほんとうにそれはそうです、あなたの仰っしゃる通りです。それで私も分りましたから安心しました」

とか何とか云って、曖昧な、ニヤニヤしたお世辞笑いを浮かべながら、そのまま不得要領でスゴスゴ帰って来たのでした。

「譲治さん、ハリソンさんは何と云った？――」

と、ナオミはその晩尋ねましたが、彼女の口調はいかにも老嬢の寵《ちょう》を恃《たの》んで、すっかりたかを括《くく》っているように聞えました。

「よく出来るって云っていたけれど、西洋人には日本人の生徒の心理が分らないんだよ。発音が器用で、ただすらすら読めさえすりゃあいいと云うのは大間違いだ。お前はたしかに記憶力はいい、だから空で覚える事は上手だけれど、飜訳させると何一つとして意味

りゃしないんだ」

が分っていないじゃないか。それじゃ鸚鵡《おうむ》と同じことだ。いくら習っても何の足しにもな

私かナオミに叱言らしい叱言を云ったのはその時が始めてでした。私は彼女がハリソン嬢を味方にして、「それ見たことか」と云うように、得意の鼻を蠢《うご》めかしているのが癪《しゃく》に触ったばかりでなく、第一こんなで「偉い女」になれるかどうか、それを非常に心もとなく感じたのです。英語と云うものを別問題にして考えても、文典の規則を理解することが出来ないような頭では、全くこの先が案じられる。男の児が中学で幾何や代数を習うのは何の為《た》めか、必ずしも実用に供するのが主眼でなく、頭脳の働きを緻密《ちみつ》にし、練磨するのが目的ではないか。女の児だって、成るほど今までは解剖的の頭がなくても済んでいた。が、これからの婦人はそうは行かない。まして「西洋人にも劣らないような」「立派な」女になろうとするものが、組織の才がなく、分析の能力がないと云うのでは心細い。

私は多少依怙地《いこじ》にもなって、前にはほんの三十分ほど浚ってやるだけだったのですが、それから後は一時間か一時間半以上、毎日必ず和文英訳と文典とを授けることにしたのでした。そしてその間は断じて遊び半分の気分を許さず、ぴしぴし叱り飛ばしました。ナオミの最も欠けているところは理解力でしたから、私はわざと意地悪く、細かいことを教えないでちょっとしたヒントを与えてやり、あとは自分で発明するように導きました。たとえ

ば文法のパッシヴ・ヴォイスを習ったとすると、早速それの応用問題を彼女に示して、

「さ、これを英語に訳して御覧」

と、そう云います。

「今読んだところが分ってさえいりゃ、これがお前に出来ない筈はないんだよ」

と、そう云ったきり、彼女が答案を作るまでは黙って気長に構えています。その答案が違っていても決して何処が悪いとも云わないで、

「何だいお前、これじゃ分っていないんじゃないか、もう一度文法を読み直して御覧」

と、何遍でも突っ返します。そしてそれでも出来ないとなると、

「ナオミちゃん、こんな易しいものが出来ないでどうするんだい。お前は一体幾つになるんだ。………幾度も幾度も同じ所を直されて、まだこんな事が分らないなんて、何処に頭を持っているんだ。ハリソンさんが悧巧だなんて云ったたって、僕はちっともそうは思わないよ。これが出来ないじゃ学校に行けば劣等生だよ」

と、私もついつい熱中し過ぎて大きな声を出すようになります。するとナオミはむッと面《つら》を膨らせて、しまいにはしくしく泣きだすことがよくありました。

ふだんはほんとうに仲のいい二人、彼女が笑えば私も笑って、嘗《かつ》て一度もいさかいをしたことがなく、こんな睦ましい男女はないと思われる二人、――それが英語の時間になる

ときまってお互に重苦しい、息の詰まるような気持にさせられる。日に一度ずつ私が怒らないことはなく、彼女が膨れないことはなく、ついさっきまであんなに機嫌のよかったものが、急に双方ともシャチコ張って、殆ど敵意をさえ含んだ眼つきで睨めッくらをする。――実際私はその時になると、彼女を偉くするためと云う最初の動機は忘れてしまって、あまりの腑がいなさにジリジリして、心から彼女が憎らしくなって来るのでした。相手が男の児だったら、私はきっと腹立ち紛れにポカリと一つ喰わせたかも知れません。それでなくとも夢中になって「馬鹿ッ」と怒鳴りつけることは始終でした。一度は彼女の額のあたりをこつんと拳骨《げんこつ》で小突いたことさえありました。が、そうされるとナオミの方も妙にひねくれて、たとい知っている事でも決して答えようとはせず、頬を流れる涙を呑みながらいつまでも石のような沈黙を押し通します。ナオミは一旦そう云う風に曲り出したら驚くほど強情で、始末に負えないたちでしたから、最後は私が根負けをして、うやむやになってしまうのでした。

或るときこんな事がありました。doingとかgoingとか云う現在分詞には必ずその前に「ある」と云う動詞、――――to beを附けなければいけないのに、それが彼女には何度教えても理解出来ない。そして未だに〝I going〟〝He making〟と云うような誤りをするので、私は散々腹を立てて例の「馬鹿」を連発しながら口が酸っぱくなる程細かく説明してやった揚句、過去、未来、未来完了、過去完了といろいろなテンスに亙《わた》って"going"の変化をやらせて見ると、呆れた事にはそれがやっぱり分っていない。依然として"He will going"とやったり、"I had going"と書いたりする。私は覚えずかッとなって、

「馬鹿！　お前は何という馬鹿なんだ！　"will going"だの"have going"だのッてことは決して云えないッて人があれほど云ったのがまだお前には分らないか。分らなけりゃ分るまでやって見ろ。今夜一と晩中かかっても出来るまでは許さないから」

そして激しく鉛筆を叩きつけて、その帳面をナオミの前へ突き返すと、ナオミは固く唇を結んで、真っ青になって、上眼づかいに、じーッと鋭く私の眉間を睨《ね》めつけました。と、何と思ったか彼女はいきなり帳面を鷲掴《わしづか》みにして、ピリピリに引き裂いて、ぽんと床の上へ投げ出したきり、再び物凄い瞳を据えて私の顔を穴のあくほど睨めるのです。

「何するんだ！」

一瞬間、その、猛獣のような気勢に圧《お》されてアッケに取られていた私は、暫く立ってからそう云いました。

「お前は僕に反抗する気か。学問なんかどうでもいいと思っているのか。一生懸命に勉強するの、偉い女になるのと云ったのは、ありゃ一体どうしたんだ。どう云う積りで帳面を破ったんだ。さ、詫《あや》まれ、詫まらなけりゃ承知しないぞ！　もう今日限りこの家を出て

行ってくれ！」

しかしナオミは、まだ強情に押し黙ったまま、その真っ青な顔の口もとに、一種泣くような薄笑いを浮べているだけでした。

「よし！　詫まらなけりゃそれでいいから、今直ぐ此処《ここ》を出て行ってくれ！　さ、出て行けと云ったら！」

そのくらいにして見せないととても彼女を威嚇《おど》かすことは出来まいと思ったので、ついと私は立ち上って脱ぎ捨ててある彼女の着換えを二三枚、手早く円めて風呂敷に包み、二階の部屋から紙入れを持って来て十円札を二枚取り出し、それを彼女に突きつけながら云いました。

「さあ、ナオミちゃん、この風呂敷に身の周りの物は入れてあるから、これを持って今夜浅草へ帰っておくれ。就いては此処に二十円ある。少いけれど当座の小遣いに取ってお置き。いずれ後からキッパリと話はつけるし、荷物は明日にでも送り届けて上げるから。――――え？　ナオミちゃん、どうしたんだよ、なぜ黙っているんだよ。………」

そう云われると、きかぬ気のようでもそこはさすがに子供でした。容易ならない私の剣幕にナオミはいささか怯《ひる》んだ形で、今更後悔したように殊勝らしく項《うなじ》を垂れ、小さくなってしまうのでした。

「お前もなかなか強情だけど、僕にしたって一旦こうと云い出したら、決してそのままにゃ済まさないよ。悪いと思ったら詫まるがよし、それが厭《いや》なら帰っておくれ。……さ、孰方《どっち》にするんだよ、早く極めたらいいじゃないか。詫まるのかい？　それとも浅草へ帰るのかい？」

すると彼女は首を振って「いやいや」をします。

「じゃ、帰りたくないのかい？」

「うん」と云うように、今度は頤《あご》で頷いて見せます。

「じゃ、詫まると云うのかい？」

「うん」

と、又同じように頷きます。

「それなら堪忍して上げるから、ちゃんと手を衝《つ》いて詫まるがいい」

で、仕方がなしにナオミは机へ両手を衝いて、――それでもまだ何処か人を馬鹿にしたような風つきをしながら、不精ッたらしく、横ッちょを向いてお辞儀をします。

こういう傲慢な、我が儘な根性は、前から彼女にあったのであるか、或《あるい》は私が甘やかし過ぎた結果なのか、いずれにしても日を経《ふ》るに従ってそれがだんだん昂《こう》じて来つつあることは明かでした。いや、実は昂じて来たのではなく、十五六の時分にはそれを子供らしい愛嬌として見逃していたのが、大きくなっても止まないので次第に私の手に余るようになったのかも知れません。以前はどんなにだだを捏ねても叱言《こごと》を云えば素直に聴いたものですが、もうこの頃では少し気に喰わないことがあると、直ぐにむうッと膨れ返る。それでもしくしく泣いたりされればまだ可愛げがありますけれど、時には私がいかに厳しく叱りつけても涙一滴こぼさないで、小憎らしいほど空惚《そらとぼ》けたり、例の鋭い上眼を使って、まるで狙いをつけるように一直線に私を見据える。――もし実際に動物電気と云うものがあるなら、ナオミの眼にはきっと多量にそれが含まれているのだろうと、私はいつもそう感じました。なぜならその眼は女のものとは思われない程、炯々《けいけい》として強く凄《すさま》じく、おまけに一種底の知れない深い魅力を湛えているので、グッと一と息に睨められると、折々ぞっとするようなことがあったからです。

七

その時分、私の胸には失望と愛慕と、互に矛盾した二つのものが交る交《かわ》る鬩《せめ》ぎ合っていました。自分が選択を誤ったこと、ナオミは自分の期待したほど賢い女ではなかったこと、――もうこの事実はいくら私のひいき眼でも否《いな》むに由《よし》なく、彼女が他日立派な婦人になるであろうと云うような望みは、今となっては全く夢であったことを悟るようになったのです。やっぱり育ちの悪い者は争われない、千束町の娘にはカフエの女給が相当なのだ、柄にない教育を授けたところで何にもならない。――私はしみじみそう云うあきらめを抱くようになりました。が、同時に私は、一方に於《お》いてあきらめながら、他の一方ではますます強く彼女の肉体に惹きつけられて行ったのでした。そうです、私は特に『肉体』と云います、なぜならそれは彼女の皮膚や、歯や、唇や、髪や、瞳や、その他あらゆる姿態の美しさであって、決してそこには精神的の何物もなかったのですから。つまり彼女は頭脳の方では私の期待を裏切りながら、肉体の方ではいよいよますます理想通りに、いやそれ以上に、美しさを増して行ったのです。「馬鹿な女」「仕様のない奴だ」と、思えば思うほど尚意地悪くその美しさに誘惑される。これは実に私に取って不幸な事でした。私は次第に彼女を「仕立ててやろう」と云う純な心持を忘れてしまって、寧ろあべこべにずるずる引き摺《ず》られるようになり、これではいけないと気が付いた時には、既に自分でもどうする事も出来なくなっていたのでした。

「世の中の事は総べて自分の思い通りに行くものではない。自分はナオミを、精神と肉体と、両方面から美しくしようとした。そして精神の方面では失敗したけれど、肉体の方面では立派に成功したじゃないか。自分は彼女がこの方面でこれほど美しくなろうとは思い設けていなかったのだ。そうして見ればその成功は他の失敗を補って余りあるではないか」——私は無理にそう云う風に考えて、それで満足するように自分の気持を仕向けて行きました。

「譲治さんはこの頃英語の時間にも、あんまりあたしを馬鹿々々ッて云わないようになったわね」

と、ナオミは早くも私の心の変化を看《み》て取ってそう云いました。学問の方には疎《うと》くっても、私の顔色を読むことにかけては彼女は実に敏《さと》かったのです。

「ああ、あんまり云うと却ってお前が意地を突ッ張るようになって、結果がよくないと思ったから、方針を変えることにしたのさ」

「ふん」

と、彼女は鼻先で笑って、

「そりゃあそうよ、あんなに無闇に馬鹿々々ッて云われりゃ、あたし決して云う事なんか聴きやしないわ。あたし、ほんとうはね、大概な問題はちゃんと考えられたんだけど、わざと譲治さんを困らしてやろうと思って、出来ないふりをしてやったの、それが譲治さんには分らなかった?」

「へえ、ほんとうかね?」

私はナオミの云うことが空威張りの負け惜しみであるのを知っていながら、故意にそう云って驚いて見せました。

「当り前さ、あんな問題が出来ない奴はありゃしないわ。それを本気で出来ないと思っているんだから、譲治さんの方がよっぽど馬鹿だわ。あたし譲治さんが怒るたんびに、可笑しくッて可笑しくッて仕様がなかったわ」

「呆れたもんだね、すっかり僕を一杯喰わせていたんだね」

「どう？　あたしの方が少し悧巧でしょ」

「うん、悧巧だ、ナオミちゃんには敵わないよ」

すると彼女は得意になって、腹を抱えて笑うのでした。

読者諸君よ、ここで私が突然妙な話をし出すのを、どうか笑わないで聞いて下さい。と云うのは、嘗て私は中学校にいた時分、歴史の時間にアントニーとクレオパトラの条《くだり》を教わったことがあります。諸君も御承知のことでしょうが、あのアントニーがオクタヴィアヌスの軍勢を迎えてナイルの河上で船戦《ふないくさ》をする、と、アントニーに附いて来たクレオパトラは、味方の形勢が非なりとみるや、忽《たちま》ち中途から船を返して逃げ出してしまう。然《しか》るにアントニーはこの薄情な女王の船が自分を捨てて去るのを見ると、危急存亡の際であるにも拘わらず、戦争などは其方除《そっちの》けにして、自分も直ぐに女のあとを追い駆けて行きます。

「諸君」と、歴史の教師はその時私たちに云いました。

「このアントニーと云う男は女の尻を追っ駆け廻して、命をおとしてしまったので、歴史の上にこのくらい馬鹿を曝した人間はなく、実にどうも、古今無類の物笑いの種であります。英雄豪傑もいやはやこうなってしまっては、……」

その云い方が可笑しかったので、学生たちは教師の顔を眺めながら一度にどっと笑ったものです。そして私も、笑った仲間の一人であったことは云うまでもありません。が、大切なのはここの処です。私は当時、アントニーともあろう者がどうしてそんな薄情な女に迷ったのか、不思議でなりませんでした。いや、アントニーばかりではない、すぐその前にもジュリアス・シーザーの如き英傑が、クレオパトラに引っかかって器量を下げている。そう云う例はまだその外にいくらでもある。徳川時代のお家騒動や、一国の治乱興廃の跡を尋ねると、必ず蔭《かげ》に物凄い妖婦《ようふ》の手管《てくだ》がないことはない。ではその手管と云うものは、一旦それに引っかかれば誰でもコロリと欺《だま》されるほど、非常に陰険に、巧妙に仕組まれているかと云うのに、どうもそうではないような気がする。クレオパトラがどんなに悧巧な女だったとしたところでまさかシーザーやアントニーより智慧《ちえ》があったとは考えられない。たとい英雄でなくっても、その女に真心があるか、彼女の言葉が嘘《うそ》かほんとかぐらいなことは、用心すれば洞察出来る筈である。にも拘わらず、現に自分の身を亡《ほろ》ぼすのが分っていながら欺されてしまうと云うのは、余りと云えば腑甲斐《ふがい》ないことだ、事実その通りだったとすると、英雄なんて何もそれほど偉い者ではないかも知れない、私はひそかにそう思って、マーク・アントニーが「古今無類の物笑いの種」であり、「このくらい歴史の上に馬鹿を曝した人間はない」と云う教師の批評を、そのまま肯定したものでした。

私は今でもあの時の教師の言葉を胸に浮かべ、みんなと一緒にゲラゲラ笑った自分の姿を想い出すことがあるのです。そして想い出す度毎に、もう今日では笑う資格がないことをつくづくと感じます。なぜなら私は、どういう訳で羅馬《ローマ》の英雄が馬鹿になったか、アントニーとも云われる者が何故たわいなく妖婦の手管に巻き込まれてしまったか、その心持が現在となってはハッキリ頷けるばかりでなく、それに対して同情をさえ禁じ得ないくらいですから。

よく世間では「女が男を欺す」と云います。しかし私の経験によると、これは決して最初から「欺す」のではありません。最初は男が自ら進んで「欺される」のを喜ぶのです、惚れた女が出来て見ると、彼女の云うことが嘘であろうと真実であろうと、男の耳には総べて可愛い。たまたま彼女が空涙を流しながら靠《もた》れかかって来たりすると、

「ははあ、此奴《こいつ》、この手で己《おれ》を欺そうとしているな。でもお前は可笑しな奴だ、可愛い奴

だ、己にはちゃんとお前の腹は分ってるんだが、折角だから欺されてやるよ。まあまあたんと己をお欺し……」

と、そんな風に男は大腹中に構えて、云わば子供を嬉しがらせるような気持で、わざとその手に乗ってやります。ですから男は女に欺される積りはない。却って女を欺してやっているのだと、そう考えて心の中で笑っています。

その証拠には私とナオミが矢張そうでした。

「あたしの方が譲治さんより悧巧だわね」

と、そう云って、ナオミは私を欺し終《おお》せた気になっている。私は自分を間抜け者にして、欺された体《てい》を装ってやる。私に取っては浅はかな彼女の嘘を発《あば》くよりか、寧ろ彼女を得意がらせ、そうして彼女のよろこぶ顔を見てやった方が、自分もどんなにうれしいか知れない。のみならず私は、そこに自分の良心を満足させる言訳さえも持っていました。と云うのは、たといナオミが悧巧な女でないとしても、悧巧だという自信を持たせるのは悪くないことだ。日本の女の第一の短所は確乎《かっこ》たる自信のない点にある。だから彼等は西洋の女に比べていじけて見える。近代的の美人の資格は、顔だちよりも才気煥発《かんぱつ》な表情と態度にあるのだ。よしや自信と云う程でなく、単なる己惚《うぬぼ》れであってもいいから、「自分は賢い」「自分は美人だ」と思い込むことが、結局その女を美人にさせる。——私はそう云う考でしたから、ナオミの悧巧がる癖を戒しめなかったばかりでなく、却って大いに焚《た》きつけてやりました。常に快く彼女に欺され、彼女の自信をいよいよ強くするように仕向けてやりました。

一例を挙げると、私とナオミとはその頃しばしば兵隊将棋やトランプをして遊びましたが、本気でやれば私の方が勝てる訳だのに、成るべく彼女を勝たせるようにしてやったので、次第に彼女は「勝負事では自分の方がずっと強者だ」と思い上って、

「さあ、譲治さん、一つ捻《ひね》ってあげるから入《い》らッしゃいよ」

などと、すっかり私を見縊《みくび》った態度で挑んで来ます。

「ふん、それじゃ一番復讐《ふくしゅう》戦をしてやるかな。――なあに、真面目でかかりゃお前なんかに負けやしないんだが、相手が子供だと思うもんだから、ついつい油断しちまって、――」

「まあいいわよ、勝ってから立派な口をおききなさいよ」

「よし来た！　今度こそほんとに勝ってやるから！」

そう云いながら、私は殊更《ことさら》下手な手を打って相変らず負けてやります。

「どう？　譲治さん、子供に負けて口惜《くや》しかないこと？――もう駄目だわよ、何と云ったってあたしに抗《かな》やしないわよ。まあ、どうだろう、三十一にもなりながら、大の男がこんな事で十八の子供に負けるなんて、まるで譲治さんはやり方を知らないのよ」

そして彼女は「やっぱり歳よりは頭だわね」とか、「自分の方が馬鹿なんだから、口惜しがったって仕方がないわよ」とか、いよいよ図に乗って、

「ふん」

と、例の鼻の先で生意気そうにせせら笑います。

が、恐ろしいのはこれから来る結果なのです。始めのうちは私がナオミの機嫌を取ってやっている、少くとも私自身はそのつもりでいる。ところがだんだんそれが習慣になるに従って、ナオミは真に強い自信を持つようになり、今度はいくら私が本気で踏《ふ》ん張っても、事実彼女に勝てないようになるのです。

人と人との勝ち負けは理智に依《よ》ってのみ極《きま》るのではなく、そこには「気合い」と云うものがあります。云い換えれば動物電気です。まして賭け事の場合には尚更そうで、ナオミは私と決戦すると、始めから気を呑んでかかり、素晴らしい勢で打ち込んで来るので、此方はジリジリと圧《お》し倒されるようになり、立ち怯《おく》れがしてしまうのです。

「ただでやったってつまらないから、幾らか賭けてやりましょうよ」

と、もうしまいにはナオミはすっかり味をしめて、金を賭けなければ勝負をしないようになりました。すると賭ければ賭けるほど、私の負けは嵩《かさ》んで来ます。ナオミは一文なしの癖に、十銭とか二十銭とか、自分で勝手に単位をきめて、思う存分小遣い銭をせしめます。

「ああ、三十円あるとあの着物が買えるんだけれど。……又トランプで取ってやろうかな」

などと云いながら挑戦して来る。たまには彼女が負けることがありましたけれど、そう云う時には又別の手を知っていて、是非その金が欲しいとなると、どんな真似をしても、勝たずには置きませんでした。

ナオミはいつでもその「手」を用いられるように、勝負の時は大概ゆるやかなガウンのようなものを、わざとぐずぐずにだらしなく纏《まと》っていました。そして形勢が悪くなると淫《みだ》りがわしく居ずまいを崩して、襟《えり》をはだけたり、足を突き出したり、それでも駄目だと私の膝へ靠れかかって頬ッぺたを撫でたり、口の端を摘まんでぶるぶると振ったり、ありとあらゆる誘惑を試みました。私は実にこの「手」にかかっては弱りました。就中《なかんづく》最後の手段――これはちょっと書く訳に行きませんが、――をとられると、頭の中が何だかもやもやと曇って来て、急に眼の前が暗くなって、勝負のことなぞ何か何やら分らなくなってしまうのです。

「ずるいよ、ナオミちゃん、そんなことをしちゃ、………」

「ずるかないわよ、これだって一つの手だわよ」

ずーんと気が遠くなって、総べての物が霞《かす》んで行くような私の眼には、その声と共に満面に媚《こ》びを含んだナオミの顔だけがぼんやり見えます。にやにやした、奇妙な笑いを浮べつつあるその顔だけが……

「ずるいよ、ずるいよ、トランプにそんな手があるもんじゃない、……」

「ふん、ない事があるもんか、女と男と勝負事をすりゃ、いろんなおまじないをするもんだわ。あたし余所《よそ》で見たことがあるわ。子供の時分に、内で姉さんが男の人とお花*をする時、傍で見ていたらいろんなおまじないをやってたわ。トランプだってお花とおんなじ事じゃないの。……」

私は思います、アントニーがクレオパトラに征服されたのも、つまりはこう云う風にして、次第に抵抗力を奪われ、円め込まれてしまったのだろうと。愛する女に自信を持たせるのはいいが、その結果として今度は此方が自信を失うようになる。もうそうなっては容易に女の優越感に打ち勝つことは出来なくなります。そして思わぬ禍《わざわい》がそこから生じるようになります。

八

ちょうどナオミが十八の歳の秋、残暑のきびしい九月初旬の或る夕方のことでした。私はその日、会社の方が暇だったので一時間程早く切り上げて、大森の家へ帰って来ると、思いがけなく門を這入った庭の所に、ついぞ見馴《みな》れない一人の少年が、ナオミと何か話しているのを見かけました。

少年の歳は矢張ナオミと同じくらい、上だとしてもせいぜい十九を超えてはいまいと思えました。白地絣《しろじかすり》の単衣《ひとえ》を着て、ヤンキー好みの、派手なリボンの附いている麦藁帽子《むぎわらぼうし》を被って、ステッキで自分の下駄の先を叩きながらしゃべっている、赭《あか》ら顔の、眉毛の濃い、目鼻立ちは悪くないが満面ににきびのある男。ナオミはその男の足下にしゃがんで花壇の蔭に隠れているので、どんな様子をしているのだかはっきり見えませんでした。百日草や、おいらん草や、カンナの花の咲いている間から、その横顔と髪の毛だけが僅かにチラチラするだけでした。

男は私に気がつくと、帽子を取って会釈《えしゃく》をして、

「じゃあ、又」

と、ナオミの方を振り向いて云いながら、すぐすたすたと門の方へ歩いて来ました。

「じゃあ、さよなら」

と、ナオミもつづいて立ち上りましたが、「さよなら」と男は、後向きのままそう云い捨てて、私の前を通る時帽子の縁へちょっと手をかけて、顔を隠すようにしながら出て行き

ました。

「誰だね、あの男は?」

と、私は嫉妬《しっと》と云うよりは、「今のは不思議な場面だったね」と云うような、軽い好奇心で聞いたのでした。

「あれ? あれはあたしのお友達よ、浜田さんて云う、………」

「いつ友達になったんだい?」

「もう先からよ、――あの人も伊皿子へ声楽を習いに行っているの。顔はあんなににきびだらけで汚いけれど、歌を唄わせるとほんとに素敵よ。いい*バリトンよ。この間の音楽会にも私と一緒に*クヮルテットをやったの」

云わないでもいい顔の悪口を云ったので、私はふいと疑いを起して彼女の眼の中を見ましたけれど、ナオミの素振りは落ち着いたもので、少しも平素と異なった所はなかったのです。

「ちょいちょい遊びにやって来るのかい」

「いいえ、今日が始めてよ、近所へ来たから寄ったんだって。――今度*ソシアル・ダンスの倶楽部《クラブ》を拵《こしら》えるから、是非あたしにも這入ってくれッて云いに来たのよ」

私は多少不愉快だったのは事実ですが、しかしだんだん聞いて見ると、その少年が全くそれだけの話をしに来たのであることは、嘘でないように考えられました。第一彼とナオミとが、私の帰って来そうな時刻に、庭先でしゃべっていたと云うこと、それは私の疑いを晴らすのに十分でした。

「それでお前は、ダンスをやるって云ったのかい」

「考えて置くって云っといたんだけれど、………」

と、彼女は急に甘ったれた猫撫で声を出しながら、

「ねえ、やっちゃいけない？　よう！　やらしてよう！　譲治さんも倶楽部へ這入って、一緒に習えばいいじゃないの」

「僕も倶楽部へ這入れるのかい？」

「ええ、誰だって這入れるわ。伊皿子の杉崎先生の知っている露西亜《ロシア》人が教えるのよ。何でも西比利亜《シベリア》から逃げて来たんで、お金がなくって困ってるもんだから、それを助けてやりたいと云うんで倶楽部を拵えたんですって。だから一人でもお弟子の多い方がいいのよ。――ねえ、やらせてよう！」

「お前はいいが、僕が覚えられるかなア」

「大丈夫よ、直きに覚えられるわよ」

「だけど、僕には音楽の素養がないからなア」

「音楽なんか、やってるうちに自然と分るようになるわよ。………ねえ、譲治さんもやらなきゃ駄目。あたし一人でやったって踊りに行けやしないもの。よう、そうして時々二人でダンスに行こうじゃないの。毎日々々内で遊んでばかりいたってつまりゃしないわ」

――ナオミがこの頃、少し今までの生活に退屈を感じているらしいことは、うすうす私にも分っていました。そしてその間私たちは、夏の休みを除く外はこの「お伽噺の家」の中に立て籠ってひろい世の中との交際を断ち、いつもいつもただ二人きりで顔を突き合わせていたのですから、いくらいろいろな「遊び」をやって見たところで、結局退屈を感じて来るのは無理もありません。ましてナオミは非常に飽きっぽいたちで、どんな遊びでも初めは馬鹿に夢中になりますが、決して長つづきはしないのでした。そのくせ何かしていなければ、一時間でもじっとしてはいられないので、トランプもいや、兵隊将棋もいや、活動俳優の真似事もいや、となると、仕方がなしに暫く捨てて顧みなかった花壇の花をいじくって、せっせと土を掘り返したり、種を蒔いたり、水をやったりしましたけれど、それも一時の気紛《きまぐ》れに過ぎませんでした。

「あーあ、つまらないなア、何か面白い事はないかなア」

と、ソオファの上に反り返って読みかけの小説本をおッぽり出して、彼女が大きく欠伸《あくび》をするのを見るにつけても、この単調な二人の生活に一転化を与える方法はないものかと、私も内々それを気にしていたのでした。で、あたかもそう云う際でしたから、これは成る程、ダンスを習うのも悪くはなかろう。もはやナオミも三年前のナオミではない。あの鎌倉へ行った時分とは訳が違うから、彼女を立派に盛装させて社交界へ打って出たら、恐らく多くの婦人の前でもひけを取るような事はなかろう。――と、その想像は私に云い知れぬ誇りを感じさせました。

前にも云うように、私には学校時代から格別親密な友達もなく、これまで出来るだけ無駄な附合いを避けて暮してはいましたけれど、しかし決して社交界へ出るのが嫌ではなかったのです。田舎者で、お世辞が下手で、人との応対が我ながら無細工なので、そのために引っ込み思案になっていたものの、それだけに又、却って一層華やかな社会を慕う心がありました。もともとナオミを妻にしたのも彼女をうんと美しい夫人にして、毎日方々へ連れ歩いて、世間の奴等に何とかかとか云われて見たい。「君の奥さんは素敵なハイカラだね」と、交際場裡《こうさいじょうり》で褒められて見たい。と、そんな野心が大いに働いていたのですから、そういつまでも彼女を「小鳥の籠」の中へしまって置く気はなかったのです。

ナオミの話では、その露西亜人の舞踊の教師はアレキサンドラ・シュレムスカヤと云う名前の、或る伯爵の夫人だと云うことでした。夫の伯爵は革命騒ぎで行くえ不明になってしまい、子供も二人あったのだそうですが、それも今では居所が分らず、やっと自分の身一つを日本へ落ちのびて、ひどく生活に窮していたので、今度いよいよダンスの教授を始めることになったのだそうです。で、ナオミの音楽の先生である杉崎春枝女史が夫人の為めに倶楽部を組織し、そして幹事になったのがあの浜田と云う、慶応義塾の学生でした。稽古場にあてられたのは三田の聖坂《ひじりざか》にある、吉村と云う西洋楽器店の二階で、夫人はそこへ毎週二回、月曜日と金曜日に出張する。会員は午後の四時から七時までの間に、都合のいい時を定めて行って、一回に一時間ずつ教えて貰い、月謝は一人前二十円、それを毎月前金で払うと云う規定でした。私とナオミと二人で行けば月々四十円もかかる訳で、いくら相手が西洋人でも馬鹿げているとは思いましたが、ナオミの云うにはダンスと云えば日本の踊りも同じことで、どうせ贅沢なものだからそのくらい取るのは当り前だ。それにそんなに稽古しないでも、器用な人なら一と月ぐらい、不器用な者でも三月もやれば覚えられるから、高いと云っても知れたことだ。

「第一何だわ、そのシュレムスカヤって云う人を助けてやらないじゃ気の毒だわ。昔は伯爵の夫人だったのがそんなに落ちぶれてしまうなんて、ほんとに可哀そうじゃないの。浜田さんに聞いたんだけれど、ダンスは非常に巧くって、ソシアル・ダンスばかりじゃなく、希望者があればステージ・ダンスも教えるんだって。ダンスばかりは芸人のダンスは下品で、駄目だわ、ああ云う人に教わるのが一番いいのよ」と、まだ見たこともないその夫人に、彼女は頻《しき》りと肩を持って、一ぱしダンス通らしいことを云うのでした。

そう云う訳で私とナオミとは、とにかく入会することになり、毎月曜日と金曜日に、ナオミは音楽の稽古を済ませ、私は会社の方が退《ひ》けると、すぐその足で午後六時までに聖坂の楽器店へ行くことにしました。始めの日は午後五時に田町の駅でナオミが私を待ち合わせ、そこから連れだって出かけましたが、その楽器店は坂の中途にある、間口の狭いささやかな店でした。中へ這入るとピアノだの、オルガンだの、蓄音器だの、いろいろな楽器が窮屈な場所に列《なら》んでいて、もう二階ではダンスが始まっているらしく、騒々しい足取りと蓄音器の音が聞えました。ちょうど梯子段の上り口のところに、慶応の学生らしいのが五六人うじゃうじゃしていて、それがジロジロ私とナオミの様子を見るのが、あまり好《い》い気持はしませんでしたが、

「ナオミさん」

と、その時馴れ馴れしい大きな声で、彼女を呼んだ者がありました。見ると今の学生の一人で、フラット・マンドリン――と云うものでしょうか、平べったい、ちょっと日本の月琴《げっきん》のような形の楽器を小脇にかかえて、それの調子を合わせながら針金の絃《げん》をチリチリ

鳴らしているのです。

「今日はア」

と、ナオミも女らしくない、書生ッぽのような口調で応じて、

「どうしたのまアちゃんは？　あんたダンスをやらないの？」

「やあだア、己《おれ》あ」

と、そのまアちゃんと呼ばれた男は、ニヤニヤ笑ってマンドリンを棚の上に置きながら、

「あんなもなあ己あ真っ平御免だ。第一お前《めえ》、月謝を二十円も取るなんて、まるでたけえや」

「だって始めて習うんなら仕方がないわよ」

「なあに、いずれそのうちみんなが覚えるだろうから、そうしたら奴等を取っ掴まえて習ってやるのよ。ダンスなんざあそれで沢山よ。どうでえ、要領がいいだろう」

「ずるいわまアちゃんは！　あんまり要領がよ過ぎるわよ。――ところで『浜さん』は二階にいる？」

「うん、いる、行って御覧」

この楽器屋はこの近辺の学生たちの「溜り」になっているらしく、ナオミもちょいちょい来るものと見えて、店員などもみんな彼女と顔馴染なのでした。

「ナオミちゃん、今下にいた学生たちは、ありゃ何だね？」

と、私は彼女に導かれて梯子段を上りながら尋ねました。

「あれは慶応のマンドリン倶楽部の人たちなの、口はぞんざいだけれど、そんなに悪い人たちじゃないのよ」

「みんなお前の友達なのかい」

「友達って云う程じゃないけれど、時々此処へ買い物に来るとあの人たちに会うもんだから、それで知り合いになっちゃったの」

「ダンスをやるのは、ああ云う連中が重《おも》なのかなあ」

「さあ、どうだか、――そうじゃないでしょ、学生よりはもっと年を取った人が多いんじゃない？――今行って見れば分るわよ」

二階へ上ると、廊下の取っ突きに稽古場があって、「ワン、トゥウ、スリー」と云いながら足拍子を蹈んでいる五六人の人影が、すぐと私の眼に入りました。日本座敷を二た間打ち抜いて、靴穿きのまま這入れるような板敷にして、多分滑りをよくする為めか何かでしょう、例の浜田と云う男が彼方此方《あっちこっち》へチョコチョコ駆けて歩いては、細かい粉を床の上へまいていいます。まだ日の長い暑い時分のことだったので、すっかり障子を明け放してある西側の窓から、夕日がぎらぎらとさし込んでいる、そのほの紅《あか》い光を背に浴びせながら、白いジョオゼットの上衣《うわぎ》を着て、紺のサージのスカアトを穿いて、部屋と部屋との間仕切りの所に立っているのが、云うまでもなくシュレムスカヤ夫人でした。二人の子供があるというのから察すれば、実際の歳は三十五六にもなるのでしょうか？ 見たところでは漸く三十前後ぐらいで、成る程貴族の生れらしい威厳を含んだ、きりりと引き緊《し》まった顔だちの婦人、――その威厳は、多少の凄みを覚えさせるほど蒼白を帯びた、澄んだ血色のせいであろうと思われましたが、しかし凛乎《りんこ》たる表情や、瀟洒《しょうしゃ》な服装や、胸だの指だのに輝いている宝石を見ると、これが生活に困っている人とはどうしても受け取れませんでした。夫人は片手に鞭《むち》を持って、こころもち気むずかしそうに眉根を寄せながら、練習している人々の足元を睨んで、「ワン、トゥウ、トゥリー」――露西亜人の英語ですから〝three〟を〝tree〟と発音するのです。――と静かな、しかし命令的な態度を以て繰り返していま す。それに従って、練習生が列を作って、覚束《おぼつか》ないステップを踏みつつ、往ったり来たりしているところは、女の上官が兵隊を訓練しているようで、いつか浅草の金竜館で見たことのある「女軍出征」*を想い出しました。練習生のうちの三人は、とにかく学生ではないらしい背広服を着た若い男で、あとの二人は女学校を出たばかりの、何処かの令嬢でありましょう、質素ななりをして、袴を穿いて男と一緒に一生懸命に稽古しているのが、いかにも真面目なお嬢さんらしくて悪い感じはしませんでした。夫人は一人でも足を間違えた

者があると、忽《たちま》ち

「No!」

と、鋭く叱《しっ》して、傍へやって来て歩いて見せる。覚えが悪くて余りたびたび間違えると、

「No good!」

と叫びながら、鞭でぴしりッと床を叩いたり、男女の容赦なくその人の足を打ったりします。

「教え方が実に熱心でいらっしゃいますのね、あれでなければいけませんわ」

「ほんとうにね、シュレムスカヤ先生はそりゃ熱心でいらっしゃいますの。日本人の先生方だとどうしてもああは参りませんけれど、西洋の方はたとい御婦人でも、其処はキチンとしていらしって、全く気持がようございますのよ。そしてあの通り授業の間は一時間でも二時間でも、ちっともお休みにならないで稽古をおつづけになるのですから、この暑いのにお大抵ではあるまいと思って、アイスクリームでも差上げようかと申すのですけれど、時間の間は何も要らないと仰っしゃって、決して召し上らないんですの」

「まあ、よくそれでおくたびれになりませんのね」

「西洋の方は体が出来ていらっしゃるから、わたくし共とは違いますのね。――――でも考えるとお気の毒な方でございますわ、もとは伯爵の奥様で、何不自由なくお暮らしになっ

ていらしったのが、革命のためにこう云う事までなさるようになったのですから。――」

待合室になっている次の間のソオファに腰かけて、稽古場の有様を見物しながら、二人の婦人がさも感心したようにこんな事をしゃべっています。一人の方は二十五六の、唇の薄く大きい、*支那《しな》金魚の感じがする円顔の出眼の婦人で、髪の毛を割らずに、額の生え際から頭の頂辺《てっぺん》へはりねずみの臀部《でんぶ》の如く次第に高く膨らがして、髱《たぼ》の所へ非常に大きな白鼈甲《しろべっこう》の簪《かんざし》を挿して、埃及《エジプト》模様の塩瀬《しおぜ》の丸帯に翡翠《ひすい》の帯留めをしているのですが、シュレムスカヤ夫人の境遇に同情を寄せ、しきりに彼女を褒めちぎっているのはこの婦人の方なのでした。それに合槌を打っているもう一人の婦人は、汗のため厚化粧のお白粉《しろい》がぶちになって、ところどころに小皺のある、荒れた地肌が出ているのから察すると、恐らく四十近いのでしょう。わざとか生れつきか束髪に結った赭《あか》い髪の毛のぼうぼうと縮れた、痩せたひょろ長い体つきの、身なりは派手にしていますけれど、ちょっと看護婦上りのような顔だちの女でした。

この婦人連を取り巻いて、つつましやかに自分の番を待ち受けている人々もあり、中には既に一と通りの練習を積んだらしく、てんでに腕を組み合わせて、稽古場の隅を踊り廻っているのもあります。幹事の浜田は夫人の代理と云う格なのか、自分でそれを気取っているのか、そんな連中の相手になって踊ってやったり、蓄音器のレコードを取り換えたりして、独りで目まぐるしく活躍しています。一体女は別として、男でダンスを習いに来ようと云う者は、どう云う社会の人間なのかと思って見ると、不思議なことにしゃれた服を着ているのは浜田ぐらいで、あとは大概安月給取りのような、野暮くさい紺の三つ組みを着た、気の利かなそうなのが多いのでした。尤も歳は皆私より若そうで、三十台と思われる紳士はたった一人しかありません。その男はモーニングを纏って、金縁の分の厚い眼鏡をかけて、時勢おくれの奇妙に長い八字髭《はちじひげ》を生やしていて、一番呑込みが悪いらしく、幾度となく夫人に“No good”とどやしつけられ、鞭でピシリと喰わされます。と、その度毎にニヤニヤ間の抜けた薄笑いをしながら、又始めから「ワン、トゥウ、スリー」をやり直します。

ああ云う男が、いい歳をしてどう云うつもりでダンスをやる気になったものか？　いや、考えると自分も矢張あの男と同じ仲間じゃないのだろうか？　それでなくても晴れがましい場所へ出たことのない私は、この婦人たちの眼の前で、あの西洋人にどやしつけられる刹那《せつな》を思うと、いかにナオミのお附き合いとは云いながら、何だかこう、見ているうちに冷汗が湧いて来るようで、自分の番の廻って来るのが恐ろしいようになるのでした。

「やあ、入《い》らっしゃい」

と、浜田は二三番踊りつづけて、ハンケチでにきびだらけの額の汗を拭きながら、その時傍へやって来ました。

「や、この間は失礼しました」

と今日はいささか得意そうに、改めて私に挨拶をして、ナオミの方を向きながら、

「この暑いのによく来てくれたね、――君、済まないが扇子を持ってたら貸してくれないか、何しろどうも、アッシスタントもなかなか楽な仕事じゃないよ」

ナオミは帯の間から扇子を出して渡してやって、

「でも浜さんはなかなか上手ね、アッシスタントの資格があるわ。いつから稽古し出したのよ」

「僕かい？　僕はもう半歳もやっているのさ。けれど君なんか器用だから、すぐ覚えるよ、ダンスは男がリードするんで、女はそれに喰っ着いて行けりゃあいいんだからね」

「あの、此処にいる男の連中はどう云う人たちが多いんでしょうか？」

私がそう云うと、

「はあ、これですか」

と、浜田は丁寧な言葉になって、

「この人たちは大概あの、東洋石油株式会社の社員の方が多いんです。杉崎先生の御親戚が会社の重役をしておられるので、その方からの御紹介だそうですがね」

東洋石油の会社員とソシアル・ダンス！――随分妙な取り合わせだと思いながら、私は重ねて尋ねました。

「じゃあ何ですか、あのあすこに居る髭の生えた紳士も、やっぱり社員なんですか」

「いや、あれは違います、あの方はドクトルなんです」

「ドクトル？」

「ええ、やはりその会社の衛生顧問をしておられるドクトルなんです。ダンスぐらい体の運動になるものはないと云うんで、あの方は寧ろその為めにやっておられるんです」

「そう？　浜さん」

と、ナオミが口を挟みました。

「そんなに運動になるのかしら？」

「ああ、なるとも。ダンスをやってたら冬でも一杯汗を掻いて、シャツがぐちゃぐちゃになるくらいだから、運動としては確かにいいね。おまけにシュレムスカヤ夫人のは、あの通り練習が猛烈だからね」

「あの夫人は日本語が分るのでしょうか？」

私かそう云って尋ねたのは、実はさっきからそれが気になっていたからでした。

「いや、日本語は殆ど分りません、大概英語でやっていますよ」

「英語はどうも、………スピーキングの方になると、僕は不得手だもんだから、………」

「なあに、みんな御同様でさあ。シュレムスカヤ夫人だって、非常なブロークン・イングリッシュで、僕等よりひどいくらいですから、ちっとも心配はありませんよ。それにダンスの稽古なんか、言葉はなんにも要りゃしません。ワン、トゥウ、スリーで、あとは身振りで分るんですから。………」

「おや、ナオミさん、いつお見えになりまして？」

と、その時彼女に声をかけたのは、あの白鼈甲の簪を挿した、支那金魚の婦人でした。

「ああ、先生、――ちょいと、杉崎先生よ」

ナオミはそう云って、私の手を執って、その婦人のいるソオファの方へ引っ張って行きました。

「あの、先生、御紹介いたします、――河合譲治――」

「ああ、そう、――」

と、杉崎女史はナオミが赧《あか》い顔をしたので、皆まで聞かずにそれと意味を悟ったらしく、立ち上って会釈しながら、

「――お初にお目に懸ります、わたくし、杉崎でございます。ようこそお越し下さいました。――ナオミさん、その椅子を此方へ持っていらっしゃい」

そして再び私の方を振り返って、

「さあ、どうぞおかけ遊ばして。もう直きでございますけれど、そうして立ってお待ちになっていらしっちゃ、おくたびれになりますわ」

「……」

私は何と挨拶したかハッキリ覚えていませんが、多分口の中でもぐもぐやらせただけだったでしょう。この、「わたくし」と云うような切口上でやって来られる婦人連が、私には最も苦手でした。そればかりでなく、私とナオミとの関係をどう云う風に女史が解釈しているのか、ナオミがそれをどの点までほのめかしてあるのか、ついうっかりして質《ただ》して置くのを忘れたので、尚更どぎまぎしたのでした。

「あの御紹介いたしますが」

と、女史は私のもじもじするのに頓着なく、例の縮れ毛の婦人の方を指しながら、

「この方は横浜のジェームス・ブラウンさんの奥さんでいらっしゃいます。――この方は大井町の電気会社に出ていらっしゃる河合譲治さん、――」

成る程、するとこの女は外国人の細君だったのか、そう云われれば看護婦よりも*洋妾《らしゃめん》タイプだと思いながら、私はいよいよ固くなってお辞儀をするばかりでした。

「あなた、失礼でございますけれど、ダンスのお稽古をなさいますのは、フォイスト・タ

イムでいらっしゃいますの?」

その縮れ毛は直ぐに私を摑まえて、こんな風にしゃべり出したが、「フォイスト・タイム」と云うところがいやに気取った発音で、ひどく早口に云われたので、

「は?」

と云いながら私かへどもどしていると、

「ええ、お始めてなのでございますの」

と、杉崎女史が傍から引き取ってくれました。

「まあ、そうでいらっしゃいますか、でもねえ、何でございますわ、そりゃジェンルマンはレディーよりもモー・モー・ディフィカルトでございますけれど、お始めになれば直きに何でございますわ。………」

この「モー・モー」と云う奴が、又私には分りませんでしたが、よく聞いて見ると。"more more"と云う意味なのです。「ジェントルマン」を「ジェンルマン」、「リットル」を「リルル」、総べてそう云う発音の仕方で話の中へ英語を挟みます。そして日本語にも一種奇妙なアクセントがあって、三度に一度は「何でございますわ」を連発しながら、油紙へ火がついたように際限もなくしゃべるのです。

それから再びシュレムスカヤ夫人の話、ダンスの話、語学の話、音楽の話………ベトオ

ヴェンのソナタが何だとか、第三シンフォニーがどうしたとか、何々会社のレコードは何々会社のレコードより良いとか悪いとか、私かすっかりしょげて黙ってしまったので、今度は女史を相手にしてぺらぺらやり出すその口ぶりから推察すると、このブラウン氏の夫人というのは杉崎女史のピアノの弟子ででもありましょうか。そして私はこんな場合に、「ちょっと失礼いたします」と、いい潮時を見計って席を外すと云うような、器用な真似が出来ないので、この饒舌家《じょうぜつか》の婦人の間に挟まった不運を嘆息しながら、否でも応でもそれを拝聴していなければなりませんでした。

やがて、髭のドクトルを始めとして石油会社の一団の稽古が終ると、女史は私とナオミとをシュレムスカヤ夫人の前へ連れて行って、最初にナオミ、次に私を、――――これは多分レディーを先にすると云う西洋流の作法に従ったのでしょう、――――極めて流暢な英語で以て引き合わせました。その時女史はナオミのことを「ミス・カワイ」*と呼んだようでした。私は内々、ナオミがどんな態度を取って西洋人と応対するか、興味を持って待ち受けていましたが、ふだんは己惚れの強い彼女も、夫人の前へ出てはさすがにちょっと狼狽の気味で、夫人が何か一と言二た言云いながら、威厳のある眼元に微笑を含んで手をさし出すと、ナオミは真っ赤な顔をして何も云わずにコソコソと握手をしました。私と来ては尚更の事で、正直のところ、その青白い彫刻のような輪廓を、仰ぎ見ることは出来ませんでした。そして黙って俯向いたまま、ダイヤモンドの細かい粒が無数に光っている夫人の手を、そうッと握り返しただけです。

九

私が、自分は野暮な人間であるにも拘わらず、趣味としてハイカラを好み、万事につけて西洋流を真似したことは、既に読者も御承知の筈です。若《も》しも私に十分な金があって、気随気儘な事が出来たら、私は或は西洋に行って生活をし、西洋の女を妻にしたかも知れませんが、それは境遇が許さなかったので、日本人のうちではとにかく西洋人くさいナオミを妻としたような訳です。それにもう一つは、たとい私に金があったとしたところで、男振りに就いての自信がない。何しろ背が五尺二寸という小男で、色が黒くて、歯並びが悪くて、あの堂々たる体格の西洋人を女房に持とうなどとは、身の程を知らな過ぎる。矢張日本人には日本人同士がよく、ナオミのようなのが一番自分の注文に篏まっているのだと、そう考えて結局私は満足していたのです。

が、そうは云うものの、白皙《はくせき》人種の婦人に接近し得ることは、私に取って一つの喜び、――いや、喜び以上の光栄でした。有体に云うと、私は私の交際下手と語学の才の乏しいのに愛憎《あいそ》を尽かして、そんな機会は一生廻《めぐ》って来ないものとあきらめを附け、たまに外人団のオペラを見るとか、活動写真の女優の顔に馴染むとかして、わずかに彼等の美しさを夢のように慕っていました。然るに図らずもダンスの稽古は、西洋の女――おまけにそれも伯爵の夫人――と接近する機会を作ったのです。ハリソン嬢のようなお婆さんは別として、私が西洋の婦人と握手する「光栄」に浴したのは、その時が生れて始めてでした。私はシュレムスカヤ夫人がその「白い手」を私の方へさし出したとき、覚えず胸をどきッとさせてそれを握っていいものかどうか、ちょっと躊躇《ちゅうちょ》したくらいでした。

ナオミの手だって、しなやかで艶があって、指が長々とほっそりしていて、勿論優雅でないことはない。が、その「白い手」はナオミのそれのようにきゃしゃ過ぎないで、掌《てのひら》が厚くたっぷりと肉を持ち、指もなよなよと伸びていながら、弱々しい薄ッぺらな感じがなく、「太い」と同時に「美しい」手だ。――と、私はそんな印象をうけました。そこに嵌めている眼玉のようにギラギラした大きな指環《ゆびわ》も、日本人ならきっと厭味になるでしょうに、却って指を繊麗に見せ、気品の高い、豪奢《ごうしゃ》な趣を添えています。そして何よりもナオミと違っていたところは、その皮膚の色の異常な白さです。白い下にうすい紫の血管が、大理石の斑紋《はんもん》を想わせるように、ほんのり透いて見える凄艶《せいえん》さです。私は今までナオミの手をおもちゃにしながら、

「お前の手は実にきれいだ、まるで西洋人の手のように白いね」

と、よくそう云って褒めたものですが、こうして見ると、残念ながらやっぱり違います。白いようでもナオミの白さは冴えていない、いや、一旦この手を見たあとではどす黒くさえ思われます。それからもう一つ私の注意を惹いたのは、その爪でした。十本の指頭の悉《ことごと》くが、同じ貝殻を集めたように、どれも鮮かに小爪が揃って、桜色に光っていたばかりでなく、大方これが西洋の流行なのでもありましょうか、爪の先が三角形に、ぴんと尖らせて切ってあったのです。

ナオミは私と並んで立つと一寸ぐらい低かったことは、前に記した通りですが、夫人は西洋人としては小柄のように見えながら、それでも私よりは上背があり、踵《かかと》の高い靴を穿いているせいか、一緒に踊るとちょうど私の頭とすれすれに、彼女の露わな胸がありました。夫人が始めて、

"Walk with me!"

と云いつつ、私の背中へ腕を廻してワン・ステップの歩み方を教えたとき、私はどんなにこの真っ黒な私の顔が彼女の肌に触れないように、遠慮したことでしょう。その滑かな清《せい》楚《そ》な皮膚は、私に取ってはただ遠くから眺めるだけで十分でした。握手してさえ済まないように思われたのに、その柔かな羅衣《うすもの》を隔てて彼女の胸に抱きかかえられてしまっては、

私は全くしてはならないことをしたようで、自分の息が臭くはなかろうか、このにちゃにちゃした脂ッ手が不快を与えはしなかろうかと、そんな事ばかり気にかかって、たまたま彼女の髪の毛一と筋が落ちて来ても、ヒヤリとしないではいられませんでした。

それのみならず夫人の体には一種の甘い匂がありました。

「あの女アひでえ腋臭《わきが》だ、とてもくせえや！」

と、例のマンドリン倶楽部の学生たちがそんな悪口を云っているのを、私は後で聞いたことがありますし、西洋人には腋臭が多いそうですから、夫人も多分そうだったに違いなく、それを消すために始終注意して香水をつけていたのでしょうが、しかし私にはその香水と腋臭との交った、甘酸ッぱいようなほのかな匂が、決して厭でなかったばかりか、常に云い知れぬ蠱惑《こわく》でした。それは私に、まだ見たこともない海の彼方の国々や、世にも妙《たえ》なる異国の花園を想い出させました。

「ああ、これが夫人の白い体から放たれる香気か」

と、私は恍惚となりながら、いつもその匂を貪るように嗅いだものです。

私のようなぶきッちょな、ダンスなどと云う花やかな空気には最も不適当であるべき男が、ナオミの為めとは云いながら、どうしてその後飽きもしないで、一と月も二た月も稽古に通う気になったか。——私は敢《あえ》て白状しますが、それは確かにシュレムスカヤ夫人と云うものがあったからです。毎月曜日と金曜日の午後、夫人の胸に抱かれて踊ること。そのほんの一時間が、いつの間にか私の何よりの楽しみとなっていたのです。私は夫人の前に出ると、全くナオミの存在を忘れました。その一時間はたとえば芳烈な酒のように、私を酔わせずには置きませんでした。

「譲治さんは思いの外熱心ね、直きイヤになるかと思ったら。――」

「どうして?」

「だって、僕にダンスが出来るかなアなんて云ってたじゃないの」

ですから私は、そんな話が出るたびに、何だかナオミに済まないような気がしました。

「やれそうもないと思ったけれど、やって見ると愉快なもんだね。それにドクトルの云い草じゃないが、非常に体の運動になる」

「それ御覧なさいな、だから何でも考えていないで、やって見るもんだわ」

と、ナオミは私の心の秘密には気がつかないで、そう云って笑うのでした。

さて、大分稽古を積んだからもうそろそろよかろうと云うので、始めて私たちが銀座のカフエエ・エルドラドオへ出かけたのは、その年の冬のことでした。まだその時分、東京にはダンス・ホールがそう沢山なかったので、*帝国ホテルや*花月園を除いたら、そのカフエエがその頃漸くやり出したくらいのものだったでしょう。で、ホテルや花月園は外国人が主であって、服装や礼儀がやかましいそうだから、まず手初めにはエルドラドオがよかろう、と、そう云うことになったのでした。尤もそれはナオミが何処からか噂を聞いて来て「是非行って見よう」と発議したので、まだ私にはおおびらな場所で踊るだけの度胸はなかったのですが、

「駄目よ、譲治さんは！」

と、ナオミは私を睨みつけて、

「そんな気の弱いことを云っているから駄目なのよ。ダンスなんて云うものは、稽古ばかりじゃいくらやったって上手になりッこありゃしないわよ。人中へ出てずうずうしく踊っているうちに巧くなるものよ」

「そりゃあたしかにそうだろうけれども、僕にはその、ずうずうしさがないもんだから、……」

「じゃいいわよ、あたし独りでも出かけるから。……浜さんでもまアちゃんでも誘って行って、踊ってやるから」

「まアちゃんて云うのはこの間のマンドリン倶楽部の男だろう？」

「ええ、そうよ、あの人なんか一度も稽古しないくせに何処へでも出かけて行って相手構わず踊るもんだから、もうこの頃じゃすっかり巧くなっちゃったわ。譲治さんよりずっと

上手だわ。だからずうずうしくしなけりゃ損よ。………ね、いらっしゃいよ、あたし譲治さんと踊って上げるわ。………ね、後生だから一緒に来て！…………好《い》い児《こ》、好い児、譲治さんはほんとに好い児！」

それで結局出かけることに話が極《き》まると、今度は「何を着て行こう」でまた長いこと相談が始まりました。

「ちょっと譲治さん、どれがいいこと？」

と、彼女は出かける四五日も前から大騒ぎをして、有るだけのものを引っ張り出して、それに一々手を通して見るのです。

「ああ、それがいいだろう」

と、私もしまいには面倒になって好い加減な返辞をすると、

「そうかしら？　これで可笑《おか》しかないかしら？」

と鏡の前をぐるぐる廻って、

「変だわ、何だか。あたしこんなのじゃ気に入らないわ」

と直ぐ脱ぎ捨てて、紙屑《かみくず》のように足で皺《しわ》くちゃに蹴飛ばして、又次の奴を引っかけて見ます。が、あの着物もいや、この着物もいやで、

「ねえ、譲治さん、新しいのを拵えてよ！」

となるのでした。

「ダンスに行くにはもっと思いきり派手なのでなけりゃ、こんな着物じゃ引き立ちはしないわ。よう！　拵えてよう！　どうせこれからちょいちょい出かけるんだから、衣裳がなけりゃ駄目じゃないの」

その時分、私の月々の収入はもはや到底彼女の贅沢には追いつかなくなっていました。元来私は金銭上の事にかけてはなかなか几帳面な方で、独身時代にはちゃんと毎月の小遣いを定め、残りはたとい僅かでも貯金するようにしていましたから、ナオミと家を持った当座は可なりの余裕があったものです。そして私はナオミの愛に溺《おぼ》れてはいましたけれど、会社の仕事は決して疎かにしたことはなく、依然として精励恪勤《せいれいかっきん》な模範的社員だったので、重役の信用も次第に厚くなり、月給の額も上って来て、半期々々のボーナスを加えれば、平均月に四百円になりました。だから普通に暮らすのなら二人で楽な訳であるのに、それがどうしても足りませんでした。細かいことを云うようですが、先ず月々の生活費が、いくら内輪に見積っても二百五十円以上、場合によっては三百円もかかります。このうち家賃が三十五円、――これは二十円だったのが四年間に十五円上がりました。――それから瓦斯《ガス》代、電燈代、水道代、薪炭《しんたん》代、西洋洗濯代等の諸雑費を差し引き、残りの二百円内外から二百三四十円と云うものを、何に使ってしまうかと云うと、その大部分は喰い物でした。

それもその筈で、子供の頃には一品料理のビフテキで満足していたナオミでしたが、いつの間にやらだんだん口が奢って来て、三度の食事の度毎に「何がたべたい」「彼《かに》がたべたい」と、歳に似合わぬ贅沢を云います。おまけにそれも材料を仕入れて、自分で料理するなどと云う面倒臭いことは嫌いなので、大概近所の料理屋へ注文します。

「あーあ、何か旨い物がたべたいなア」

と、退屈するとナオミの云い草はきっとそれでした。そして以前は洋食ばかり好きでしたけれど、この頃ではそうでもなく、三度に一度は「何屋のお椀《わん》がたべて見たい」とか、「何処そこの刺身を取って見よう」とか、生意気なことを云います。

午《ひる》は私は会社に居ますから、ナオミ一人でたべるのですが、却ってそう云う折の方がその贅沢は激しいのでした。夕方、会社から帰って来ると、台所の隅に仕出し屋の*おかもちや、洋食屋の容物《いれもの》などが置いてあるのを、私はしばしば見ることがありました。

「ナオミちゃん、お前又何か取ったんだね！　お前のようにてんや物ばかり喰《た》べていた日にゃお金が懸って仕様がないよ。第一女一人でもってそんな真似をするなんて、少しは勿体ないと云う事を考えて御覧」

そう云われてもナオミは一向平気なもので、

「だって、一人だからあたし取ったんだわ、おかず拵えるのが面倒なんだもの」

と、わざとふてくされて、ソオファの上にふん反り返っているのです。

この調子だからたまったものではありません。おかずだけならまだしもですが、時には御飯を炊くのさえ億劫がって、飯まで仕出し屋から運ばせると云う始末でした。で、月末になると、鳥屋、牛肉屋、日本料理屋、西洋料理屋、鮨《すし》屋、鰻《うなぎ》屋、菓子屋、果物屋と、方々から持って来る請求書の締め高が、よくもこんなに喰べられたものだと、驚くほど多額に上ったのです。

喰い物の次に嵩んだのは西洋洗濯の代でした。これはナオミが足袋一足でも決して自分で洗おうとせず、汚れ物は総べてクリーニングに出したからです。そしてたまたま叱言《こごと》を云えば、二た言目には、

「あたし女中じゃないことよ」

と云います。

「そんな、洗濯なんかすりゃあ、指が太くなっちゃって、ピアノが弾けなくなるじゃないの、譲治さんはあたしの事を何と云って？　自分の宝物だって云ったじゃないの？　だのにこの手が太くなったらどうするのよ」

と、そう云います。

最初のうちこそナオミは家事向きの用をしてくれ、*勝手元の方を働きもしましたが、それが続いたのはほんの一年か半年ぐらいだったでしょう。ですから洗濯物などはまだいいとして、何より困ったのは家の中が日増しに乱雑に、不潔になって行くことでした。脱いだものは脱ぎッ放し、喰べた物は喰べッ放しと云う有様で、喰い荒した皿小鉢だの、飲みかけの茶碗や湯呑みだの、垢じみた肌着や湯文字だのが、いつ行って見てもそこらに放り出してある。床は勿論椅子でもテーブルでも埃が溜っていないことはなく、あの折角の印度更紗の窓かけも最早や昔日《せきじつ》の俤《おもかげ》を止《とど》めず煤《すす》けてしまい、あんなに晴れやかな「小鳥の籠」であった筈のお伽噺の家の気分は、すっかり趣を変えてしまって、部屋へ這入るとそう云う場所に特有な、むうッと鼻を衝《つ》くような臭いがする。私もこれには閉口して、

「さあさあ、僕が掃除をしてやるから、お前は庭へ出ておいで」

と、掃いたりハタいたりして見たこともありますけれど、ハタけばハタくほどごみが出て来るばかりでなく、余り散らかり過ぎているので、片附けたくとも手の附けようがないのでした。

これでは仕方がないと云うので、二三度女中を雇ったこともありましたが、来る女中も来る女中もみんな呆れて帰ってしまって、五日と辛抱しているものはありませんでした。第一初めからそう云う積りはなかったので、女中が来ても寝るところがありません。そこへ

持って来て私たちの方でも不遠慮ないちゃつきが出来なくなって、ちょっと二人でふざけるのにも何だか窮屈な思いをする。ナオミは人手が殖《ふ》えたとなると、いよいよ横着を発揮して、横のものを縦にもしないで、一々女中をコキ使います。そして相変らず「何屋へ行って何を注文して来い」と、却って前より便利になっただけ、余計贅沢を並べます。結局女中というものは非常に不経済でもあり、われわれの「遊び」の生活に取って邪魔でもあるので、向うも恐れをなしたでしょうが、此方も達《たっ》て居て貰いたくはなかったのです。

そう云う訳で、月々の暮らしがそれだけは懸るとして、あとの百円から百五十円のうちから、月に十円か二十円ずつでも貯金をしたいと思ったのですが、ナオミの銭遣いが激しいので、そんな余裕はありませんでした。彼女は必ず一と月に一枚は着物を作ります。いくらめりんすや銘仙でも裏と表とを買って、しかも自分で縫う事はせず、仕立て賃をかけますから、五十円や六十円は消えてなくなる。そうして出来上った品物は、気に入らなければ押入れの奥へ突っ込んだままるで着ないし、気に入ったとなると膝が抜けるまで着殺してしまう。ですから彼女の戸棚の中には、ぼろぼろになった古着が一杯詰まっていました。それから下駄の贅沢を云います。草履、駒下駄、足駄、日和下駄、両ぐり、余所行きの下駄、不断の下駄――これ等が一足七八円から二三円どまりで、十日間に一遍ぐらいは買うのですから、積って見ると安いものではありません。

「こう下駄を穿いちゃたまらないから、靴にしたらいいじゃないか」

と云って見ても、昔は女学生らしく袴をつけて靴で歩くのを喜んだ癖に、もうこの頃では稽古に行くにも*着流しのままでしゃなりしゃなりと出かけると云う風で、

「あたしこう見えても江戸ッ児よ、なりはどうでも穿きものだけはチャンとしないじゃ気が済まないわ」

と、此方を田舎者扱いにします。

小遣いなども、音楽会だ、電車賃だ、教科書だ、雑誌だ、小説だと、三円五円ぐらいずつ三日に上げず持って行きます。この外に又英語と音楽の授業料が二十五円、これは毎月規則的に払わなければなりません、と、四百円の収入で以上の負担に堪えるのは容易でなく、貯金どころかあべこべに貯金を引き出すようになり、独身時代にいくらか用意して置いたものもチビチビ成し崩しに崩れて行きます。そして、金と云うものは手を付け出したら誠に早いものですから、この三四年間にすっかり蓄えを使い果して、今では一文もないのでした。

因果な事には私のような男の常として、借金の断りを云うのは不得手、従って勘定はキチンキチンと払わなければどうも落ち着いていられないので、晦日《みそか》が来ると云うに云われない苦労をしました。「そう使っちゃ晦日が越せなくなるじゃないか」とたしなめても、

「越せなければ、待って貰えばいいわよ」

と、云います。

「――――三年も四年も一つ所に住んでいながら、晦日の勘定が延ばせないなんて法はないわよ、半期々々にはきっと払うからって云えば、何処でも待つにきまっているわ。譲治さんは気が小さくって融通が利かないからいけないのよ」

そう云った調子で、彼女は自分の買いたいものは総べて現金、月々の払いはボーナスが這入るまで後廻しと云うやり方。そのくせ矢張借金の言訳をするのは嫌いで、

「あたしそんなこと云うのは厭だわ、それは男の役目じゃないの」

と、月末になればフイと何処かへ飛び出して行きます。

ですから私は、ナオミのために自分の収入を全部捧げていたと云ってもいいのでした。彼女を少しでもよりよく身綺麗にさせて置くこと、不自由な思いや、ケチ臭いことはさせないで、のんびりと成長させてやること、――――それは素《もと》より私の本懐でしたから、困ると愚痴りながらも彼女の贅沢を許してしまいます。するとそれだけ他の方面を切り詰めなければならない訳で、幸い私は自分自身の交際費はちっとも懸りませんでしたが、それでもたまに会社関係の会合などがあった場合、義理を欠いても逃げられるだけ逃げるようにする。その外自分の小遣い、被服費、弁当代などを、思い切って節約する。毎日通う

省線電車もナオミは二等の定期を買うのに、私は三等で我慢をする。飯を炊くのが面倒なので、てんや物を取られては大変だから、私か御飯を炊いてやり、おかずを拵えてやることもある。が、そう云う風になって来るとそれが又ナオミには気に入りません。

「男のくせに台所なんぞ働かなくってもいいことよ、見ッともないわよ」

と、そう云うのです。

「譲治さんはまあ、年が年中同じ服ばかり着ていないで、もう少し気の利いたなりをしたらどうなの？　あたし、自分ばかり良くったって譲治さんがそんな風じゃあやっぱり厭だわ。それじゃ一緒に歩けやしないわ」

彼女と一緒に歩けなければ何の楽しみもありませんから、私にしても所謂《いわゆる》「気の利いた」服の一つも拵えなければならなくなる。そして彼女と出かける時は電車も二等へ乗らなければならない。つまり彼女の虚栄心を傷《きずつ》けないようにするためには、彼女一人の贅沢では済まない結果になるのでした。

そんな事情で遣り繰りに困っていたところへ、この頃又シュレムスカヤ夫人の方へ四十円ずつ取られますから、この上ダンスの衣裳を買ってやったりしたらにっちもさっちも行かなくなります。けれどもそれを聴き分けるようなナオミではなく、ちょうど月末のことなので、私のふところに現金があったものですから、尚更それを出せといって承知しません。

「だってお前、今この金を出しちまったら、直《す》ぐに晦日に差支《さしつか》えるのが分っていそうなもんじゃないか」

「差支えたってどうにかなるわよ」

「どうにかなるって、どうなるのさ。どうにもなりようはありゃしないよ」

「じゃあ何のためにダンスなんか習ったのよ。――いいわ、そんなら、もう明日から何処にも行かないから」

そう云って彼女は、その大きな眼に露を湛えて、恨めしそうに私を睨んで、つんと黙ってしまうのでした。

「ナオミちゃん、お前怒っているのかい、………え、ナオミちゃん、ちょっと、………此方を向いておくれ」

その晩、私は床の中に這入ってから、背中を向けて寝たふりをしている彼女の肩を揺す振りながらそう云いました。

「よう、ナオミちゃん、ちょっと此方をお向きッてば。………」

そして優しく手をかけて、魚の骨つきを裏返すように、ぐるりと此方へ引っくり覆すと、抵抗のないしなやかな体は、うっすらと半眼を閉じたまま、素直に私の方を向きました。

「どうしたの？　まだ怒ってるの？」

「………」

「え、おい、………怒らないでもいいじゃないか、どうにかするから、………」

「………」

「おい、眼をお開きよ、眼を………」

云いながら、睫毛《まつげ》がぶるぶる顫《ふる》えている眼瞼《まぶた》の肉を吊りあげると、貝の実のように中からそっと覗いているむっくりとした眼の玉は、寝ているどころか真正面に私の顔を視ているのです。

「あの金で買って上げるよ、ね、いいだろう、………」

「だって、そうしたら困りやしない?…………」

「困ってもいいよ、どうにかするから」

「じゃあ、どうする?」

「国へそう云って、金を送って貰うからいいよ」

「送ってくれる?」

「ああ、それあ送ってくれるとも。僕は今まで一度も国へ迷惑をかけたことはないんだし、二人で一軒持っていればいろいろ物が懸るだろうぐらいなことは、おふくろだって分っているに違いないから。………」

「そう?　でもおかあさんに悪くはない?」

ナオミは気にしているような口ぶりでしたが、その実彼女の腹の中には、「田舎へ云って
やればいいのに」と、とうからそんな考があったことは、うすうす私にも読めていました。

私がそれを云い出したのは彼女の思う壺だったのです。

「なあに、悪い事なんかなんにもないよ。けれども僕の主義として、そう云う事は厭だっ
たからしなかったんだよ」

「じゃ、どう云う訳で主義を変えたの?」

「お前がさっき泣いたのを見たら可哀そうになっちゃったからさ」

「そう?」

と云って、波が寄せて来るような工合に胸をうねらせて、羞《はず》かしそうなほほ笑みを浮べな
がら、

「あたし、ほんとに泣いたかしら?」

「もうどッこへも行かないッて、眼に一杯涙をためていたじゃないか。いつまで立っても
お前はまるでだだッ児《こ》だね、大きなベビちゃん……」

「私のパパちゃん!　可愛いパパちゃん!」

ナオミはいきなり私の頸《くび》にしがみつき、その唇の朱の捺印を繁忙な郵便局のスタンプ掛り

が捺《お》すように、額や、鼻や、眼瞼の上や、耳朶《みみたぶ》の裏や、私の顔のあらゆる部分へ、寸分の隙間もなくぺたぺたと捺しました。それは私に、何か、椿の花のような、どっしりと重い、そして露けく軟かい無数の花びらが降って来るような快さを感じさせ、その花びらの薫りの中に、自分の首がすっかり埋まってしまったような夢見心地を覚えさせました。

「どうしたの、ナオミちゃん、お前はまるで気違いのようだね」

「ああ、気違いよ。………あたし今夜は気違いになるほど譲治さんが可愛いんだもの。………それともうるさい？」

「うるさいことなんかあるものか、僕も嬉しいよ、気違いになるほど嬉しいよ、お前のためならどんな犠牲を払ったって構やしないよ。………おや、どうしたの？　又泣いてるの？」

「ありがとよ、パパさん、あたしパパさんに感謝してるのよ、だからひとりでに涙が出るの。………ね、分った？　泣いちゃいけない？　いけなけりゃ拭いて頂戴」

ナオミは懐*から紙を出して、自分では拭かずに、それを私の手の中へ握らせましたが、瞳はじーッと私の方へ注がれたまま、今拭いて貰うその前に、一層涙を滾々《こんこん》と睫毛の縁まで溢れさせているのでした。ああ何と云う潤いを持った、綺麗な眼だろう。この美しい涙の玉をそうッとこのまま結晶させて、取って置く訳には行かないものかと思いながら、私は最初に彼女の頬を拭いてやり、その円々と盛り上った涙の玉に触れないように眼窩《がんか》の周りを拭《ぬぐ》うてやると、皮がたるんだり引っ張れたりする度毎に、玉はいろいろな形に揉まれて、凸面レンズのようになったり、凹面レンズのようになったり、しまいにははらはらと崩れて折角拭いた頬の上に再び光の糸を曳《ひ》きながら流れて行きます。すると私はもう一度その頬を拭いてやり、まだいくらか濡れている眼玉の上を撫でてやり、それからその紙で、かすかな嗚咽《おえつ》をつづけている彼女の鼻の孔《あな》をおさえ、

「さ、鼻をおかみ」

と、そう云うと、彼女は「チーン」と鼻を鳴らして、幾度も私に洟《はな》をかませました。その明くる日、ナオミは私から二百円貰って、一人で三越へ行き、私は会社で午《ひる》の休みに、母親へ宛てて始めて無心状を書いたものです。

「………何分この頃は物価高く、二三年前とは驚くほどの相違にて、さしたる贅沢を致さざるにも不拘《かかわらず》、月々の経費に追われ、都会生活もなかなか容易に無之《これなく》、………」と、そう書いたのを覚えていますが、親に向ってこんな上手な嘘を云うほど、それほど自分が大胆になってしまったかと思うと、私は我ながら恐ろしい気がしました。が、母は私を信じている上に、悴《せがれ》の大事な嫁としてナオミに対しても慈愛を持っていたことは、二三日してから手許《てもと》に届いた返辞を見ても分りました。手紙の中には「なをみに着物でも買ってや

り」と私が云ってやったよりも百円余計為替が封入してあったのです。

十

エルドラドオのダンスの当夜は土曜日の晩でした。午後の七時半からと云うので、五時頃会社から帰って来ると、ナオミは既に湯上りの肌を脱ぎながら、せっせと顔を作っていました。

「あ、譲治さん、出来て来たわよ」

と、鏡の中から私の姿を見るなり云って、片手をうしろの方へ伸ばして、彼女が指し示すソオファの上には、三越へ頼んで大急ぎで作らせた着物と丸帯とが、包みを解かれて長々と並べてあります。着物は口綿の這入っている比翼の袷《あわせ》で、金紗《きんしゃ》ちりめんと云うのでしょうか、黒みがかった朱のような地色には、花を黄色く葉を緑に、点々と散らした総模様があり、帯には銀糸で縫いを施した二たすじ三すじの波がゆらめき、ところどころに、御座船のような古風な船が浮かんでいます。

「どう？　あたしの見立ては巧いでしょう？」

ナオミは両手にお白粉を溶き、まだ湯煙の立っている肉づきのいい肩から項《うなじ》を、その手のひらで右左からヤケにぴたぴた叩きながら云いました。

が、正直のところ、肩の厚い、臀《しり》の大きい、胸のつき出た彼女の体には、その水のように柔かい地質が、あまり似合いませんでした。めりんすや銘仙を着ていると、混血児の娘のような、エキゾティックな美しさがあるのですけれど、不思議な事にこう云う真面目な衣裳を纏うと、却って彼女は下品に見え、模様が派手であればあるだけ、横浜あたりのチャ*ブ屋か何かの女のような、粗野な感じがするばかりでした。私は彼女が一人で得意になっているので、強いて反対はしませんでしたが、この毒々しい装いの女と一緒に、電車へ乗ったりダンス・ホールへ現れたりするのは、身が竦むような気がしました。

ナオミは衣裳をつけてしまうと、

「さ、譲治さん、あなたは紺の背広を着るのよ」

と、珍しくも私の服を出して来てくれ、埃を払ったり火熨斗《*ひのし》をかけたりしてくれました。

「僕は紺より茶の方がいいがな」

「馬鹿ねえ！　譲治さんは！」

と、彼女は例の、叱るような口調で一と睨み睨んで、

「夜の宴会は紺の背広かタキシードに極《き》まっているもんよ。そうしてカラーもソフトをしないでスティッフのを着けるもんよ。それがエティケットなんだから、これから覚えてお

置きなさい」

「そう云うもんよ、そう云うもんかね」

「へえ、ハイカラかっている癖にそれを知らないでどうするのよ。この紺背広は随分汚れているけれど、でも洋服はぴんと皺が伸びていて、型が崩れていなけりゃいいのよ。さ、あたしがちゃんとして上げたから、今夜はこれを着ていらっしゃい。そして近いうちにタキシードを拵えなけりゃいけないわ。でなけりゃあたし踊って上げないわ」

それからネクタイは紺か黒無地で、蝶結びにするのがいいこと、靴はエナメルにすべきだけれど、それがなければ普通の黒の短靴にすること、赤皮は正式に外れていること、靴下もほんとうは絹がいいのだが、そうでなくても色は黒無地を選ぶべきこと。——何処から聞いて来たものか、ナオミはそんな講釈をして、自分の服装ばかりでなく、私のことにも一つ一つ嘴《くちばし》を入れ、いよいよ家を出かけるまでにはなかなか手間が懸りました。

向うへ着いたのは七時半を過ぎていたので、ダンスは既に始まっていました。騒々しいジャズ・バンドの音を聞きながら梯子段を上って行くと、食堂の椅子を取り払ったダンス・ホールの入口に、“Special Dance - Admission: Ladies Free, Gentlemen ¥3.00”と記した貼紙があり、ボーイが一人番をしていて、会費を取ります。勿論カフエのことですから、ホールと云ってもそんなに立派なものではなく、見わたしたところ、踊っているのは十組ぐらいもあったでしょうが、もうそれだけの人数でも可なりガヤガヤ賑っていました。部屋の一方にテーブルと椅子と二列にならべた席があって、切符を買って入場した者は各〻《おのおの》その席を占領し、ときどきそこで休みながら、他人の踊るのを見物するような仕組になっているのでしょう。そこには見知らない男や女が彼方に一団、此方に一団とかたまりながらしゃべっています。そしてナオミが這入って来ると、彼等は互に何かコソコソ囁き合って、こう云う所でなければ見られない、一種異様な、半ば敵意を含んだような、半ば軽蔑したような胡散な眼つきで、ケバケバしい彼女の姿を捜るように眺めるのでした。

「おい、おい、あすこにあんな女が来たぞ」

「あの連れの男は何者だろう！」

と、私は彼等に云われているような気がしました。彼等の視線が、ナオミばかりか、彼女のうしろに小さくなって立っている私の上にも注がれていることを、はっきりと感じました。私の耳にはオーケストラの音楽がガンガン鳴り響き、私の眼の前には踊りの群衆が、……みんな私より遥に巧そうな群衆が、大きな一つの環を作ってぐるぐると廻っています。同時に私は、自分がたった五尺二寸の小男であること、色が土人のように黒くて乱杭《らんぐい》歯《ば》であること、二年も前に拵えた甚だ振わない紺の背広を着ていることなどを考えたので、顔がカッ、カッ、カッと火照《ほて》って来て、体中に胴ぶるいが来て、「もうこんなところへ来るもんじゃない」と思わないではいられませんでした。

「こんな所に立っていたって仕様がないわ。………何処か彼方の………テーブルの方へ行こうじゃないの」

ナオミもさすがに気怯《きおく》れがしたのか、私の耳へ口をつけて、小さな声でそう云うのでした。

「でも何かしら、この踊っている連中の間を突ッ切ってもいいのかしら?」

「いいのよ、きっと、………」

「だってお前、衝《つ》きあたったら悪いじゃないか」

「衝きあたらないように行けばいいのよ、………ほら、御覧なさい、あの人だって彼処《あすこ》を突ッ切って行ったじゃないの。だからいいのよ、行って見ましょうよ」

私はナオミのあとに附いて広場の群衆を横切って行きましたが、足が顫《ふる》えている上に床がつるつる滑りそうなので、無事に向うへ渡り着くまでが一と苦労でした。そして一遍ガタンと転びそうになり、

「チョッ」

と、ナオミに睨みつけられ、しかめッ面をされたことを覚えています。

「あ、あすこが一つ空いているようだわ、あのテーブルにしようじゃないの」

と、ナオミはそれでも私よりは臆面がなく、ジロジロ見られている中をすうッと済まして

通り越して、とあるテーブルへ就きました。が、あれ程ダンスを楽しみにしていたくせに、すぐ踊ろうとは云い出さないで、何だかこう、ちょっとの間落ち着かないように、手提げ袋から鏡を出してこっそり顔を直したりして、

「ネクタイが左へ曲っているわよ」

と、内証で私に注意しながら、広場の方を見守っているのでした。

「ナオミちゃん、浜田君が来ているじゃないか」

「ナオミちゃんなんて云うもんじゃないわよ、さんて仰《お》っしゃいよ」

そう云ってナオミは、又むずかしいしかめッ面をして、

「浜さんも来てるし、まアちゃんも来ているのよ」

「どれ、何処に？」

「ほら、あすこに……」

そして慌てて声を落して、「指さしをしちゃ失礼だわよ」と、そっと私をたしなめてから、

「ほら、あすこにあの、ピンク色の洋服を着たお嬢さんと一緒に踊っているでしょう、あれがまアちゃんよ」

「やあ」

と、云いながら、その時まアちゃんはわれわれの方へ寄って来て、相手の女の肩越しにに

やにや笑って見せました。ピンク色の洋服は、せいの高い、肉感的な長い両腕をムキ出しにした太った女で、豊かなと云うよりは鬱陶しいほど沢山ある、真っ黒な髪を肩の辺りでザクリと切って、そいつをぼやぼやと縮らせた上に、リボンの鉢巻をしているのですが、顔はと云うと、頬っぺたが赤く、眼が大きく、唇が厚く、そして何処までも純日本式の、浮世絵にでもありそうな細長い鼻つきをした瓜実顔《うりざねがお》の輪廓でした。私も随分女の顔には気をつけている方ですけれど、こんな不思議な、不調和な顔はまだ見たことがありません。思うにこの女は、自分の顔があまり日本人過ぎるのをこの上もなく不幸に感じて、成るたけ西洋臭くしようと苦心惨憺《さんたん》しているらしく、よくよく見ると、凡《およ》そ外部へ露出している肌と云う肌には粉が吹いたようにお白粉が塗ってあり、眼*の周りにはペンキのようにぎらぎら光る緑青《ろくしょう》色の絵の具がぼかしてあるのです。あの頬ッぺたの真っ赤なのも、疑いもなく頬紅をつけているので、おまけにそんなリボンの鉢巻をした恰好は、気の毒ながらどう考えても化け物としか思われません。

「おい、ナオミちゃん、……」

うっかり私はそう云ってしまって、急いでさんと云い直してから、

「あの女はあれでもお嬢さんなのかね?」

「ええ、そうよ、まるで淫売みたいだけれど、……」

「お前あの女を知ってるのかい？」

「知っているんじゃないけれど、よくまアちゃんから話を聞いたわ。ほら、頭へリボンを巻いてるでしょう。あのお嬢さんは眉毛が額のうんと上の方にあるので、それを隠すために鉢巻をして、別に眉毛を下の方へ画《か》いてるんだって。ね、見て御覧なさいよ、あの眉毛は贋物《にせもの》なのよ」

「だけど顔だちはそんなに悪かないじゃないか。赤いものだの青いものだの、あんなにゴチャゴチャ塗り立ててるから可笑しいんだよ」

「つまり馬鹿よ」

ナオミはだんだん自信を恢復《かいふく》して来たらしく、己惚れの強い平素の口調で、云ってのけて、

「顔だちだって、いい事なんかありゃしないわ。あんな女を譲治さんは美人だと思うの？」

「美人と云うほどじゃないけれども、鼻も高いし、体つきも悪くはないし、普通に作ったら見られるだろうが」

「まあ厭だ！　何が見られるもんじゃない！　あんな顔ならいくらだってざらにあるわよ。おまけにどうでしょう、西洋人臭く見せようと思って、いろんな細工をしているところはいいけれど、それがちっとも西洋人に見えないんだから、お慰みじゃないの。まるで猿だわ」

「ところで浜田君と踊っているのは、何処かで見たような女じゃないか」

「そりゃ見た筈だわ、あれは帝劇の春野綺羅子《はるのきらこ》よ」

「へえ、浜田君は綺羅子を知っているのかい？」

「ええ知っているのよ、あの人はダンスが巧いもんだから、方々で女優と友達になるの」

浜田は茶っぽい背広を着て、チョコレート色のボックスの靴にスパットを穿いて、群集の中でも一と際目立つ巧者な足取で踊っています。そして甚だ怪《け》しからんことには、或はこう云う踊り方があるのかも知れませんが、相手の女とぺったり顔を着け合っています。きゃしゃな、象牙のような指を持った、ぎゅっと抱きしめたら撓《しな》って折れてしまいそうな小柄な綺羅子は、舞台で見るよりは遥に美人で、その名の如く綺羅を極めたあでやかな衣裳に、緞子《どんす》と云うのか朱珍《しゅちん》と云うのか、黒地に金糸と濃い緑とで竜を描いた丸帯を締めているのでした。女の方がせいが低いので、浜田はあたかも髪の毛の匂を嗅ぎでもするように、頭をぐっと斜めにかしげて、耳のあたりを綺羅子の横鬢《よこびん》に喰っ着けている。綺羅子は綺羅子で、眼尻に皺が寄るほど強く男の頬ッぺたへ額をあてている。二つの顔は四つの眼玉をパチクリさせながら、体は離れることがあっても、首と首とはいっかな離れずに踊って行きます。

「譲治さん、あの踊り方を知っている？」

「何だか知らないが、あんまり見っともいいもんじゃないね」

「ほんとうよ、実際下品よ」

ナオミはペッペッと唾を吐くような口つきをして、

「あれはチーク・ダンスって云って、真面目な場所でやれるものじゃないんだって。アメリカあたりであれをやったら、退場して下さいって云われるんだって。浜さんもいいけれど、全く気障《きざ》よ」

「だが女の方も女の方だね」

「そりゃそうよ、どうせ女優なんて者はあんな者よ、全体此処へ女優を入れるのが悪いんだわ、そんなことをしたらほんとうのレディーは来なくなるわ」

「男にしたって、お前はひどくやかましいことを云ったけれど、紺の背広を着ている者は少いじゃないか。浜田君だってあんななりをしているし、……」

これは私が最初から気がついていた事でした。知ったか振りをしたがるナオミは、所謂エティケットなるものを聞きかじって来て、無理に私に紺の背広を着せましたけれど、さて来て見ると、そんな服装をしている者は二三人ぐらいで、タキシードなどは一人もなく、あとは大概変り色の、凝ったスーツを着ているのです。

「そりゃそうだけれど、あれは浜さんが間違ってるのよ、紺を着るのが正式なのよ」

「そう云ったって……ほら、あの西洋人を御覧、あれもホームスパンじゃないか。だから何だっていいんだろう」

「そうじゃないわよ、人はどうでも自分だけは正式ななりをして来るもんよ。西洋人がああ云うなりをして来るのは、日本人が悪いからなのよ。それに何だわ、浜さんのように場数を蹈《ふ》んでいて、踊りが巧い人なら格別、譲治さんなんかなりでもキチンとしていなけりゃ見ッともないわよ」

広場の方のダンスの流れが一時に停まって、盛んな拍手が起りました。オーケストラが止んだので、彼等はみんな少しでも長く踊りたそうに、熱心なのは口笛を吹き、地団太を蹈んで、アンコールをしているのです。すると音楽が又始まる、停まっていた流れが再びぐるぐると動き出す。一としきり立つと又止んでしまう、又アンコール、……二度も三度も繰り返して、とうとういくら手を叩いても聴かれなくなると、踊った男は相手の女の後に従ってお供のように護衛しながら、一同ぞろぞろとテーブルの方へ帰って来ます。浜田とまアちゃんは綺羅子とピンク色の洋服をめいめいのテーブルへ送り届けて、椅子にかけさせて、女の前で丁寧にお辞儀をしてから、やがて揃って私たちの方へやって来ました。

「やあ、今晩は。大分御ゆっくりでしたね」

そう云ったのは浜田でした。

「どうしたんだい、踊らねえのかい？」

まアちゃんは例のぞんざいな口調で、ナオミのうしろに突っ立ったまま、眩《まばゆ》い彼女の盛装を上からしげしげと見おろして、

「約束がなけりゃあ、この次に己《おれ》と踊ろうか？」

「いやだよ、まアちゃんは、下手くそだもの！」

「馬鹿云いねえ、月謝は出さねえが、これでもちゃんと踊れるから不思議だ」

と、大きな団子ッ鼻の孔をひろげて、唇を「へ」の字なりに、えへらえへら笑って見せて、

「根が御器用でいらっしゃるからね」

「ふん、威張るなよ！　あのピンク色の洋服と踊ってる恰好なんざあ、あんまりいい図じゃなかったよ」

驚いたことには、ナオミはこの男に向うと、忽《たちま》ちこんな乱暴な言葉を使うのでした。

「や、此奴《こいつ》アいけねえ」

と、まアちゃんは首をちぢめて頭を掻いて、ちらりと遠くのテーブルにいるピンク色の方を振り返りながら、

「己もずうずうしい方じゃ退《ひ》けを取らねえ積りだけれど、あの女には敵わねえや、あの洋服で此処へ押し出して来ようてんだから」

「何だいありゃあ、まるで猿だよ」

「あははは、猿か、猿たあうめえことを云ったな、全く猿にちげえねえや」

「巧く云ってらあ、自分が連れて来たんじゃないか。――ほんとうにまアちゃん、見っともないから注意しておやりよ。西洋人臭く見せようとしたって、あの御面相じゃ無理だわよ。どだい顔の造作が、ニッポンもニッポンも、純ニッポンと来てるんだから」

「要するに悲しき努力だね」

「あははは、そうよほんとに、要するに猿の悲しき努力よ。和服を着たって、西洋人臭く見える人は見えるんだからね」

「つまりお前のようにかね」

ナオミは「ふん」と鼻を高くして、得意のせせら笑いをしながら、

「そうさ、まだあたしの方が混血児《あいのこ》のように見えるわよ」

「熊谷君」

と、浜田は私に気がねするらしく、もじもじしている様子でしたが、その名でまアちゃんを呼びかけました。

「そう云えば君は、河合さんとは始めてなんじゃなかったかしら?」

「ああ、お顔はたびたび見たことがあるがね、――」

「熊谷」と呼ばれたまアちゃんは矢張ナオミの背中越しに、椅子のうしろに衝っ立ったまま、私の方へジロリと厭味な視線を投げました。

「僕は熊谷政太郎と云うもんです。――自己紹介をして置きます、どうか何分――」

「本名を熊谷政太郎、一名をまアちゃんと申します。――」

ナオミは下から熊谷の顔を見上げて、

「ねえ、まアちゃん、ついでにも少し自己紹介をしたらどうなの？」

「いいや、いけねえ、あんまり云うとボロが出るから。――委しいことはナオミさんから御聞きを願います」

「アラ、いやだ、委しい事なんかあたしが何を知っているのよ」

「あははは」

この連中に取り巻かれるのは不愉快だとは思いながら、ナオミが機嫌よくはしゃぎ出したので、私も仕方なく笑って云いました。

「さ、いかがです。浜田君も熊谷君も、これへお掛けになりませんか」

「譲治さん、あたし喉が渇いたから、何か飲む物を云って頂戴。浜さん、あんた何がいい？　レモン・スクォッシュ？」

「え、僕は何でも結構だけれど、………」

「まアちゃん、あんたは？」

「どうせ御馳走になるのなら、ウイスキー・タンサンに願いたいね」

「まあ、呆れた、あたし酒飲みは大嫌いさ、口が臭くって！」

「臭くってもいいよ、臭い所が捨てられないッて云うんだから」

「あの猿がかい？」

「あ、いけねえ、そいつを云われると詫《あや》まるよ」

「あははは」

と、ナオミは辺り憚らず、体を前後に揺す振りながら、

「じゃ、譲治さん、ボーイを呼んで頂戴、――ウイスキー・タンサンが一つ、それからレモン・スクォッシュが三つ。………あ、待って、待って！　レモン・スクォッシュは止めにするわ、フルーツ・カクテルの方がいいわ」

「フルーツ・カクテル？」

私は聞いたこともないそんな飲み物を、どうしてナオミが知っているのか不思議でした。

「カクテルならばお酒じゃないか」

「うそよ、譲治さんは知らないのよ、――まあ、浜ちゃんもまアちゃんも聞いて頂戴、この人はこの通り野暮なんだから」

ナオミは「この人」と云う時に人差指で私の肩を軽く叩いて、

「だからほんとに、ダンスに来たってこの人と二人じゃ間が抜けていて仕様がないわ。ぼんやりしているもんだから、さっきも滑って転びそうになったのよ」

「床がつるつるしてますからね」

と、浜田は私を弁護するように、

「初めのうちは誰でも間が抜けるもんですよ、馴れると追い追い板につくようになりますけれど、……………」

「じゃ、あたしはどう？　あたしもやっぱり板につかない？」

「いや、君は別さ、ナオミ君は度胸がいいから、………まあ社交術の天才だね」

「浜さんだって天才でない方でもないわ」

「へえ、僕が？」

「そうさ、春野綺羅子といつの間にかお友達になったりして！　ねえ、まアちゃん、そう思わない？」

「うん、うん」

と、熊谷は下唇を突き出して、頤《あご》をしゃくって頷いて見せます。

「浜田、お前綺羅子にモーションをかけたのかい？」

「ふざけちゃいかんよ、僕あそんなことをするもんかよ」

「でも浜さんは真っ赤になって云い訳するだけ可愛いわ。何処か正直な所があるわ。――あねえ、浜さん、綺羅子さんを此処へ呼んで来ない？　よう！　呼んでらッしゃいよ！　あたしに紹介して頂戴」

「なんかんて、又冷やかそうッて云うんだろう？　君の毒舌に懸った日にゃ敵わんからなア」

「大丈夫よ、冷やかさないから呼んでらッしゃいよ、賑やかな方がいいじゃないの」

「じゃあ、己もあの猿を呼んで来るかな」

「あ、それがいい、それがいい」

と、ナオミは熊谷を振り返って、

「まアちゃんも猿を呼んどいでよ、みんな一緒になろうじゃないの」

「うん、よかろう、だがもうダンスが始まったぜ、一つお前と踊ってからにしようじゃないか」

「あたしまアちゃんじゃ厭だけれど、仕方がない、踊ってやろうか」

「云うな云うな、習いたての癖にしやがって」

「じゃ譲治さん、あたし一遍踊って来るから見てらッしゃい。後であなたと踊って上げるから」

私は定めし悲しそうな、変な表情をしていたろうと思いますが、ナオミはフイと立ち上って、熊谷と腕を組みながら、再び盛んに動き出した群集の流れの中へ這入って行ってしまいました。

「や、今度は七番のフォックス・トロットか、――――」

と、浜田も私と二人になると何となく話題に困るらしく、ポケットからプログラムを出して見て、こそこそ臀を持ち上げました。

「あの、僕ちょっと失礼します、今度の番は綺羅子さんと約束がありますから。――――」

「さあ、どうぞ、お構いなく、――――」

私は独り、三人が消えてなくなった跡へボーイが持って来たウイスキー・タンサンと、所謂「フルーツ・カクテル」なるものと、四つのコップを前にして、茫然と広場の景気を眺めていなければなりませんでした。が、もともと私は自分が踊りたいのではなく、こう云う場所でナオミがどれほど引き立つか、どう云う踊りッ振りをするか、それを見たいのが主でしたから、結局この方が気楽でした。で、ほっと解放されたような心地で、人波の間に見え隠れするナオミの姿を、熱心な眼で追っ懸けていました。

「ウム、なかなかよく踊る！………あれなら見っともない事はない……ああ云う事をやらせるとやっぱりあの児は器用なものだ。………」

可愛いダンスの草履を穿いた白足袋の足を爪立てて、くるりくるりと身を翻《ひるがえ》すと、華やかな長い*袂《たもと》がひらひらと舞います。一歩を蹈み出す度毎に、着物の上ん前の裾が、蝶々のようにハタハタと跳ね上ります。芸者が撥《ばち》を持つ時のような手つきで熊谷の肩を摘まんでいる真っ白な指、重くどっしり胴体を締めつけた絢爛《けんらん》な帯地、一茎の花のように、この群集の中に目立っている項、横顔、正面、後の襟足、――こうして見ると、成る程和服も捨てたものではありません、のみならず、あのピンク色の洋服を始め突飛な意匠の婦人たちが居るせいか、私が密かに心配していた彼女のケバケバしい好みも、決してそんなに卑しくはありません。

「ああ、暑、暑！　どうだった、譲治さん、あたしの踊るのを見ていた？」

踊りが済むと彼女はテーブルへ戻って来て、急いでフルーツ・カクテルのコップを前へ引き寄せました。

「ああ、見ていたよ、あれならどうして、とても始めてとは思えないよ」

「そう！　じゃ今度、ワン・ステップの時に譲治さんと踊って上げるわ、ね、いいでしょう？………ワン・ステップなら易しいから」

「あの連中はどうしたんだい、浜田君と熊谷君は？」

「え、今来るわよ、綺羅子と猿を引っ張って。――フルーツ・カクテルをもう二つ云ったらいいわ」

「そう云えば何だね、今ピンク色は西洋人と踊っていたようだね」

「ええ、そうなのよ、それが滑稽じゃあないの、――」

と、ナオミはコップの底を視つめ、ゴクゴクと喉を鳴らして、渇いた口を湿《うる》おしながら、

「あの西洋人は友達でも何でもないのよ、それがいきなり猿の所へやって来て、踊って下さいッて云ったんだって。つまり此方を馬鹿にしているのよ、紹介もなしにそんな事を云うなんて、きっと淫売か何かと間違えたのよ」

「じゃ、断ればよかったじゃないか」

「だからさ、それが滑稽じゃないの。あの猿が又、相手が西洋人だもんだから、断り切れないで踊ったところが！　ほんとうにいい馬鹿だわ、恥《はじ》ッ晒《さら》しな！」

「だけどお前、そうツケツケと悪口を云うもんじゃないよ。傍で聞いていてハラハラするから」

「大丈夫よ、あたしにはあたしで考があるわよ。――なあに、あんな女にはそのくらいのことを云ってやった方がいいのよ、でないと此方まで迷惑するから。まアちゃんだって、あれじゃ困るから注意してやるって云っていたわ」

「そりゃ、男が云うのはいいだろうけれど、……」

「ちょいと！　浜ちゃんが綺羅子を連れて来たわよ、レディーが来たら直ぐに椅子から立つもんよ。――」

「あの、御紹介します、――」

と、浜田は私たち二人の前に、兵士の「気をつけ」のような姿勢で立ち止まりました。

「これが春野綺羅子嬢です。――」

こう云う場合、「この女はナオミに比べて優《まさ》っているか、劣っているか」と、私は自然、ナオミの美しさを標準にしてしまうのですが、今浜田の後から、しとやかなしなを作って、その口もとに悠然と自信のあるほほ笑みを浮かべながら、一と足そこへ歩み出た綺羅子は、ナオミより一つか二つ歳かさでもありましょうか。が、生き生きとした、娘々した点に於いては、小柄なせいもあるでしょうが、少しもナオミと変りなく、そして衣裳の豪華なことは寧ろナオミを圧倒するものがありました。

「初めまして、……」

と、慎ましやかな態度で云って、悧巧そうな、小さく円く、パッチリとした眸《ひとみ》を伏せて、こころもち胸を引くようにして挨拶する、その身のこなしには、さすがは女優だけあってナオミのようなガサツな所がありません。

ナオミは為《す》る事成す事が活潑《かっぱつ》の域を通り越して、乱暴過ぎます。口の利き方もつんけんしていて女としての優しみに欠け、ややともすると下品になります。要するに彼女は野生の獣で、これに比べると綺羅子の方は、物の言いよう、眼の使いよう、頸《くび》のひねりよう、手の挙げよう、総べてが洗煉《せんれん》されていて、注意深く、神経質に、人工の極致を尽して研きをかけられた貴重品の感がありました。たとえば彼女が、テーブルに就いてカクテルのコップを握った時の、掌から手頸を見ると、実に細い。そのしっとりと垂れている袂の重みにも得堪えぬほどに、しなしなと細い。きめのこまやかさと色つやのなまめかしさは、ナオミと孰《いず》れ劣らずで、私は幾度卓上に置かれた四枚の掌を、代る代る打ち眺めたか知れませんけれど、しかし二人の顔の趣は大変に違う。ナオミがメリー・ピクフォードで、ヤンキー・ガールであるとするなら、此方はどうしても伊太利か仏蘭西あたりの、しとやかなうちに仄《ほの》かなる媚びを湛えた幽艶《ゆうえん》な美人です。同じ花でもナオミは野に咲き、綺羅子は室《むろ》に咲いたものです。その引き締まった円顔の中にある小さな鼻は、まあ何と云う肉の薄い、透き徹るような鼻でしょう！　余程の名工が拵えた人形か何かでない限り、赤ん坊の鼻だってよもやこんなに繊細ではありますまい。そして最後に気がついたことは、ナオミが日頃自慢している見事な歯並び、それと全く同じ物の真珠の粒が、真赤な瓜を割いたような綺羅子の可愛い口腔《こうこう》の中に、その種子のように生え揃っていたことです。

私が引け目を感ずると同時に、ナオミも引け目を感じたに違いありません。綺羅子が席へ交ってから、ナオミはさっきの傲慢にも似ず、冷やかすどころか俄かにしいんと黙ってしまって、一座はしらけ渡りました。が、それでなくても負け惜しみの強い彼女は、自分が「綺羅子を呼んで来い」と云った言葉の手前、やがていつもの腕白気分を盛り返したらしく、

「浜さん、黙っていないで何か仰っしゃいよ。——あの、綺羅子さんは何ですか、いつから浜さんとお友達におなりになって？」

と、そんな風にぼつぼつ始めました。

「わたくし？」

と綺羅子は云って、冴えた瞳をぱっと明るくして、

「ついこの間からですの」

「あたくし」

と、ナオミも相手の「わたくし」口調に釣り込まれながら、

「今拝見しておりましたけれど、随分お上手でいらっしゃいますのね、よっぽどお習いになりましたの？」

「いいえ、わたくし、やる事はあの、前からやっておりますけれど、ちっとも上手になりませんのよ、不器用だものですから、………」

「あら、そんなことはありませんわ。ねえ浜さん、あんたどう思う？」

「そりゃ巧い筈ですよ、綺羅子さんのは女優養成所で、本式に稽古したんだから」

「まあ、あんなことを仰っしゃって」

と、綺羅子はぽうッとはにかんだような素振りを見せて、俯向《うつむ》いてしまいます。

「でもほんとうにお上手よ、見わたしたところ、男で一番巧いのは浜さん、女では綺羅子さん………」

「まあ」

「何だい、ダンスの品評会かい？　男で一番うめえのは何と云っても己《おれ》じゃねえか。――」

と、そこへ熊谷がピンク色の洋服を連れて割り込んで来ました。

このピンク色は、熊谷の紹介に依ると青山の方に住んでいる実業家のお嬢さんで、井上菊子と云うのでした。もはや婚期を過ぎかけている二十五六の歳頃で、――これは後で聞いたのですが、二三年前或る所へ嫁いだのに、あまりダンスが好きなので近頃離婚になったのだそうです。――わざとそう云う夜会服*の下に肩から腕を露わにした装いは、大方豊艶なる肉体美を売り物にしているのでしょうが、さてこうやって向い合った様子では、豊艶と云わんより脂ぎった大年増と云う形でした。尤も貧弱な体格よりはこのくらいな肉づきの方が、洋服には似合う訳ですけれど、何を云うにも困ったのはその顔だちです。西洋人形へ京人形の首をつけたような、洋服とは甚だ縁の遠い目鼻立ち、――それもそのままにして置けばいいのに、成るべく縁を近くしようと骨を折って、彼方此方へ余計な手入れをして、折角の器量をダイナシにしてしまっている。見ると成る程、本物の眉毛は鉢巻の下に隠されているに違いなく、その眼の上に引いてあるのは明かに作り物なのです。それから眼の縁の青い隈取《くまど》り、頬紅、入れぼくろ、唇の線、鼻筋の線、と、殆ど顔のあらゆる部分が不自然に作ってあります。

「まアちゃん、あんた猿は嫌い？」

と、突然ナオミがそんな事を云いました。

「猿？――」

そう云って熊谷は、ぷっと吹き出したくなるのを我慢しながら、

「何でえ、妙なことを聞くじゃねえか」

「あたしの家に猿が二匹飼ってあるのよ、だからまアちゃんが好きだったら、一匹分けて上げようと思うの。どう？　まアちゃんは猿が好きじゃない？」

「あら、猿を飼っていらっしゃいますの？」

と真顔になって、菊子がそれを尋ねたので、ナオミはいよいよ図に乗りながらいたずら好きの眼を光らして、

「ええ、飼っておりますの、菊子さんは猿がお好き？」

「わたくし、動物は何でも好きでございますわ、犬でも猫でも――」

「そうして猿でも？」

「ええ、猿でも」

その問答があまり可笑しいので、熊谷は側方《そっぽ》を向いて腹を抱える、浜田はハンケチを口へあてててクスクス笑う、綺羅子もそれと感づいたらしくニヤニヤしている。が、菊子は案外人の好い女だと見えて、自分が嘲弄《ちょうろう》されているとは気がつきません。

「ふん、あの女はよっぽど馬鹿だよ、少し血の循《めぐ》りが悪いんじゃないかね」

やがて八番目のワン・ステップが始まって、熊谷と菊子が踊り場の方へ行ってしまうと、ナオミは綺羅子の居る前をも憚らず、口汚い調子で云うのでした。

「ねえ、綺羅子さん、あなたそうお思いにならなかった？」

「まあ、何でございますか、………」

「いいえ、あの方が猿みたいな感じがするでしょ、だからあたし、わざと猿々ッて云ってやったんですよ」

「まあ」

「みんながあんなに笑っているのに、気が付かないなんてよっぽど馬鹿だわ」

綺羅子は半ば呆れたように、半ば蔑《さげす》むような眼つきでナオミの顔を偸《ぬす》み視《み》ながら、何処までも「まあ」の一点張りでした。

十一

「さあ、譲治さん、ワン・ステップよ。踊って上げるからいらっしゃい」

と、それから私はナオミに云われて、やっと彼女とダンスをする光栄を有しました。私にしたって、きまりが悪いとは云うものの、日頃の稽古を実地に試すのはこの際でもあり、殊に相手が可愛いナオミであってみれば、決して嬉しくないことはありません。よしんば物笑いの種になるほど下手糞だったとしたところで、その下手糞は却ってナオミを引き立てることになるのですから、寧ろ私は本望なのです。それから又、私には妙な虚栄心もありました。と云うのは、「あれがあの女の亭主だと見える」と、評判されて見たいことです。云いかえれば「この女は己の物だぞ。どうだ、ちょっと己の宝物を見てくれ」と大いに自慢してやりたいことです。それを思うと私は晴れがましいと同時に、ひどく痛快な気がしました。彼女のために今日まで払った犠牲と苦労とが、一度に報いられたような心地がしました。

どうもさっきからの彼女の様子では、今夜は己と踊りたくないのだろう。己がもう少し巧《うま》くなるまでは厭なのだろう。厭なら厭で、己もそれまではたって踊ろうとは云わない。と、もう好い加減あきらめていたところへ、「踊って上げよう」と来たのですから、その一と声はどんなに私を喜ばせたか知れません。

で、熱病やみのように興奮しながら、ナオミの手を執って最初のワン・ステップを踏み出したまでは覚えていますが、それから先は夢中でした。そして夢中になればなるほど、音楽も何も聞えなくなって、足取りは滅茶苦茶になる、眼はちらちらする、動悸は激しくなる、吉村楽器店の二階で、蓄音器のレコードでやるのとはガラリと勝手が違ってしまって、この人波の大海の中へ漕ぎ出してみると、退こうにも進もうにも、さっぱり見当がつきません。

「譲治さん、何をブルブル顫《ふる》えているのよ、シッカリしないじゃ駄目じゃないの！」と、そこへ持って来てナオミは始終耳元で叱言を云います。

「ほら、ほら又すべった！　そんなに急いで廻るからよ！　もっと静かに！　静かにッたら！」

が、そう云われると私は一層のぼせ上ります。おまけにその床は特に今夜のダンスのために、うんと滑りをよくしてあるので、あの稽古場の積りでうっかりしていると、忽ちつるりと来るのです。

「それそれ！　肩を上げちゃいけないッてば！　もっとこの肩を下げて！　下げて！」

そう云ってナオミは、私が一生懸命に握っている手を振りもぎって、ときどきグイと、邪慳《じゃけん》に肩を抑えつけます。

「チョッ、そんなにぎゅッと手を握っててどうするのよ！　まるであたしにしがみ着いていちゃ、此方が窮屈で仕様がないわよ！………そら、そら又肩が！」

これでは何の事はない、全く彼女に怒鳴られるために踊っている様なものでしたが、そのガミガミ云う言葉さえが私の耳には這入らないくらいでした。

「譲治さん、あたしもう止《や》めるわ」

と、そのうちにナオミは腹を立てて、まだ人々は盛んにアンコールを浴びせているのに、どんどん私を置き去りにして席へ戻ってしまいました。

「ああ、驚いた。まだまだとても譲治さんとは踊れやしないわ、少し内で稽古なさいよ」

浜田と綺羅子がやって来る、熊谷が来る、菊子が来る、テーブルの周囲は再び賑やかになりましたが、私はすっかり幻滅の悲哀に浸って、黙ってナオミの嘲弄の的になるばかりでした。

「あははは、お前のように云った日にゃあ、気の弱え者は尚更踊れやしねえじゃねえか。

まあそう云わずに踊ってやんなよ」

私はこの、熊谷の言葉が又癪《しゃく》に触りました。「踊ってやんな」とは何と云う云い草だ。己を何だと思っているのだ？　この青二才が！

「なあに、ナオミ君が云うほど拙《まず》かありませんよ、もっと下手なのがいくらも居るじゃありませんか」

と浜田は云って、

「どうです、綺羅子さん、今度のフォックス・トロットに河合さんと踊って上げたら？」

「はあ、何卒《どうぞ》………」

綺羅子は矢張女優らしい愛嬌を以《もっ》てうなずきました。が、私は慌てて手を振りながら、

「やあ、駄目ですよ駄目ですよ」

と、滑稽なほど面喰ってそう云いました。

「駄目なことがあるもんですか。あなたのように遠慮なさるからいけないんですよ。ねえ、綺羅子さん」

「ええ、………どうぞほんとに」

「いやあいけません、とてもいけません、巧くなってから願いますよ」

「踊って下さるって云うんだから、踊って戴いたらいいじゃないの」

と、ナオミはそれが、私に取っての身に余る面目ででもあるかのように、おッ被《かぶ》せて云って、

「譲治さんはあたしとばかり踊りたがるからいけないんだわ。——さあ、フォックス・トロットが始まったから行ってらっしゃい、ダンスは他流試合がいいのよ」

“Will you dance with me?”

その時そう云う声が聞えて、つかつかとナオミの傍へやって来たのは、さっき菊子と踊っていた、すらりとした体つきの、女のようなにやけた顔へお白粉を塗っている、歳の若い外人でした。背中を円く、ナオミの前へ身をかがめて、ニコニコ笑いながら、大方お世辞でも云うのでしょうか、何か早口にぺらぺらとしゃべります。そして厚かましい調子で「プリースプリース」と云うところだけが私に分ります。と、ナオミも困った顔つきをして火の出るように真っ赤になって、その癖怒ることも出来ずに、ニヤニヤしています。断りたいには断りたいのだが、何と云ったら最も婉曲《えんきょく》に表わされるか、彼女の英語では咄嗟《とっさ》の際に一と言も出て来ないのです。外人の方はナオミが笑い出したので、好意があると看《み》て取ったらしく、「さあ」と云って促すような素振りをしながら、押しつけがましく彼女の返辞を要求します。

“Yes, ………”

そう云って彼女が不承々々に立ち上ったとき、その頰ッぺたは一層激しく、燃え上るように赧《あか》くなりました。

「あははは、とうとう奴《やっこ》さん、あんなに威張っていたけれど、西洋人にかかっちゃあ意気地がねえね」

と、熊谷がゲラゲラ笑いました。

「西洋人はずうずうしくって困りますのよ。さっきもわたくし、ほんとに弱ってしまいましたわ」

そう云ったのは菊子でした。

「では一つ願いますかな」

私は綺羅子が待っているので、否でも応でもそう云わなければならないハメになりました。一体、今日に限ったことではありませんけれども、厳格に云うと私の眼にはナオミより外に女と云うものは一人もありません。それは勿論、美人を見ればきれいだとは感じます。が、きれいであればきれいであるだけ、ただ遠くから手にも触れずに、そうッと眺めていたいと思うばかりでした。シュレムスカヤ夫人の場合は例外でしたが、あれにしたって、私があの時経験した恍惚とした心持は、恐らく普通の情欲《じょうよく》ではなかったでしょう。「情欲」と云うには余りに神韻漂渺《しんいんひょうびょう》とした、捕捉し難い夢見心地だったでしょう。それに相手は全然われわれとかけ離れた外人であり、ダンスの教師なのですから、日本人で、帝劇の女優で、おまけに眼もあやな衣裳を纏った綺羅子に比べれば気が楽でした。

然るに綺羅子は、意外なことに、踊って見ると実に軽いものでした。体全体がふわりとして、綿のようで、手の柔かさは、まるで木の葉の新芽のような肌触りです。そして非常に此方の呼吸をよく呑み込んで、私のような下手糞を相手にしながら、感のいい馬のようにピタリと息を合わせます。こうなって来ると軽いと云うことそれ自身に得も云われない快感があります。私の心は俄かに浮き浮きと勇み立ち、私の足は自然と活潑なステップを蹈み、あたかもメリー・ゴー・ラウンドへ乗っているように、何処までもするすると、滑かに廻って行きます。

「愉快々々！　これは不思議だ、面白いもんだ！」

私は思わずそんな気になりました。

「まあ、お上手ですわ、ちっとも踊りにくいことはございませんわ」

………グルグルクル！　水車のように廻っている最中、綺羅子の声が私の耳を掠めました。………やさしい、かすかな、いかにも綺羅子らしい甘い声でした。………

「いや、そんなことはないでしょう。あなたがお上手だからですよ」

「いいえ、ほんとに、………」

暫く立ってから、又彼女は云いました。

「今夜のバンドは、大へん結構でございますのね」

「はあ」

「音楽がよくないと、折角踊っても何だか張合いがございませんわ」

気がついて見ると、綺羅子の唇はちょうど私のこめかみの下にあるのでした。これがこの女の癖だと見えて、さっき浜田としたように、その横鬢は私の頬へ触れていました。やんわりとした髪の毛の撫で心地、……そしておりおり洩れて来るほのかな囁き、……長い間*悍馬《かんば》のようなナオミの蹄《ひづめ》にかけられていた私には、それは想像したこともない「女らしさ」の極みでした。何だかこう、茨《いばら》に刺された傷の痕を、親切な手でさすって貰ってでもいるような、……

「あたし、よっぽど断ってやろうと思ったんだけれど、西洋人は友達がないんだから、同情してやらないじゃ可哀そうよ」

やがてテーブルへ戻って来ると、ナオミがいささかしょげた形で弁解しているのでした。

十六番のワルツが終ったのはかれこれ十一時半でしたろうか。まだこのあとにエキストラが数番ある。おそくなったら自動車で帰ろうとナオミが云うのを、ようようなだめて最後の電車に間に合うように新橋へ歩いて行きました。熊谷も浜田も女連と一緒に、銀座通りをぞろぞろと繋がりながらその辺まで私たちを送って来ました。みんなの耳にジャズ・バンドが未だに響いているらしく、誰か一人が或るメロディーを唄い出すと、男も女も直ぐその節に和して行きましたが、歌を知らない私には、彼等の器用さと、物覚えのよさと、その若々しい晴れやかな声とが、ただ妬ましく感ぜられるばかりでした。

「ラ、ラ、ラララ」

と、ナオミは一と際《きわ》高い調子で、拍子を取って歩いていました。

「浜さん、あんた何かいい？　あたしキャラバンが一番すきだわ」

「おお、キャラバン！」

と、菊子が頓狂な声で云いました。

「素敵ね！　あれは」

「でもわたくし、――――」

と、今度は綺羅子が引き取って、

「ホイスパリングも悪くはないと存じますわ。大へんあれは踊りよくって、――――」

「蝶々さんがいいじゃないか、僕はあれが一番好きだよ」

そして浜田は「蝶々さん」を早速口笛で吹くのでした。

改札口で彼等に別れて、冬の夜風が吹き通すプラットホームに立ちながら、電車を待っている間、私とナオミとはあんまり口を利きませんでした。歓楽のあとの物淋しさ、とでも云うような心持が私の胸を支配していました。尤もナオミはそんなものを感じなかったに違いなく、

「今夜は面白かったわね、又近いうちに行きましょうよ」

と、話しかけたりしましたけれど、私は興ざめた顔つきで「うん」と口のうちで答えただけでした。

何だ？　これがダンスと云うものなのか？　親を欺《あざむ》き、夫婦喧嘩をし、さんざ泣いたり笑ったりした揚句の果てに、己《おれ》が味わった舞踏会《ぶとうかい》と云うものは、こんな馬鹿げたものだったのか？　奴等はみんな虚栄心とおべっかと己惚れと、気障《きざ》の集団じゃないか？――が、そんなら己は何の為めに出かけたのだ？　ナオミを奴等へ見せびらかすため？――そうだとすれば己もやっぱり虚栄心のかたまりなのだ。ところで己がそれほどまでに自慢していた宝物はどうだったろう！

「どうだね、君、君がこの女を連れて歩いたら、果して君の注文通り、世間はあッと驚いたかね？」

と、私は自ら嘲るような心持で、自分の心にそう云わないではいられませんでした。――

「君、君、盲人《めくら》蛇に怖《お》じずとは君のことだよ。そりゃあ成る程、君に取ってはこの女は世

界一の宝だろう。だがその宝を晴れの舞台へ出したところはどんなだったい？　虚栄心と己惚れの集団！　君は巧いことを云ったが、その集団の代表者はこの女じゃあなかったかね？　自分独りで偉がって、無闇に他人の悪口を云って、ハタで見ていて一番鼻ッ摘まみだったのは、一体君は誰だったと思う？　西洋人に淫売と間違えられて、しかも簡単な英語一つしゃべれないで、ヘドモドしながら相手になったのは、菊子嬢だけではなかったようだぜ。それにこの女の、あの乱暴な口の利き方は何と云うざまだ。仮りにもレディーを気取っていながら、あの云い草は殆ど聞くに堪えないじゃないか、菊子嬢や綺羅子の方が遥にたしなみがあるじゃないか」

――この不愉快な、悔恨と云おうか失望と云おうか、ちょっと何とも形容の出来ない厭な気持は、その晩家へ帰るまで私の胸にこびりついていました。

電車の中でも、私はわざと反対の側に腰かけて、自分の前に居るナオミと云うものを、も一度つくづくと眺める気になりました。全体己はこの女の何処がよくって、こうまで惚れているのだろう？　あの鼻かしら？　あの眼かしら？　と、そう云う風に数え立てると、不思議なことに、いつもあんなに私に対して魅力のある顔が、今夜は実につまらなく、下らないものに思えるのでした。すると私の記憶の底には、自分が始めてこの女に会った時分、――あのダイヤモンド・カフエエの頃のナオミの姿がぼんやり浮かんで来るのでした。が、今に比べるとあの時分はずっと好かった。無邪気で、あどけなくて、内気な、陰鬱なところがあって、こんなガサツな、生意気な女とは似ても似つかないものだった。己はあの頃のナオミに惚れたので、それの惰勢が今日まで続いて来たのだけれど、考えて見れば知らない間に、この女は随分たまらないイヤな奴になっているのだ。あの「悧巧な女は私でございい」と云わんばかりに、チンと済まして腰かけている恰好はどうだ、「天下の美人は私です」というような、「私ほどハイカラな、西洋人臭い女は居なかろう」と云いたげな、あの傲然《ごうぜん》とした面《つら》つきはどうだ。あれで英語の「え」の字もしゃべれず、パッシヴ・ヴォイスとアクティヴ・ヴォイスの区別さえも分らないとは、誰も知るまいが己だけはちゃんと知っているのだ。………

私はこっそり頭の中で、こんな悪罵《あくば》を浴びせて見ました。彼女は少し反り身になって、顔を仰向けにしているので、ちょうど私の座席からは、彼女が最も西洋人臭さを誇っているところの獅子ッ鼻の孔が、黒々と覗けました。そして、その洞穴の左右には分厚い小鼻の肉がありました。思えば私は、この鼻の孔とは朝夕深い馴染なのです。毎晩々々、私がこの女を抱いてやるとき、常にこう云う角度からこの洞穴を覗き込み、ついこの間もしたようにその洟をかんでやり、小鼻の周りを愛撫してやり、又或る時は自分の鼻とこの鼻とを、楔《くさび》のように喰い違わせたりするのですから、つまりこの鼻は、——この、女の顔のまん中に附着している小さな肉の塊は、まるで私の体の一部も同じことで、決して他人の物のようには思えません。が、そう云う感じを以て見ると、一層それが憎らしく汚らしくなって来るのでした。よく、腹が減った時なぞにまずい物を夢中でムシャムシャ喰うことがある、だんだん腹が膨れて来るに随って、急に今まで詰め込んだ物のまずさ加減に気がつくや否や、一度に胸がムカムカし出して吐きそうになる、——まあ云って見れば、それに似通った心地でしょうが、今夜も相変らずこの鼻を相手に、顔を突き合わせて寝ることを想像すると、「もうこの御馳走は沢山だ」と云いたいような、何だかモタレて来てゲンナリしたようになるのでした。

「これもやっぱり親の罰だ。親を欺して面白い目を見ようとしたって、ロクな事はありゃしないんだ」

と、私はそんな風に考えました。

しかし読者よ、これで私がすっかりナオミに飽きが来たのだと、推測されては困るのです。いや、私自身も今までこんな覚えはないので、一時はそうかと思ったくらいでしたけれど、さて大森の家へ帰って、二人きりになって見ると、電車の中のあの「満腹」の心は次第に何処かへすッ飛んでしまって、再びナオミのあらゆる部分が、眼でも鼻でも手でも足でも、蠱惑《こわく》に充《み》ちて来るようになり、そしてそれらの一つ一つが、私に取って味わい尽せぬ無上の物になるのでした。

私はその後、始終ナオミとダンスに行くようになりましたが、その度毎《たびごと》に彼女の欠点が鼻につくので、帰り途にはきっと厭な気持になる。が、いつでもそれが長続きしたことはなく、彼女に対する愛憎の念は一と晩のうちに幾回でも、猫の眼のように変りました。

十二

閑散であった大森の家には、浜田や、熊谷や、彼等の友達や、主として舞蹈会で近づきになった男たちが、追い追い頻繁に出入りするようになりました。

やって来るのは大概夕方、私が会社から戻る時分で、それからみんなで蓄音機をかけてダンスをやります。ナオミが客好きであるところへ、気兼ねをするような奉公人や年寄は居ず、おまけに此処のアトリエはダンスに持って来いでしたから、彼等は時の移るのを忘れて遊んで行きます。始めのうちはいくらか遠慮して、飯時になれば帰ると云ったものですが、

「ちょいと！　どうして帰るのよ！　御飯をたべていらっしゃいよ」

と、ナオミが無理に引き止めるので、しまいにはもう、来れば必ず「大森亭」の洋食を

取って、晩飯を馳走するのが例のようになりました。

じめじめとした入梅の季節の、或る晩のことでした。浜田と熊谷が遊びに来て、十一時過ぎまでしゃべっていましたが、外は非常な吹き降りになり、雨がざあざあガラス窓へ打ちつけて来るので、二人とも「帰ろう帰ろう」と云いながら、暫く躊躇していると、

「まあ、大変なお天気だ、これじゃあとても帰れないから、今夜は泊っていらっしゃいよ」

と、ナオミがふいとそう云いました。

「ねえ、いいじゃないの、泊ったって。――まアちゃんは無論いいんだろう?」

「うん、己アどうでもいいんだけれど、……浜田が帰るなら己も帰ろう」

「浜さんだって構やしないわよ、ねえ、浜さん」

そう云ってナオミは私の顔色を窺って、

「いいのよ、浜さん、ちっとも遠慮することはないのよ、冬だと布団が足りないけれど、今なら四人ぐらいどうにかなるわ。それに明日は日曜だから、譲治さんも内にいるし、いくら寝坊してもいいことよ」

「どうです、泊って行きませんか、全くこの雨じゃ大変だから」

と、私も仕方なしに勧めました。

「ね、そうなさいよ、そして明日は又何かして遊ぼうじゃないの、そう、そう、夕方から

花月園へ行ってもいいわ」

結局二人は泊ることになりましたが、

「ところで蚊帳《かや》はどうしようね」

と、私が云うと、

「蚊帳は一つしかないんだから、みんな一緒に寝ればいいわよ。その方が面白いじゃないの」

と、そんな事がひどくナオミには珍しいのか、修学旅行にでも行ったように、きゃっきゃっと喜びながら云うのでした。

これは私には意外でした。蚊帳は二人に提供して、私とナオミとは蚊やり線香でも焚きながら、アトリエのソオファで夜を明かしても済むことだと考えていたので、四人が一つ部屋の中へごろごろかたまって寝ようなどとは、思い設けてもいませんでした。が、ナオミがその気になっているし、二人に対してイヤな顔をするでもないし、………と、例の通り私がぐずぐずしているうちに、彼女はさっさと極めてしまって、

「さあ、布団を敷くから三人とも手伝って頂戴」

と、先に立って号令しながら、屋根裏の四畳半へ上って行きました。

布団の順序はどう云う風にするのかと思うと、何分蚊帳が小さいので、四人が一列に枕を

並べる訳には行かない。それで三人が並行になり、一人がそれと直角になる。

「ね、こうしたらいいじゃないの。男の人が三人そこへお並びなさいよ、あたし此方へ独りで寝るわ」

と、ナオミが云います。

「やあ、えれえ事になっちゃったな」

蚊帳が吊れると、熊谷は中を透かして見ながらそう云いました。

「これじゃあどうしても豚小屋だぜ、みんなごちゃごちゃになっちまうぜ」

「ごちゃごちゃだっていいじゃないか、贅沢なことを云うもんじゃないわ」

「ふん！　人様の家に御厄介になりながらか」

「当り前さ、どうせ今夜はほんとに寝られやしないんだから」

「己あ寝るよ、グウグウ鼾《いびき》をかいて寝るよ」

どしんと熊谷は地響を立てて、着物のまんま真っ先にもぐり込みました。

「寝ようッたって寝かしゃしないわよ。――浜さん、まアちゃんを寝かしちゃ駄目よ、寝そうになったら擽《くすぐ》ってやるのよ。――」

「ああ蒸し暑い、とてもこれじゃ寝られやしないよ。――」

まん中の布団にふん反り返って膝を立てている熊谷の右側に、洋服の浜田はズボンと下着のシャツ一枚で、痩《や》せた体を仰向けに、ぺこんと腹を凹《へこ》ましていました。そして静かに戸外の雨を聞き澄ましてでもいるように、片手を額の上に載せて、片手でばたばたと団扇《うちわ》を使っている音が、一層暑苦しそうでした。

「それに何だよ、僕ア女の人がいると、どうもおちおち寝られないような気がするよ」

「あたしは男よ、女じゃないわよ、浜さんだって女のような気がしないって云ったじゃないか」

蚊帳の外の、うす暗い所で、ぱっと寝間着に着換える時ナオミの白い背中が見えました。

「そりゃ、云ったことは云ったけれど、………」

「………やっぱり傍へ寝られると、女のような気がするのかい？」

「ああ、まあそうだな」

「じゃ、まアちゃんは？」

「己ア平気さ、お前なんか女の数に入れちゃあいねえさ」

「女でなけりゃ何なのよ？」

「うむ、まあお前は海豹《あざらし》だな」

「あはははは、海豹と猿と孰方《どっち》がいい？」

「孰方も己あ御免だよ」

と、熊谷はわざと眠そうな声を出しました。私は熊谷の左側に寝ころびながら、三人がしきりにべちゃくちゃ云うのを黙って聞いていましたが、ナオミが此処へ這入って来ると、浜田の方か、私の方か、いずれ孰方かへ頭を向けなければならないのだが、と、内々それを気にしていました。と云うのは、ナオミの枕が孰方つかずに、曖昧な位置に放り出してあったからです。何でもさっき布団を敷く時に、彼女はわざとそう云う風に、あとでどうでもなるように置いたのじゃないかと思われました。と、ナオミは桃色の縮みのガウンに着換えてしまうと、やがて這入って来て衝《つ》っ立ちながら、

「電気を消す?」

と、そう云いました。

「ああ、消して貰いてえ、………」

そう云う熊谷の声がしました。

「じゃあ消すわよ。………」

「あ、痛え!」

と、熊谷が云ったとたんに、いきなりナオミはその胸に飛び上って、男の体を踏み台にして、蚊帳の中からパチリとスイッチを切りました。

暗くはなったが、表の電信柱にある街燈の灯先《ほさき》が窓ガラスに映っているので、部屋の中は

お互の顔や着物が見分けられるほどもやもやと明るく、ナオミが熊谷の首を跨いで、自分の布団へ飛び降りた刹那の、寝間着の裾のさっとはだけた風の勢が私の鼻を嬲《なぶ》りました。

「まアちゃん、一服煙草《たばこ》を吸わない？」

ナオミは直ぐに寝ようとはしないで、男のように股を開いて枕の上にどっかと腰かけ、上から熊谷を見おろしながら云うのでした。

「よう！　此方をお向きよ！」

「畜生、どうしても己を寝かさねえ算段だな」

「うふふふふ、よう！　此方をお向きよ！　向かなけりゃいじめてやるよ」

「あ、いてえ！　よせ、止せ、止せッたら！　生き物だから少し鄭重《ていちょう》にしてくんねえ、蹈み台にされたり蹴られたりしちゃ、いくら頑丈でもたまらねえや」

「うふふふふ」

私は蚊帳の天井を見ているのでハッキリ分りませんでしたが、ナオミは足の爪先で男の頭をグイグイ押したものらしく、

「仕方がねえな」

と云いながら、やがて熊谷は寝返りを打ちました。

「まアちゃん、起きたのかい？」

そう云う浜田の声がしました。

「ああ、起きちゃったよ、盛んに迫害されるんでね」

「浜さん、あんたも此方をお向きよ、でなけりゃ迫害してやるわよ」

浜田はつづいて寝返りを打って、腹這いになったようでした。

同時に熊谷がガチャガチャと袂の中からマッチを捜《さぐ》り出す音がしました。そしてマッチを擦ったので、ぼうッと私の眼瞼《まぶた》の上に明りが来ました。

「譲治さん、あなたも此方を向いたらどう？　独りで何をしているのよ」

「う、うん、………」

「どうしたの、眠いの？」

「う、うん………少しとろとろしかけたところだ、………」

「うふふふふ、巧く云ってらア、わざと寝たふりをしてるんじゃないの、ねえ、そうじゃない？　気が揉めやしない？」

私は図星を指されたので、眼をつぶってはいましたけれど、顔が真っ赤になったような気がしました。

「あたし大丈夫よ、ただこうやって騒いでるだけよ、だから安心して寝てもいいわ。………それともほんとに気が揉めるなら、ちょっと此方を見てみない？　何も痩せ我慢しないだって、――――」

「やっぱり迫害されたいんじゃないかね」

そう云ったのは熊谷で、煙草に火をつけて、すぱッと口を鳴らしながら吸い出しました。

「いやよ！　こんな人を迫害したって仕様がないわよ、毎日してやっているんだもの」

「御馳走様だなア」

と浜田の云ったのが、心からそう云ったのでなく、私に対する一種のお世辞のようにしか取れませんでした。

「ねえ、譲治さん、――だけれど、迫害されたいんならして上げようか」

「いや、沢山だよ」

「沢山ならあたしの方をお向きなさいよ、そんな、一人だけ仲間外れをしているなんて妙じゃないの」

私はぐるりと向き直って、枕の上へ頤《あご》を載せました。と、立て膝をして両脛《りょうはぎ》を八の字に踏ん張っているナオミの足の、一方は浜田の鼻先に、一方は私の鼻先にあるのです。そして熊谷はと云うと、その八の字の間へ首を突っ込んで、悠々と敷島を吹かしています。

「どう？　譲治さん、この光景は？」

「うん、……」

の海豹よ」

「うんとは何よ」

「呆れたもんだね、まさに海豹に違いないね」

「ええ、海豹よ、今海豹が氷の上で休んでるところよ。前に三匹寝ているのも、これも男の海豹よ」

低く密雲の閉ざすように、頭の上に垂れ下がっている萌黄《もえぎ》の蚊帳、………夜目にも黒く、長々と解いた髪の毛の中の白い顔、………しどけないガウンの、ところどころに露われている胸や、腕や、膨《ふく》らッ脛《ぱぎ》や、………この恰好は、ナオミがいつもこれで私を誘惑するポーズの一つで、こう云う姿を見せられると私はあたかも餌を投げられた獣のようにさせられるのです。私は明かに、ナオミが例のそそのかすような表情をして、意地の悪い眼で微笑しながら、じっと此方を見おろしているのを、うす暗い中で感じました。

「呆れたなんて嘘なのよ。あたしにガウンを着られるとたまらないッて云う癖に、今夜はみんなが居るもんだから我慢してるのよ。ねえ、譲治さん、中《あた》ったでしょう」

「馬鹿を云うなよ」

「うふふふふ、そんなに威張るなら、降参させてやろうか」

「おい、おい、ちと穏やかでねえね、そう云う話は明日の晩に願いてえね」

「賛成！」

と、浜田も熊谷の尾に附いて云って、

「今夜はみんな公平にして貰いたいなア」

「だから公平にしてるじゃないの。恨みッこがないように、浜さんの方へは此方の足を出しているし、譲治さんの方へは此方を出してるし、――」

「そうして己はどうなんだい？」

「まアちゃんは一番得をしてるわよ、一番あたしの傍にいて、こんな所へ首を突ン出してるじゃないの」

「大いに光栄の至りだね」

「そうよ、あんたが一番優待よ」

「だがお前、まさかそうして一と晩じゅう起きてる訳じゃねえだろう。一体寝る時はどうなるんだい？」

「さあ、どうしようか、孰方へ頭を向けようか。浜さんにしようか、譲治さんにしようか」

「そんな頭は孰方へ向けたって、格別問題になりやしねえよ」

「いや、そうでないよ、まアちゃんはまん中だからいいが、僕に取っちゃ問題だよ」

「そう？　浜さん、じゃ、浜さんの方を頭にしようか」

「だからそいつが問題なんだよ、此方へ頭を向けられても心配だし、そうかと云って河合さんの方へ向けられても、やっぱり何だか気が揉めるし、………」

「それに、この女は*寝像が悪いぜ」

と、熊谷が又口を挟んで、

「用心しないと、足を向けられた方の奴は夜中に蹴ッ飛ばされるかも知れんぜ」

「どうですか河合さん、ほんとに寝像が悪いですか」

「ええ、悪いですよ、それも一と通りじゃありませんよ」

「おい、浜田」

「ええ?」

「寝惚けて足の裏を舐めたってね」

そう云って熊谷がゲラゲラ笑いました。

「足を舐めたっていいじゃないの。譲治さんなんか始終だわよ、顔より足の方が可愛いくらいだって云うんだもの」

「そいつあ一種の*拝物教だね」

「だってそうなのよ、ねえ、譲治さん、そうじゃなかった? あなたは実は足の方が好きなんだわね?」

それからナオミは、「公平にしなけりゃ悪い」と云って、私の方へ足を向けたり、浜田の方へ向け変えたり、五分おきぐらいに、何度も何度も布団の上を彼方此方へ寝そべりました。

「さあ、今度は浜さんが足の番！」

と云って、寝ながら体をぶん廻しのようにぐるぐる廻したり、廻す拍子に両脚を上げて蚊帳の天井を蹴っ飛ばしたり、向うの端から此方の端へぽんと枕を投げつけたりする。その海豹の活躍ぶりが激しいので、それでなくても布団の半分ははみ出している蚊帳の裾がぱっぱっとめくれて、蚊が幾匹も舞い込んで来る。「此奴《こいつ》あいけねえ、大変な蚊だ」と、熊谷がムックリ起き上って、蚊退治を始める。誰かが蚊帳を蹈んづけて、釣り手を切って落してしまう。その落ちた中でナオミが一層ばたばたと暴れる。釣り手を繕って、蚊帳を吊り直すのに又長いこと時間がかかる。そんな騒ぎで、やっといくらか落ち着いたような気がしたのは、東の方が明るみかけた時分でした。

雨の音、風の響き、隣りに寝ている熊谷の鼾、………私はそれが耳について、ついとろとろとしたかと思うと、ややともすれば眼がさめました。一体この部屋は二人で寝てさえ狭苦しい上に、ナオミの肌や着物にこびりついている甘い香と汗の匂とが、醗酵《はっこう》したように籠っている。そこへ今夜は大の男が二人も余計殖えたのですから、尚更たまらない人いきれがして、密閉された壁の中は、何だか地震でもありそうな、息の詰まるような蒸し暑さでした。ときどき熊谷が寝返りを打つと、べっとり汗ばんだ手だの膝だのが互にぬるぬると触りました。ナオミはと見ると、枕は私の方にありながら、その枕へ片足を載せ、一方の膝を立てて、その足の甲を私の布団の下へ突っ込み、首を浜田の方へかしげて、両手は一杯にひらいたまま、さすがのお転婆《てんば》もくたびれたものか、好い心持そうに眠っています。

「ナオミちゃん……」

と、私はみんなの静かな寝息をうかがいながら、口のうちでそう云って、私の布団の下にある彼女の足を撫でてみました。ああこの足、このすやすやと眠っている真っ白な美しい足、これはたしかに己の物だ、己はこの足を、彼女が小娘の時分から、毎晩々々お湯へ入れてシャボンで洗ってやったのだ、そしてまあこの皮膚の柔かさは、――十五の歳から彼女の体は、ずんずん伸びて行ったけれど、この足だけはまるで発達しないかのように依然として小さく可愛い。そうだ、この拇趾《おやゆび》もあの時の通りだ。小趾《こゆび》の形も、踵の円味も、ふくれた甲の肉の盛り上りも、総べてあの時の通りじゃないか。……私は覚えず、その足の甲へそうッと自分の唇をつけずにはいられませんでした。

夜が明けてから、私は再びうとうととしたようでしたが、やがてどっと云う笑い声に眼がさめて見ると、ナオミが私の鼻の孔へかんじよりを突っ込んでいました。

「どうした?　譲治さん、眼がさめた?」

「ああ、もう何時だね」

「もう十時半よ、だけど起きたって仕様がないからどん*が鳴るまで寝ていようじゃないの」

雨が止んで、日曜日の空は青々と晴れていましたが、部屋の中にはまだ人いきれが残っていました。

十三

当時、私のこんなふしだらな有様は、会社の者は誰も知らない筈でした。家に居る時と会社に居る時と、私の生活は劃然《かくぜん》と二分されていました。勿論事務を執っている際でも、頭の中にはナオミの姿が始終チラついていましたけれど、別段それが仕事の邪魔になるほどではなく、まして他人は気がつく訳もありません。で、同僚の眼には私は矢張君子に見えているのだろうと、そう思い込んでいたことでした。
ところが或る日――まだ梅雨が明けきれない頃で、鬱陶しい晩のことでしたが、同僚の一人の波川と云う技師が、今度会社から洋行*を命ぜられ、その送別会が築地の精養軒で催されたことがありました。私は例に依って義理一遍に出席したに過ぎませんから、会食が済み、デザート・コースの挨拶が終り、みんながぞろぞろ食堂から喫煙室へ流れ込んで、食後のリキウルを飲みながらガヤガヤ雑談をし始めた時分、もう帰っても好かろうと思っ

て立ち上ると、

「おい、河合君、まあかけ給《たま》え」

と、ニヤニヤ笑いながら呼び止めたのは、Sと云う男でした。Sはほんのり微醺《びくん》を帯びて、TやKやHなどと一つソオファを占領して、そのまん中へ私を無理に取り込めようとするのでした。

「まあ、そう逃げんでもいいじゃないか、これから何処かへお出かけかね、この雨の降るのに。――――」

と、Sはそう云って、執方つかずに衝っ立つたままの私の顔を見上げながら、もう一度ニヤニヤ笑いました。

「いや、そう云う訳じゃないけれど、………」

「じゃ、真っ直ぐにお帰りかね」

そう云ったのはHでした。

「ああ、済まないけれど、失敬させてくれ給え。僕の所は大森だから、こんな天気には路《みち》が悪くって、早く帰らないと俥がなくなっちまうんだよ」

「あははは、巧く云ってるぜ」

と、今度はTが云いました。

「おい、河合君、種はすっかり上ってるんだぜ」

「何が？………」

「種」とはどう云う意味なのか、Tの言葉を判じかねて、私は少し狼狽しながら聞き返しました。

「驚いたなアどうも、君子とばかり思っていたのになア………」

と、次にはKが無闇と感心したように首をひねって、

「河合君がダンスをすると云うに至っちゃあ、何しろ時勢は進歩したもんだよ」

「おい、河合君」

と、Sはあたりに遠慮しながら、私の耳に口をつけるようにしました。

「その、君が連れて歩いている素晴らしい美人と云うのは何者かね？　一遍僕等にも紹介し給え」

「いや紹介するような女じゃないよ」

「だって、帝劇の女優だって云う話じゃないか。………え、そうじゃないのか、活動の女優だと云う噂もあるし、混血児《あいのこ》だと云う説もあるんだが、その女の巣を云い給え。云わなけりゃ帰さんよ」

私が明かに不愉快な顔をして、口を吃《ども》らしているのも気が付かず、Sは夢中で膝を乗り出

して、ムキになって尋ねるのでした。

「え、君、その女はダンスでなけりゃあ呼べないのか？」

私はもう少しで「馬鹿ッ」と云ったかも知れませんでした。まだ会社では恐らく誰も気がつくまいと思っていたのに、豈図《あにはか》らんや嗅ぎつけていたばかりでなく、道楽者の名を博しているSの口吻《こうふん》から察すると、奴等は私たちを夫婦であるとは信じないで、ナオミを何処へでも呼べる種類の女のように考えているのです。

「馬鹿ッ、人の細君を摑まえて『呼べるか』とは何だ！　失敬な事を云い給うな」

この堪え難い侮辱に対して、私は当然、血相を変えてこう怒鳴りつけるところでした。いや、たしかにほんの一瞬間、私はさッと顔色を変えました。

「おい、河合々々、教えろよ、ほんとに！」

と、奴等は私の人の好いのを見込んでいるので、何処までもずうずうしく、Hがそう云ってKの方を振り向きながら、

「なあ、K、君は何処から聞いたんだって云ったけな。――」

「僕ア慶応の学生から聞いたよ」

「ふん、何だって？」

「僕の親戚の奴なんでね、ダンス気違いなもんだから始終ダンス場へ出入りするんで、そ

の美人を知ってるんだ」

「おい、名前は何て云うんだ?」

と、Tが横合から首を出しました。

「名前は…………ええと、…………妙な名だったよ、…………ナオミ、…………ナオミと云うんじゃなかったかな」

「ナオミ?…………じゃあやっぱり混血児かな」

そう云ってSは、冷やかすように私の顔を覗いて、

「混血児だとすると、女優じゃないな」

「何でも偉い*発展家だそうだぜ、その女は。盛んに慶応の学生なんかを荒らし廻るんだぞうだから」

私は変な、痙攣のような薄笑いを浮かべたまま、口もとをぴくぴく顫わせているだけでしたが、Kの話が此処まで来ると、その薄笑いは俄かに凍りついたように、頰ッぺたの上で動かなくなり、眼玉がグッと眼窩《がんか》の奥へ凹んだような気がしました。

「ふん、ふん、そいつあ頼もしいや!」

と、Sはすっかり恐悦しながら云うのでした。

「君の親戚の学生と云うのも、その女と何かあったのかい?」

「いや、そりゃどうだか知らないが、友達のうちに二三人はあるそうだよ」

「止せ、止せ、河合が心配するから。――ほら、ほら、あんな顔してるぜ」

Tがそう云うと、みんな一度に私を見上げて笑いました。

「なあに、ちっとぐらい心配させたって構わんさ。われわれに内証でそんな美人を専有しようとするなんて心がけが怪《け》しからんよ」

「あははははは、どうだ河合君、君子もたまにはイキな心配をするのもよかろう？」

「あはははは」

もはや私は、怒るどころではありませんでした。誰が何と云ったのかまるで聞えませんでした。ただどっと云う笑い声が、両方の耳にがんがん響いただけでした。咄嗟の私の当惑は、どうしてこの場を切り抜けたらいいか、泣いたらいいのか、笑ったらいいのか、――

――が、うっかり何か云ったりすると、尚更嘲弄されやしないかと云うことでした。

とにかく私は、何が何やら上の空で喫煙室を飛び出しました。そしてぬかるみの往来へ立って冷めたい雨に打たれるまでは、足が大地に着きませんでした。未だに後から何かが追い駆けて来るような心地で、私はどんどん銀座の方へ逃げ伸びました。

尾張町のもう一つ左の四つ角へ出て、そこを私は新橋の方へ歩いて行きました。……と云うよりも、私の足がただ無意識に、私の頭とは関係なく、その方角へ動いて行きました。

私の眼には雨に濡れた舗道の上に街の燈火のきらきら光るのが映りました。このお天気にも拘わらず、通りはなかなか人が出ているようでした。あ、芸者が傘をさして通る、若い娘がフランネルを着て通る、電車が走る、自動車が駆ける、………

………ナオミが非常な発展家だ。学生たちを荒らし廻る？………そんな事が有り得るだろうか？　有り得る、たしかに有り得る、近頃のナオミの様子を見れば、そう思わないのが不思議なくらいだ。実は己だって内々気にしてはいたのだけれど、彼女を取り巻く男の友達が余り多いので、却って安心していたのだ。ナオミは子供だ、そして活潑だ。「あたし男よ」と彼女自身が云っている通りだ。だから男を大勢集めて、無邪気に、賑やかに、馬鹿ッ騒ぎをするのが好きなだけなんだ。仮に彼女に下心があったとしたって、これだけ多くの人目があれば、それを忍べるものではなし、まさか彼女が、………と、そう考えたこの「まさか」が悪かったんだ。

けれどもまさか、………まさか事実じゃないのじゃなかろうか？　ナオミは生意気にはなったが、でも品性は気高い女だ。己はその事をよく知っている。うわべは己を軽蔑したりするけれども、十五の歳から養ってやった己の恩義には感謝している。決してそれを裏切るようなことはしないと、寝物語に彼女が屢〻涙を以て云う言葉を、己は疑うことは出来ない。あのKの話――事に依ったら、あれは会社の人の悪い奴等が、己をからかうのじゃなかろうか？　ほんとうに、そうであってくれればいいが。………あの、Kの親戚の学生と云うのは誰だろうか？　その学生の知っているのでも二三人は関係がある？　二三人？………浜田？　熊谷？………怪しいとすればこの二人が一番怪しい、が、それならどうして二人は喧嘩しないのだろう。別々に来ないで、一緒にやって来て、仲よくナオミと遊んでいるのはどう云う気だろう？　己の眼を晦《くら》ます手段だろうか？　ナオミが巧く操っているので、二人は互に知らないのだろうか？　いや、それよりも何よりも、ナオミがそんなに堕落してしまっただろうか？　二人に関係があったとしたら、この間の晩の雑魚寝のような、あんな無恥《むち》な、しゃあしゃあとした真似が出来るだろうか？　若しそうだったら彼女のしぐさは売笑婦以上じゃないか。………

私はいつの間にか新橋を渡り、芝口の通りを真っ直ぐにぴちゃぴちゃ泥を撥《は》ね上げながら金杉橋の方まで歩いてしまいました。雨は寸分の隙間もなく天地を閉じ込め、私の体を前後左右から包囲して、傘から落ちる雨だれがレインコートの肩を濡らします。ああ、あの雑魚寝をした晩もこんな雨だった。あのダイヤモンド・カフエのテーブルでナオミに始めて自分の心を打ち明けた晩も、春ではあったがやっぱりこんな雨だった。と、私はそんなことを思いました。すると今夜も、自分がこうしてびしょ濡れになって此処を歩いている最中、大森の家には誰かが来ていやしないだろうか？　又雑魚寝じゃないのだろうか？

――と、そう云う疑惧《ぎぐ》が突然浮かんで来るのでした。ナオミをまん中に、浜田や熊谷が行儀の悪い居ずまいで、べちゃくちゃ冗談を云い合っている淫らなアトリエの光景が、まざまざと見えて来るのでした。

「そうだ。己はぐずぐずしている場合じゃないんだ」

そう思うと私は、急いで田町の停車場へ駆けつけました。一分、二分、三分………と、やっと三分目に電車が来ましたが、私は嘗てこんなに長い三分間を経験したことがありませんでした。

ナオミ、ナオミ！　己はどうして今夜彼女を置き去りにして来たのだろう。ナオミが傍に居ないからいけないんだ、それが一番悪い事なんだ。――私はナオミの顔さえ見れば、このイライラした心持が幾らか救われる気がしました。彼女の闊達《かったつ》な話声を聞き、罪のなさそうな瞳を見れば疑念が晴れるであろうことを祈りました。

が、それにしても、若しも彼女が再び雑魚寝をしようなどと云い出したら、自分は何と云うべきだろうか？　この後自分は、彼女に対し、彼女に寄りつく浜田や熊谷や、その他有象無象に対し、どんな態度を執るべきだろうか？　自分は彼女の怒りを犯しても、敢然として監督を厳にすべきであろうか？　それで彼女が大人しく自分に承服すればいいが、反抗したらどうなるだろう？　いや、そんなことはない。「自分は今夜会社の奴等に甚だしい侮辱を受けた。だからお前も世間から誤解されないように、少し行動を慎しんでおくれ」と云えば、外の場合とは違うから、彼女自身の名誉のためにでも、恐らく云うことを聴くであろう。若しその名誉も誤解も顧みないようなら、正しく彼女は怪しいのだ。Kの話は事実なのだ。若し、………ああ、そんな事があったら……私は努めて冷静に、出来るだけ心を落ち着けて、この最後の場合を想像しました。彼女が私を欺いていたことが明かになったとしたら、私は彼女を許せるだろうか？

――正直のところ、既に私は彼女なしには一日も生きて行かれません。彼女が堕落した罪の一半は勿論私にもあるのですから、ナオミが素直に前非を悔いて詫まってさえくれるなら、私はそれ以上彼女を責めたくはありませんし、責める資格もないのです。けれども私の心配なのは、あの強情な、殊に私に対しては一《ひと》と入《しお》強硬になりたがる彼女が、仮に証拠を突きつけたとしても、そう易々と私に頭を下げるだろうかと云うことでした。たとい一旦は下げたとしても、実は少しも改心しないで、此方を甘く見くびって、二度も三度も同じ過《あやまち》を繰り返すようになりはしないか？　そして結局、お互の意地ッ張りから別れるようになってしまったら？――それが私には何より恐ろしいことでした。露骨に云えば彼女の貞操その物よりも、ずっとこの方が頭痛の種でした。彼女を糺明《きゅうめい》し、或は監督するにしても、その際に処する自分の腹を予め決めて置かなけりゃならない。「そんならあたし出て行くわよ」と云われたとき、「勝手に出て行け」と云えるだけの、覚悟が出来ているならいいが。………

しかし私は、この点になるとナオミの方にも同じ弱点があることを知っていました。なぜなら彼女は、私と一緒に暮らしてこそ思う存分の贅沢が出来ますけれども、一と度此処を追い出されたら、あのむさくるしい千束町の家より外、何処に身を置く場所があるでしょう。もうそうなれば、それこそほんとに売笑婦にでもならない以上、誰も彼女にチヤホヤ云う者はなくなるでしょう。昔はとにかく、我が儘一杯に育ってしまった今の彼女の虚栄心では、それは到底忍び得ないに極まっています。或は浜田や熊谷などが引き取ると云うかも知れませんが、学生の身で、私がさせて置いたような栄耀栄華がさせられないのは、彼女にも分っている筈です。そう考えると、私が彼女に贅沢の味を覚えさせたのはいい事でした。

そうだ、そう云えばいつか英語の時間にナオミがノートを引き裂いた時、己が怒って「出て行け」と云ったら、彼女は降参したじゃないか。あの時彼女に出て行かれたらどんなに困ったか知れないのだが、己が困るより彼女の方がもっと困るのだ。己があっての彼女であって、己の傍を離れたが最後、再び社会のどん底へ落ちてこの世の下積になってしまう。それが彼女には余程恐ろしいに違いないのだ。その恐ろしさは今もあの時と変りはあるまい。もはや彼女も今歳は十九だ。歳を取って、多少でも分別がついて来ただけ、一層彼女はそれをハッキリと感じる筈だ。そうだとすれば万一おどかしに「出て行く」と云うことはあっても、よもや本気で実行することは出来なかろう。そんな見え透いた威嚇《いかく》で以て、己が驚くか驚かないか、そのくらいなことは分っているだろう。………

私は大森の駅へ着くまでに、いくらか勇気を取り返しました。どんな事があってもナオミと私とは別れるような運命にはならない、もうそれだけはきっと確かだと思えました。

家の前までやって来ると、私の忌まわしい想像はすっかり外れて、アトリエの中は真っ暗になっており、一人の客もないらしく、しーんと静かで、ただ屋根裏の四畳半に明りが燈っているだけでした。

「ああ、一人で留守番をしているんだな。――――」

私はほっと胸を撫でました。「これでよかった、ほんとうに仕合わせだった」と、そんな気がしないではいられませんでした。

締まりのしてある玄関の扉を合鍵で開け、中へ這入ると私は直ぐにアトリエの電気をつけました。見ると、部屋は相変らず取り散らかしてありますけれど、矢張客の来たような形跡はありません。

「ナオミちゃん、只今、………帰って来たよ、………」

そう云っても返辞がないので、梯子段を上って行くと、ナオミは一人四畳半に床を取って、安らかに眠っているのでした。これは彼女に珍しいことではないので、退屈すれば昼でも夜でも、時間を構わず布団の中へもぐり込んで小説を読み、そのまますやすやと寝入ってしまうのが常でしたから、その罪のない寝顔に接しては、私はいよいよ安心するばかりでした。

「この女が己を欺いている？　そんな事があるだろうか？…………この、現在己の眼の前で平和な呼吸をつづけている女が？…………」

私は密かに、彼女の眠りを覚まさないように枕もとへ据わったまま、暫くじっと息を殺してその寝姿を見守りました。昔、狐が美しいお姫様に化けて男を欺したが、寝ている間に正体を顕《あら》わして、化けの皮を剝がされてしまった。――私は何か、子供の時分に聞いたことのあるそんな噺を想い出しました。寝像の悪いナオミは、掻い巻きをすっかり剝いでしまって、両股《りょうもも》の間にその襟を挟み、乳の方まで露わになった胸の上へ、片肘を立ててその手の先を、あたかも撓《たわ》んだ枝のように載せています。そして片一方の手は、ちょうど私が据わっている膝のあたりまで、しなやかに伸びています。首は、その伸ばした手の方角へ横向きになって、今にも枕からずり落ちそうに傾いている。そのつい鼻の先の所に、一冊の本がページを開いたまま落ちていました。それは彼女の批評に依れば「今の文壇で一番偉い作家だ」と云う有島武郎《たけお》の、「カインの末裔《まつえい》」と云う小説でした。私の眼は、その仮綴《かりと》じの本の純白な西洋紙と、彼女の胸の白さとの上に、交《かわ》る交《がわ》る注がれました。ナオミは一体、その肌の色が日によって黄色く見えたり白く見えたりするのでしたが、ぐっすり寝込んでいる時や起きたばかりの時などは、いつも非常に冴えていました。眠っている間に、すっかり体中の脂が脱けてしまうかのように、きれいになりました。普通の場合「夜」と「暗黒」とは附き物ですけれど、私は常に「夜」を思うと、ナオミの肌の「白さ」を連想しないではいられませんでした。それは真っ昼間の、隈なく明るい「白さ」とは違って、汚れた、きたない、垢だらけな布団の中の、云わば襤褸《ぼろ》に包まれた「白さ」であるだけ、余計私を惹きつけました。で、こうしてつくづく眺めていると、ランプの笠の蔭になっている彼女の胸は、まるで真っ青な水の底にでもあるもののように、鮮かに浮き上って来るのでした。起きている時はあんなに晴れやかな、変幻極りないその顔つきも、今は憂鬱に眉根を寄せて苦い薬を飲まされたような、頸を縊《し》められた人のような、神秘な表情をしているのですが、私は彼女のこの寝顔が大へん好きでした。「お前は寝ると別人のような表情になるね、恐ろしい夢でも見ているように」――と、よくそんなことを云い云いしました。「これでは彼女の死顔もきっと美しいに違いない」と、そう思ったことも屢〻ありました。私はよしやこの女が狐であっても、その正体がこんな妖艶なものであるなら、寧ろ喜んで魅せられることを望んだでしょう。

私は大凡《おおよ》そ三十分ぐらいそうして黙ってすわっていました。笠の蔭から明るい方へはみ出している彼女の手は、甲を下に、掌を上に、綻びかけた花びらのように柔かに握られて、その手頸には静かな脈の打っているのがハッキリと分りました。

「いつ帰ったの?…………」

すう、すう、すう、と、安らかに繰り返されていた寝息が少し乱れたかと思うと、やがて彼女は眼を開きました。その憂鬱な表情をまだ何処やらに残しながら、………

「今、………もう少し前」

「なぜあたしを起さなかった?」

「呼んだんだけれど起きなかったから、そうッとして置いたんだよ」

「そこにすわって、何をしてたの?――――寝顔を見ていた?」

「ああ」

「ふッ、可笑しな人!」

そう云って彼女は、子供のようにあどけなく笑って、伸ばしていた手を私の膝に載せました。

「あたし今夜は独りぽっちでつまらなかったわ。誰か来るかと思ったら、誰も遊びに来ないんだもの。………ねえ、パパさん、もう寝ない？」

「寝てもいいけれど、………」

「よう、寝てよう！………ごろ寝しちゃったもんだから、方々蚊に喰われちゃったわ。ほら、こんなよ！　ここん所を少うし掻いて！――」

云われるままに、私は彼女の腕だの背中だのを暫く掻いてやりました。

「ああ、ありがと、痒《かゆ》くって痒くって仕様がないわ。――済まないけれど、そこにある寝間着を取ってくれない？　そうしてあたしに着せてくれない？」

私はガウンを持って来て、大の字なりに倒れている彼女の体を抱き掬いました。そして私が帯を解き、着物を着換えさせてやる間、ナオミはわざとぐったりとして、屍骸《しがい》のように手足をぐにゃぐにゃさせていました。

「蚊帳を吊って、それからパパさんも早く寝てよう。――」

十四

その夜の二人の寝物語は、別にくだくだしく書くまでもありません。ナオミは私から精養軒での話を聞くと、「まあ、失敬な！　何て云う物を知らない奴等だろう！」と口汚く罵って一笑に附してしまいました。要するにまだ世間ではソシアル・ダンスと云うものの意義を諒解《りょうかい》していない。男と女が手を組み合って踊りさえすれば、何かその間に良くない関係があるもののように臆測して、直ぐそう云う評判を立てる。新時代の流行に反感を持つ新聞などが、又いい加減な記事を書いては中傷するので、一般の人はダンスと云えば不健全なものだと極めてしまっている。だから私たちは、どうせそのくらいな事は云われる覚悟でいなければならない。――

「それにあたしは、譲治さんより外の男と二人ッきりで居たことなんか一度もないのよ。――ねえ、そうじゃなくって？」

ダンスに行く時も私と一緒、内で遊ぶ時も私と一緒、万一私が留守であっても、客は一人と云うことはない。一人で来ても「今日は此方も一人だから」と云えば、大概遠慮して帰ってしまう。彼女の友達にはそんな不作法な男は居ない。――ナオミはそう云って、

「あたしがいくら我が儘だって、いいことと悪いことぐらいは分っているわよ。そりゃ譲治さんを欺そうと思えば欺せるけれど、あたし決してそんな事はしやしないわ。ほんとに公明正大よ、何一つとして譲治さんに隠したことなんかありゃしないのよ」と云うのでし

た。

「それは僕だって分っているんだよ、ただあんな事を云われたのが、気持が悪かったと云うだけなんだよ」

「悪かったら、どうするって云うの？　もうダンスなんか止めるって云うの？」

「止めなくってもいいけれど、成るべく誤解されないように、用心した方がいいと云うのさ」

「あたし、今も云うように用心して附き合っているじゃないの」

「だから、僕は誤解していやあしないよ」

「譲治さんさえ誤解していなけりゃ、世間の奴等が何て云おうと、恐くはないわ。どうせあたしは、乱暴で口が悪くって、みんなに憎まれるんだから。――――」

そして彼女は、ただ私が信じてくれ、愛してくれれば沢山だとか、自分は女のようでないから自然男の友達が出来、男の方がサッパリしていて自分も好きだものだから、彼等とばかり遊ぶのだけれど、色の恋のと云うようなイヤらしい気持は少しもないとか、センチメンタルな、甘ったるい口調で繰り返して、最後には例の「十五の歳から育てて貰った恩を忘れたことはない」とか「譲治さんを親とも思い夫とも思っています」とか、極まり文句を云いながら、さめざめと涙を流したり、又その涙を私に拭かせたり、矢継ぎ早に接吻《せっぷん》の雨を降らせたりするのでした。

が、そんなに長く話をしながら浜田と熊谷の名前だけは、故意にか、偶然にか、不思議に彼女は云いませんでした。私も実はこの二つの名を云って、彼女の顔に現れる反応を見たいと思っていたのに、とうとう云いそびれてしまいました。勿論私は彼女の言葉を一から十まで信じた訳ではありませんが、しかし疑えばどんな事でも疑えますし、強いて過ぎ去った事までも詮議立てする必要はない、これから先を注意して監督すればいいのだと、………いや、始めはもっと強硬に出るつもりでいたにも拘わらず次第にそう云う曖昧な態度にさせられました。そして涙と接吻の中から、すすり泣きの音に交って囁かれる声を聞いていると、嘘ではないかと二の足を蹈みながら、やっぱりそれが本当のように思われて来るのでした。

こんな事があってから後、私はそれとなくナオミの様子に気をつけましたが、彼女は少しずつ、あまり不自然でない程度に、在来の態度を改めつつあるようでした。ダンスにも行くことは行きますけれど、今までのように頻繁ではなく、行っても余り沢山は踊らずに、程よいところで切り上げて来る。客もうるさくはやって来ない。私が会社から帰って来ると、独りで大人しく留守番して、小説を読むとか、編物をするとか、静かに蓄音器を聴いているとか、花壇に花を植えるとかしている。

「今日も独りで留守番かね？」

「ええ、独りよ、誰も遊びに来なかったわ」

「じゃ、淋しくはなかったかね？」

「始めから独りときまっていれば、淋しいことなんかありゃしないわ、あたし平気よ」

そう云って、

「あたし、賑やかなのも好きだけれど、淋しいのも嫌いじゃないわ。子供の時分にはお友達なんかちっともなくって、いつも独りで遊んでいたのよ」

「ああ、そう云えばそんな風だったね。ダイヤモンド・カフエエにいた時分なんか、仲間の者ともあんまり口を利かないで、少し陰鬱なくらいだったね」

「ええ、そう、あたしはお転婆なようだけれど、ほんとうの性質は陰鬱なのよ。――陰鬱じゃいけない？」

「大人しいのは結構だけれど、陰鬱になられても困るなア」

「でもこの間じゅうのように、暴れるよりはよくはなくって？」

「そりゃいくらいいか知れやしないよ」

「あたし、好い児になったでしょ」

そしていきなり私に飛び着いて、両手で首ッ玉を抱きしめながら、眼が晦むほど切なく激しく、接吻したりするのでした。

「どうだね、暫くダンスに行かないから、今夜あたり行って見ようか」

と、私の方から誘いをかけても、

「どうでも――譲治さんが行きたいなら、――」

と、浮かぬ顔つきで生返辞をしたり、

「それより活動へ行きましょうよ、今夜はダンスは気が進まないわ」

と云うようなこともよくありました。

又あの、四五年前の、純な楽しい生活が、二人の間に戻って来ました。私とナオミとは水入らずの二人きりで、毎晩のように浅草へ出かけ、活動小屋を覗いたり帰りには何処かの料理屋で晩飯をたべながら、「あの時分はこうだった」とか「ああだった」とか、互になつかしい昔のことを語り合って、思い出に耽る。「お前はなりが小さかったものだから、帝国館の横木の上へ腰をかけて、私の肩に摑まりながら絵を見たんだよ」と私が云えば、「譲治さんが始めてカフエエへ来た時分には、イヤにむッつりと黙り込んで、遠くの方からジロジロ私の顔ばかり見て、気味が悪かった」とナオミが云う。

「そう云えばパパさんは、この頃あたしをお湯に入れてくれないのね、あの時分にはあたしの体を始終洗ってくれたじゃないの」

「ああそうそう、そんな事もあったっけね」

「あったっけじゃないわ、もう洗ってくれないの？　こんなにあたしが大きくなっちゃ、洗うのは厭？」

「厭なことがあるもんか、今でも洗ってやりたいんだけれど、実は遠慮していたんだよ」

「そう？　じゃ、洗って頂戴よ、あたし又ベビーさんになるわ」

こんな会話があってから、ちょうど幸い行水の季節になって来たので、私は再び、物置きの隅に捨ててあった西洋風呂をアトリエに運び、彼女の体を洗ってやるようになりました。「大きなベビさん」――と、嘗てはそう云ったものですけれど、あれから四年の月日が過ぎた今のナオミは、そのたっぷりした身長を湯船の中へ横たえて見ると、もはや立派に成人し切って完全な「大人」になっていました。ほどけば夕立雲のように、一杯にひろがる豊満な髪、ところどころの関節に、えくぼの出来ているまろやかな肉づき。そしてその肩は更に一層の厚みを増し、胸と臀とはいやが上にも弾力を帯びて、堆《うずたか》く波うち、優雅な脚はいよいよ長くなったように思われました。

「譲治さん、あたしいくらかせいが伸びた？」

「ああ、伸びたとも。もうこの頃じゃ僕とあんまり違わないようだね」

「今にあたし、譲治さんより高くなるわよ。この間目方を計ったら十四貫*二百あったわ」

「驚いたね、僕だってやっと十六貫足らずだよ」

「でも譲治さんはあたしより重いの？　ちびの癖に」

「そりゃ重いさ、いくらちびでも男は骨組が頑丈だからな」

「じゃ、今でも譲治さんは馬になって、あたしを乗せる勇気がある？――来たての時分にはよくそんなことをやったじゃないの。ほら、あたしが背中へ跨って、手拭いを手綱にして、ハイハイドウドウって云いながら、部屋の中を廻ったりして、――」

「うん、あの時分には軽かったね、十二貫ぐらいなもんだったろうよ」

「今だったらば譲治さんは潰れちまうわよ」

「潰れるもんかよ。嘘だと思うなら乗って御覧」

二人は冗談を云った末に、昔のように又馬ごっこをやったことがありました。

「さ、馬になったよ」

と、そう云って、私が四つん這いになると、ナオミはどしんと背中の上へ、その十四貫二百の重みでのしかかって、手拭いの手綱を私の口に咬えさせ、

「まあ、何て云う小さなよたよた馬だろう！　もっとしッかり！　ハイハイ、ドウドウ！」

と叫びながら、面白そうに脚で私の腹を締めつけ、手綱をグイグイとしごきます。私は彼女に潰されまいと一生懸命に力み返って、汗を掻き掻き部屋を廻ります。そして彼女は、

私がへたばってしまうまではそのいたずらを止めないのでした。

「譲治さん、今年の夏は久振りで鎌倉へ行かない？」

八月になると、彼女は云いました。

「あたし、あれッきり行かないんだから行って見たいわ」

「成る程、そう云えばあれッきりだったかね」

「そうよ、だから今年は鎌倉にしましょうよ、あたしたちの記念の土地じゃないの」

ナオミのこの言葉は、どんなに私を喜ばしたことでしょう。ナオミの云う通り、私たちが新婚旅行？――まあ云って見れば新婚旅行に出かけたのは鎌倉でした。鎌倉ぐらいわれわれに取って記念になる土地はない筈でした。あれから後も毎年何処かへ避暑に行きながら、すっかり鎌倉を忘れていたのに、ナオミがそれを云い出してくれたのは、全く素晴らしい思いつきでした。

「行こう、是非行こう！」

私はそう云って、一も二もなく賛成しました。

相談が極まるとそこそこに、会社の方は十日間の休暇を貰い、大森の家に戸じまりをして、月の初めに二人は鎌倉へ出かけました。宿は長谷の通りから御用邸の方へ行く道の、植惣《うえそう》と云う植木屋の離れ座敷を借りました。

私は最初、今度はまさか金波楼でもあるまいから、少し気の利いた旅館へ泊るつもりでしたが、それが図らずも間借りをするようになったのは、「大変都合のいいことを杉崎女史から聞いた」と云って、この植木屋の離れの話をナオミが持って来たからでした。ナオミの云うには、旅館は不経済でもあり、あたり近所に気がねもあるから、間借りが出来れば一番いい。で、仕合わせなことに、女史の親戚の東洋石油の重役の人が、借りたままで使わずにいる貸間があって、それを此方へ譲って貰えるそうだから、いっそその方がいいじゃないか。その重役は、六、七、八、と三ヵ月間五百円の約束で借り、七月一杯は居たのだけれど、もう鎌倉も飽きて来たから誰でも借りたい人があるなら喜んで貸す。杉崎女史の周旋とあれば家賃などはどうでもいいと云っているから、………と云うのでした。

「ね、こんな旨い話はないからそうしましょうよ。それならお金もかからないから、今月一杯行っていられるわ」

と、ナオミは云いました。

「だってお前、会社があるからそんなに長くは遊べないよ」

「だけど鎌倉なら、毎日汽車で通えるじゃないの、ね、そうしない？」

「しかし、そこがお前の気に入るかどうか見て来ないじゃあ、………」

「ええ、あたし明日でも行って見て来るわ、そしてあたしの気に入ったら極めてもいい？」

「極めてもいいけれど、ただと云うのも気持が悪いから、そこを何とか話をつけて置かなけりゃあ、………」

「そりゃ分ってるわ。譲治さんは忙しいだろうから、いいとなったら杉崎先生の所へ行って、お金を取ってくれるように頼んで来るわ。まあ百円か百五十円は払わなくっちゃ。………」

こんな調子で、ナオミは独りでぱたぱたと進行させて、家賃は百円と云うことに折れ合い、金の取引も彼女がすっかり済ませて来ました。

私はどうかと案じていましたが、行って見ると思ったより好い家でした。貸間とは云うものの、母屋から独立した平家建ての一棟で、八畳と四畳半の座敷の外に、玄関と湯殿と台所があり、出入口も別になっていて、庭から直ぐと往来へ出ることが出来、植木屋の家族とも顔を合わせる必要はなく、これなら成る程、二人が此処で新世帯を構えたようなものでした。私は久振りで、純日本式の新しい畳の上に腰をおろし、長火鉢の前にあぐらを掻いて、伸び伸びとしました。

「や、これはいい、非常に気分がゆったりするね」

「いい家でしょう？　大森と孰方《どっち》がよくって？」

「ずっとこの方が落ち着くね、これなら幾らでも居られそうだよ」

「それ御覧なさい、だからあたしが此処にしようって云ったんだわ」

そう云ってナオミは得意でした。

或る日――――此処へ来てから三日ぐらい立った時だったでしょうか、午から水を浴びに行って、一時間ばかり泳いだ後、二人が沙浜《すなはま》にころがっていると、

「ナオミさん！」

と、不意に私たちの顔の上で、そう呼んだ者がありました。

見ると、それは熊谷でした。たった今海から上ったらしく、濡れた海水着がべったりと胸に吸い着き、その毛むくじゃらな脛《はぎ》を伝わって、ぼたぼた潮水が滴《た》れていました。

「おや、まアちゃん、いつ来たの？」

「今日来たんだよ、――――てっきりお前にちげえねえと思ったら、やっぱりそうだった」

そして熊谷は海に向って手を挙げながら、

「おーい」

と呼ぶと、沖の方でも、

「おーい」

と誰かが返辞をしました。

「誰？　彼処《あすこ》に泳いでいるのは？」

「浜田だよ、――浜田と関と中村と、四人で今日やって来たんだ」

「まあ、そりゃ大分賑やかだわね、何処の宿屋に泊っているの？」

「ヘッ、そんな景気のいいんじゃねえんだ。あんまり暑くって仕様がねえから、ちょっと日帰りでやって来たのよ」

ナオミと彼とがしゃべっている所へ、やがて浜田が上って来ました。

「やあ、暫く！　大へん御無沙汰しちまって、――どうです河合さん、近頃さっぱりダンスにお見えになりませんね」

「そう云う訳でもないんですが、ナオミが飽きたと云うもんだから」

「そうですか、そりゃ怪《け》しからんな。――あなた方はいつから此方へ？」

「つい二三日前からですよ、長谷の植木屋の離れ座敷を借りているんです」

「そりゃほんとにいい所よ、杉崎先生のお世話でもって今月一杯の約束で借りたの」

「乙《おつ》う洒落《しゃれ》てるね」

と、熊谷が云いました。

「じゃ、当分此処に居るんですか」

と浜田は云って、

「だけど鎌倉にもダンスはありますよ。今夜も実は海浜ホテルにあるんだけれど、相手があれば行きたいところなんだがなア」

「いやだわ、あたし」

と、ナオミはにべもなく云いました。

「この暑いのにダンスなんか禁物だわ、又そのうちに涼しくなったら出かけるわよ」

「それもそうだね、ダンスは夏のものじゃないね」

そう云って浜田は、つかぬ様子でモジモジしながら、

「おい、どうするいまアちゃん――もう一遍泳いで来ようか?」

「やあだア、己《おれ》あ、くたびれたからもう帰ろうや。これから行って一と休みして、東京へ帰ると日が暮れるぜ」

「これから行くって、何処へ行くのよ?」

と、ナオミは浜田に尋ねました。

「何か面白い事でもあるの?」

「なあに、扇《おうぎ》ヶ谷《やつ》に関の叔父さんの別荘があるんだよ。今日はみんなでそこへ引っ張って来られたんで、御馳走するって云うんだけれど、窮屈だから飯を喰わずに逃げ出そうと思っているのさ」

「そう？　そんなに窮屈なの?」

「窮屈も窮屈も、女中が出て来て三つ指を衝きやがるんで、ガッカリよ。あれじゃ御馳走になったって飯が喉へ通りゃしねえや。――なあ、浜田、もう帰ろうや、帰って東京で何か喰おうや」

そう云いながら、熊谷は直ぐに立とうとはしないで、脚を伸ばしてどっかり浜へ腰を据えたまま、砂を摑んで膝の上へ打《ぶ》っかけていました。

「ではどうです、僕等と一緒に晩飯をたべませんか。折角来たもんだから、――」

ナオミも浜田も熊谷も、一としきり黙り込んでしまったので、私はどうもそう云わなければ、バツが悪いような気がしました。

十五

その晩は久しぶりで賑やかな晩飯をたべました。浜田に熊谷、あとから関や中村も加わって、離れ座敷の八畳の間に六人の主客がチャブ台を囲み、十時頃までしゃべっていました。私も始めは、この連中に今度の宿を荒らされるのは厭でしたが、こうしてたまに会って見れば、彼等の元気な、サッパリとしたこだわりのない、青年らしい肌合が、愉快でないことはありませんでした。ナオミの態度も、人をそらさぬ愛嬌はあって、蓮《はす》ッ葉《ぱ》でなく、座興の添え方やもてなし振りは、すっかり理想的でした。

「今夜は非常に面白かったたね、あの連中にときどき会うのも悪くはないよ」

私とナオミとは、終列車で帰る彼等を停車場まで送って行って、夏の夜道を手を携えて歩きながら話しました。星のきれいな、海から吹いて来る風の涼しい晩でした。

「そう、そんなに面白かった？」

ナオミも私の機嫌のいいのを喜んでいるような口調でした。そして、ちょっと考えてから云いました。

「あの連中も、よく附き合えばそんなに悪い人たちじゃないのよ」

「ああ、ほんとうに悪い人たちじゃないね」

「だけど、又そのうちに押しかけて来やしないかしら？　関さんは叔父さんの別荘があるから、これからはちょいちょいみんなを連れてやって来るって、云ってたじゃないの」

「だが何だろう、僕等の所へそう押しかけちゃ来ないだろう、………」

「たまにはいいけれど、たびたび来られると迷惑だわ。もし今度来たら、あんまり優待しない方がいいことよ。御飯なんか御馳走しないで、大概にして帰って貰うのよ」

「けれどまさか、追い立てる訳には行かんからなあ。………」

「行かない事はありゃしないわ、邪魔だから帰って頂戴って、あたしとっとと追い立ててやるわ。――そんな事を云っちゃいけない？」

「ふん、又熊谷に冷やかされるぜ」

「冷やかされたっていいじゃないの、人が折角鎌倉へ来たのに、邪魔に来る方が悪いんだもの。――」

二人は暗い松の木蔭《こかげ》へ来ていましたが、そう云いながらナオミはそっと立ち止まりました。

「譲治さん」

甘い、かすかな、訴えるようなその声の意味が私に分ると、私は無言で彼女の体を両手の中へ包みました。がぶりと一滴、潮水を呑んだ時のような、激しい強い唇を味わいながら、

………

それから後、十日の休暇はまたたくうちに過ぎ去りましたが、私たちは依然として幸福でした。そして最初の計画通り、私は毎日鎌倉から会社へ通いました。「ちょいちょい来る」と云っていた関の連中も、ほんの一遍、一週間ほど立ってから立ち寄ったきり、殆ど影を

見せませんでした。

すると、その月の末になってから、或る緊急な調べ物をする用事が出来て、私の帰りがおそくなることがありました。いつもは大抵七時までには帰って来て、ナオミと一緒に夕飯をたべられるのが、九時まで会社に居残って、それから帰るとかれこれ十一時過ぎになる、――そんな晩が、五六日はつづく予定になっていた、そのちょうど四日目のことでした。

その晩私は、九時までかかる筈だったのが、仕事が早く片附いたので、八時頃に会社を出ました。いつものように大井町から省線電車で横浜へ行き、それから汽車に乗り換えて、鎌倉へ降りたのは、まだ十時には間のある時分でしたろうか。毎晩々々、――と云っても僅か三日か四日でしたけれど、――このところ引きつづいて、帰りのおそい日が多かったものですから、私は早く宿へ戻ってナオミの顔を見、ゆっくりくつろいで夕飯を喰べたいと、いつもよりは気がせいていたので、停車場前から御用邸の傍の路を俥で行きました。

夏の日盛りの暑いさなかを一日会社で働いて、それから再び汽車に揺られて帰って来る身には、この海岸の夜の空気は何とも云えず柔かな、すがすがしい肌触りを覚えさせます。それは今夜に限ったことではありませんが、その晩はまた、日の暮れ方にさっと一遍、夕立があった後だったので、濡れた草葉や、露のしたたる松の枝から、しずかに上る水蒸気にも、こっそり忍び寄るようなしめやかな香が感ぜられました。ところどころに、夜目にもしるく水たまりが光っていましたけれど、沙地《すなじ》の路はもはや埃を揚げぬ程度にきれいに乾いて、走っている車夫の足音が、びろうどの上をでも蹈むように、軽く、しとしとと地面に落ちて行きました。何処かの別荘らしい家の、生垣の奥から蓄音器が聞えたり、たまに一人か二人ずつ、白地の浴衣の人影がそこらを徘徊していたり、いかにも避暑地へ来たらしい心持がするのでした。

*

木戸口のところで俥を帰して、私は庭から離れ座敷の縁側の方へ行きました。私の靴の音を聞いてナオミが直ぐにその縁側の障子を明けて出るであろうと予期していたのに、障子の中は明りがかんかん燈っていながら、彼女の居そうなけはいはなく、ひっそりとしているのでした。

「ナオミちゃん、………」

私は二三度呼びましたが、返辞がないので、縁側へ上って障子を明けると、部屋はからッぽになっていました。海水着だの、タオルだの、浴衣だのが、壁や、襖《ふすま》や、床の間や、そこらじゅうに引っかけてあり、茶器や、灰皿や、座布団などが出しッ放しになっている座敷の様子は、いつもの通り乱雑で、取り散らかしてはありましたけれど、何か、しーんとした人気のなさ、――それは決して、つい今しがた留守になったのではない静かさがそここにあるのを、私は恋人に特有な感覚を以て感じました。

「何処かへ行ったのだ、………恐らく二三時間も前から、………」

それでも私は、便所を覗いたり、湯殿を調べたり、なお念のために勝手口へ降りて、流しもとの電燈をつけて見ました。すると私の眼に触れたのは、誰かが盛んに喰い荒らし、飲み荒らして行ったらしい正宗《まさむね》の一升壜《びん》と、西洋料理の残骸でした。そうだ、そう云えばあの灰皿にも煙草の吸殻が沢山あった。あの同勢が押しかけて来たのに違いないのだ。

………

「おかみさん、ナオミが居ないようですが、何処かへ出て行きましたか?」

私は母屋へ駆けて行って、植物のかみさんに尋ねました。

「ああ、お嬢さんでいらっしゃいますか。―――」

かみさんはナオミのことを「お嬢さん」と云うのでした。夫婦ではあっても、世間に対しては単なる同棲者、若しくは許婚《いいなずけ》と云う風に取って貰いたいので、そう呼ばれなければナオミは機嫌が悪かったのです。

「お嬢さんはあの、夕方一遍お帰りになって、御飯をお上りになってから、又皆さんとお出かけになりましてございます」

「皆さんと云うのは?」

と云って、かみさんはちょっと云い澱《よど》んでから、

「あの熊谷さんの若様や何か、皆さん御一緒でございましたが、………」

私は宿のかみさんが、熊谷の名を知っているのみか、「熊谷さんの若様」などと彼を呼ぶのを不思議に思いましたけれど、今そんな事を聞いている暇はなかったのです。

「夕方一遍帰ったと云うと、昼間もみんなと一緒でしたか？」

「お午《ひる》過ぎに、お一人で泳ぎにいらっしゃいまして、それからあの、熊谷さんの若様と御一緒にお帰りになりまして、………」

「熊谷君と二人ぎりで？」

「はあ、………」

私は実は、まだその時はそんなに慌ててはいませんでしたが、かみさんの言葉が何となく云いにくそうで、その顔つきに当惑の色がますます強く表れて来るのが次第に私を不安にさせました。このかみさんに腹を見られるのはイヤだと思いながら、私の口調は性急にならずにはいませんでした。

「じゃあ何ですか、大勢一緒じゃないんですか！」

「はあ、その時はお二人ぎりで、今日はホテルに昼間のダンスがあるからと仰っしゃって、

お出かけになったんでございますが、……」

「それから？」

「それから夕方、大勢さんで戻っていらっしゃいました」

「晩の御膳は、みんなで内でたべたんですかね？」

「はあ、何ですか大そうお賑やかに、……」

そう云ってかみさんは、私の眼つきを判じながら、苦笑いするのでした。

「晩飯を食ってから又出かけたのは、何時頃でしたろうか？」

「さあ、あれは、八時時分でございましたでしょうか、……」

「じゃ、もう二時間にもなるんだ」

と、私は覚えず口へ出して云いました。

「するとホテルにでも居るのかしら？　何かおかみさんは、お聞きになっちゃいませんかしら？」

「よくは存じませんけれど、御別荘の方じゃございますまいか、……」

成る程、そう云われれば関の叔父さんの別荘と云うのが、扇ヶ谷にあったことを私は思い出しました。

「ああ別荘へ行ったんですか。それじゃこれから僕は迎いに行って来ますが、どの辺にあるか、おかみさんは御存知ありますまいか？」

「あの、直きそこの、長谷の海岸でございますが、………」

「へえ、長谷ですか？　僕はたしか扇ヶ谷だと聞いてたんですが、………あの、何ですよ、僕の云うのは、今夜も此処へ来たかどうだか知らないけれど、ナオミのお友達の、関と云う男の叔父さんの別荘なんだが、………」

私がそう云うと、かみさんの顔にはっとかすかな驚きが走ったようでした。

「その別荘と違うんでしょうか？…………」

「はあ、………あの、………」

「長谷の海岸にあると云うのは、一体誰の別荘なんです？」

「あの、――熊谷さんの御親戚の、………」

「熊谷君の？…………」

私は急に真っ青になりました。

停車場の方から長谷の通りを左へ切れて、海浜ホテルの前の路を真っ直ぐに行って御覧なさい。路は自然と海岸へつきあたります。その出はずれの角にある大久保さんの御別荘が、熊谷さんの御親戚なのでございます。――そうかみさんは云うのでしたが、全く私には初耳でした。ナオミも熊谷も、今まで嘗てそんな話をおくびにも出しはしませんでした。

「その別荘へはナオミはたびたび行くんでしょうか?」

「はあ、いかがでございますかしら、………」

そうは云っても、そのかみさんのオドオドした素振りを、私は見逃しませんでした。

「しかし勿論、今夜が始めてじゃないんでしょうな?」

私はひとりでに呼吸が迫り、声がふるえるのをどうすることも出来ませんでした。私の剣幕に恐れをなしたのか、かみさんの顔も青くなりました。

「いや、御迷惑はかけませんから、構わずに仰っしゃって下さい。昨夜はどうでした? 昨夜も出かけたんですか?」

「はあ。………ゆうべもお出かけになったようでございましたが、………」

「じゃ、一昨日の晩は?」

「はあ」

「やっぱり出かけたんですね?」

「はあ」

「その前の晩は?」

「はあ、その前の晩も、………」

「僕の帰りがおそくなってから、ずっと毎晩そうなんですね?」

「はあ、………ハッキリ覚えてはおりませんけれど、………」

「で、いつも大概何時頃に戻って来るんです？」

「大概何でございます、………十一時ちょっと前ごろには、………」

では始めから二人で己を担いでいたのだ！　それでナオミは鎌倉へ来たがったのだ！――私の頭は暴風のように廻転し始め、私の記憶は非常な速さで、この間じゅうのナオミの言葉と行動とを、一つ残らず心の底に映しました。一瞬間、私を取り巻くからくりの糸が驚く程の明瞭さで露《あら》われました。そこには殆ど、私のような単純な人間には到底想像も出来なかった、二重にも三重にもの嘘があり、念には念を入れた諜《しめ》し合わせがあり、しかもどれ程大勢の奴等がその陰謀に加担しているか分らないくらい、それは複雑に思われました。私は突然、平らな、安全な地面から、どしんと深い陥穽《おとしあな》へ叩き落され、穴の底から、高い所をガヤガヤ笑いながら通って行くナオミや、熊谷や、浜田や、関や、その他無数の影を羨ましそうに見送っているのでした。

「おかみさん、僕はこれから出かけて来ますが、もし行き違いに戻って来ても、僕が帰って来たことは何卒黙っていて下さい、少し考があるんですから」

そう云い捨てて、私は表へ飛び出しました。

海浜ホテルの前へ出て、教えられた路を、成るべく暗い蔭に寄りながら辿って行きました。

そこは両側に大きな別荘の並んでいる、森閑とした、夜は人通りの少い街で、いい塩梅にそう明るくはありませんでした。とある門燈の光の下で、私は時計を出して見ました。十時がやっと廻ったばかりのところでした。その大久保の別荘というのに、熊谷と二人きりでいるのか、それとも例の御定連《ごじょうれん》と騒いでいるのか、とにかく現場を突き止めてやりたい。若し出来るなら彼等に感づかれないようにコッソリ証拠を掴んで来て、あとで彼等がどんなしらじらしい出まかせを云うか試してやりたい。そして動きが取れないようにして置いて、トッチメてやりたいと思ったので、私は歩調を早めて行きました。

目的の家はすぐ分りました。私は暫くその前通りを往ったり来たりして、構えの様子を窺いましたが、立派な石の門の内にはこんもりとした植込みがあり、その植込みの間を縫うて、ずっと奥まった玄関の方へ砂利を敷き詰めた道があり、「大久保別邸」と記された標札の文字の古さと云い、ひろい庭を囲んでいる苔《こう》のついた石垣と云い、別荘と云うよりは年数を経た屋敷の感じで、こんな所にこんな宏壮《そう》な邸宅を持った熊谷の親戚があろうなどとは、思えば思うほど意外でした。

私は成る可《べ》く、砂利に足音を響かせないように、門の中へ忍んで行きました。何分樹木が繁っているので、往来からは母屋の模様はよくは分りませんでしたが、近寄って見ると、奇妙なことに、表玄関も裏玄関も、二階も下も、そこから望まれる部屋と云う部屋は悉《ことごと》くひっそりとして、戸が締まって、暗くなっているのです。

「ハテナ、裏の方にでも熊谷の部屋があるのじゃないか」

私はそう思って、又足音を殺しながら、母屋に添って後側へ廻りました。すると果して、二階の一と間と、その下にある勝手口に、明りがついているのでした。

その二階が熊谷の居間であることを知るには、たった一と目で十分でした。なぜかと云うのに、縁側を見ると例のフラット・マンドリンが手すりに寄せかけてあるばかりか、座敷の中には、たしかに私の見覚えのあるタスカンの中折帽子が柱にかかっていたからです。が、障子が明け放されているのに、話声一つ洩れて来ないので、今その部屋に誰もいないことは明かでした。

――そう云えば勝手口の方の障子も、今しがた誰かがそこから出て行ったらしく、矢張明け放しになっていました。と、私の注意は、勝手口から地面へさしている仄かな明りを伝わって、つい二三間先のところに裏門のあるのを発見しました。門は扉がついていない古い二本の木の柱で、柱と柱の間から、由比《ゆい》ヶ浜《はま》に砕ける波が闇にカッキリと白い線になって見え、強い海の香が襲って来ました。

「きっと此処から出て行ったんだな」

そして私が裏門から海岸へ出ると殆ど同時に、疑うべくもないナオミの声がすぐと近所で聞えました。それが今まで聞えなかったのは、大方風の加減か何かだったのでしょう。

――


「ちょっと！　靴ン中へ砂が這入っちゃって、歩けやしないよ。誰かこの砂を取ってくんない？………まアちゃん、あんた靴を脱がしてよ！」

「いやだよ、己あ。己あお前の奴隷じゃあねえよ」

「そんなことを云うと、もう可愛がってやらないわよ。………じゃあ浜さんは親切だわね、………ありがと、ありがと、浜さんに限るわ、あたし浜さんが一番好きさ」

「畜生！　人が好いと思って馬鹿にするない」

「あ、あッははは！　いやよ浜さん、そんなに足の裏を擽《くすぐ》っちゃ！」

「擽っているんじゃないんだよ、こんなに砂が附いているから、払ってやっているんじゃないか」

「ついでにそれを舐めちゃったら、パパさんになるぜ」

そう云ったのは関でした。つづいてどっと四五人の男の笑い声がしました。

ちょうど私の立っている場所から沙丘《さきゅう》がだらだらと降《くだ》り坂になったあたりに、葭簀《よしず》張りの茶店があって、声はその小屋から聞えて来るのです。私と小屋との間隔は五間*と離れていませんでした。まだ会社から帰ったままの茶のアルパカの背広服を着ていた私は、上衣の襟を立て、前のボタンをすっかり篏めて、カラーとワイシャツが目立たぬようにし、麦藁帽子を脇の下に隠しました。そして身を屈めて這うようにしながら、小屋のうしろの井戸側の蔭へつうと走って行きましたが、とたんに彼等は、

「さあ、もういいわよ、今度は彼方《あっち》へ行って見ようよ」

と、ナオミが音頭を取りながら、ぞろぞろ繋がって出て来ました。

彼等は私には気が付かないで、小屋の前から波打ち際へ降りて行きました。浜田に熊谷に関に中村、――――四人の男は浴衣の着流しで、そのまん中に挟まったナオミは、黒いマントを引っかけて、踵の高い靴を穿いているのだけが分りました。彼女は鎌倉の宿の方へ、マントや靴を持って来てはいないのですから、それは誰かの借り物に違いありません。風が吹くのでマントの裾がぱたぱためくれそうになる、それを内側から両手でしっかり体へ巻きつけているらしく、歩く度毎にマントの中で大きな臀が円くむっくりと動きます。そして彼女は酔っ払いのような歩調で、両方の肩を左右の男に打《ぶ》ッつけながら、わざとよろけて行くのでした。

それまでじっと小さくなって息をこらしていた私は、彼等との距離が半町ぐらい隔たって、白い浴衣が遠くの方にほんのちらちら見える時分、始めて立ち上ってそっとその跡を追いました。最初彼等は、海岸を真っすぐに、材木座の方へ行くのだろうかと思われましたが、

中途でだんだん左へ曲って、街の方へ出る沙山《すなやま》を越えたようでした。彼等の姿が、その沙山の向うへ隠れきってしまうと、私は急に全速力で山へ駈け上り始めました。なぜなら私は、ちょうど彼等の出る路が、松林の多い、身を隠すのに究竟《くっきょう》な物蔭のある、暗い別荘街であるのを知っていたので、そこならもっと傍へ寄っても、多分彼等に発見される恐れはないと思ったからです。降りると忽ち、彼等の陽気な唄声が私の耳朶を打ちました。それもその筈、彼等は僅か五六歩に足らぬところを、合唱しながら拍子を取って進んで行くのです。

Just before the battle, mother,

I am thinking most of you, ………

それはナオミが口癖にうたう唄でした。熊谷は先に立って、指揮棒を振るような手つきをしています。ナオミは矢張彼方へよろよろ、此方《こっち》へよろよろと、肩を打ッつけて歩いて行きます。すると打ッつけられた男も、ボートでも漕いでいるように、一緒になって端から端へよろけて行きます。

「ヨイショ！　ヨイショ！………ヨイショ！　ヨイショ！」

「アラ、何よ！　そんなに押しちゃ塀へ打ッつかるじゃないの」

ばらばらばらッ、と、誰かが塀をステッキで殴ったようでした。ナオミがきゃッきゃッと笑いました。

「さ、今度はホニカ、ウワ、ウイキ、ウイキだ！」

「よし来た！　此奴あ布哇《ハワイ》の臀振りダンスだ、みんな唄いながらけつを振るんだ！」

ホニカ、ウワ、ウイキ、ウイキ！　スウィート、ブラウン、メイドゥン、セッド、トゥー、ミー、………そして彼等は一度に臀を振り出しました。

「あッははは、おけつの振り方は関さんが一番うまいよ」

「そりゃそうさ、己あこれでも大いに研究したんだからな」

「何処で？」

「上野の*平和博覧会でさ、ほら、万国館で土人が踊ってるだろう？　己あ彼処《あそこ》へ十日も通ったんだ」

「馬鹿だな貴様は」

「お前もいっそ万国館へ出るんだったな、お前の面《つら》ならたしかに土人とまちげえられたよ」

「おい、まアちゃん、もう何時だろう？」

そう云ったのは浜田でした。浜田は酒を飲まないので一番真面目のようでした。

「さあ、何時だろう？　誰か時計を持っていねえか？」

「うん、持っている、――」

と、中村が云って、マッチを擦《す》りました。

「や、もう十時二十分だぜ」

「大丈夫よ、十一時半にならなけりゃパパは帰って来ないんだよ。これからぐるりと長谷の通りを一と廻りして帰ろうじゃないの。あたしこのなりで賑やかな所を歩いて見たいわ」

「賛成々々！」

と、関が大声で怒鳴りました。

「だけどこの風で歩いたら一体何に見えるだろう？」

「どう見ても女団長だね」

「あたしが女団長なら、みんなあたしの部下なんだよ」

「*白浪《しらなみ》四人男じゃねえか*」

「それじゃあたしは弁天小僧よ」

「エエ、女団長河合ナオミは、………」

と、熊谷が活弁*の口調で云いました。

「………夜陰に乗じ、黒きマントに身を包み、………」

「うふふふ、お止《よ》しよそんな下司張《げすば》った声を出すのは！」

「………四名の悪漢を引率いたして、由比ヶ浜の海岸から………」

「お止しよまアちゃん！　止さないかったら！」

ぴしゃッとナオミが、平手で熊谷の頬ッぺたを打ちました。

「あ痛え、………下司張った声は己の地声さ、己あ浪花節語《なにわぶし》りにならなかったのが、天下の恨事だ」

「だけれどメリー・ピクフォードは女団長にゃならないぜ」

「それじゃ誰だい？　プリシラ・ディーンかい？」

「うんそうだ、プリシラ・ディーンだ」

「ラ、ラ、ラ、ラ」

と浜田が再びダンス・ミュージックを唄いながら、踊り出した時でした。私は彼がステップを踏んで、ふいと後向きになりそうにしたので、素早く木蔭へ隠れましたが、同時に浜田の「おや」と云う声がしました。

「誰？――――河合さんじゃありませんか？」

みんな俄かに、しーんと黙って、立ち止まったまま、闇を透かして私の方を振り返りました。「しまった」と思ったが、もう駄目でした。

「パパさん？　パパさんじゃないの？　何しているのよそんな所で？　みんなの仲間へお這入んなさいよ」

ナオミはいきなりツカツカと私の前へやって来て、ぱっとマントを開くや否や、腕を伸ばして私の肩へ載せました。見ると彼女は、マントの下に一糸をも纏っていませんでした。

「何だお前は！　己に耻を掻かせたな！　ばいた！　淫売！　じごく！」

「おほほほほ」

その笑い声には、酒の匂がぷんぷんしました。私は今まで、彼女が酒を飲んだところを一度も見たことはなかったのです。

十六

ナオミが私を欺いていたからくりの一端は、その晩とその明くる日と二日がかりで、やっと強情な彼女の口から聞き出すことが出来ました。

私が推察した通り、彼女が鎌倉へ来たがったのは、矢張熊谷と遊びたかったからなのだそうです。扇ヶ谷に関の親類が居ると云うのは真っ赤な嘘で、長谷の大久保の別荘こそ、熊谷の叔父の家だったのです。いや、そればかりか、私が現に借りているこの離れ座敷も、実は熊谷の世話なのでした。この植木屋は大久保の邸のお出入りなので、熊谷の方から談じ込んで、どう話をつけたものか、前に居た人に立ち退いて貰い、そこへ私たちを入れるようにしたのでした。云うまでもなく、それはナオミと熊谷との相談の上でやったことで、杉崎女史の周旋だとか、東洋石油の重役云々は、全くナオミの出鱈目《でたらめ》に過ぎなかったのです。さてこそ彼女は、自分でどんどん事を運んだ訳でした。植惣のかみさんの話に依ると、彼女が始めて下検分に来た折には、熊谷の「若様」と一緒にやって来て、あたかも「若様」の一家の人であるかのように振舞っていたばかりでなく、前からそう云う触れ込みだったものだから、よんどころなく先のお客を断って、部屋を此方へ明け渡したのだと云うことでした。

「おかみさん、まことに飛んだ係り合いで御迷惑をかけて済みませんが、どうかおかみさんの知っていらっしゃるだけの事を私に話してくれませんか。どんな場合でもあなたの名前を出すようなことはしませんから。私は決してこの事に就いて、熊谷の方へ談じ込む気はないんです。事実を知りたいだけなんです」

私は明くる日、今まで休んだことのない会社を休んでしまいました。そして厳重にナオミを監視して、「一歩も部屋から出てはならない」と堅く云いつけ、彼女の衣類、穿き物、財布を悉く纏めて母屋に運び、そこの一室でかみさんを訊問しました。

「じゃ何ですか、もうずっと前から、私の留守中二人は往き来していたんですか？」

「はあ、それは始終でございました。若様の方からお越しになりましたり、お嬢様の方からお出かけになりましたり、………」

「大久保さんの別荘には全体誰がいるんですね？」

「今年は皆さんが御本宅の方へお引き揚げになりまして、時々お見えになりますけれど、いつも大概熊谷さんの若様お一人でございますの」

「ではあの、熊谷君の友達はどうでしたろう？ あの連中も折々やって来たでしょうか？」

「はあ、ちょくちょくおいでになりましてございます」

「それは何ですか、熊谷君が連れて来るんですか、めいめい勝手に来るんですか？」

「さあ」

と云って、――これは私が後で気がついた事なのですが、その時かみさんは非常に困ったらしい様子をしました。

「………御めいめいでおいでになったり、若様と御一緒だったり、いろいろのようでございましたが、………」

「誰か、熊谷君の外にも、一人で来た者があるでしょうか？」

「あの浜田さんと仰っしゃるお方や、それから外のお方たちも、お一人でお越しになった事がございましたかと存じますが、………」

「じゃあそんな時は何処かへ誘って出るのですかね？」

「いいえ、大抵内でお話しになっていらっしゃいました」

私に一番不可解なのはこの一事でした。ナオミと熊谷とが怪しいとすれば、なぜ邪魔になる連中を引っ張って来たりするのだろう？　彼等の一人が訪ねて来たり、ナオミがそれと話しているとはどう云う訳だろう？　彼等がみんなナオミを狙っているとしたら、何故喧嘩が起らないのだろう？　昨夜もあんなに四人の男は仲好くふざけていたじゃないか。そう考えると再び私は分らなくなって、果してナオミと熊谷とが怪しいかどうかさえ、疑問になってしまうのでした。

ナオミはしかし、この点になると容易に口を開きませんでした。自分は別に深い企らみがあったのではない。ただ大勢の友達と騒ぎたかっただけなのだと、何処までもそう云い張るのです。では何のためにああまで陰険に、私を欺したのかと云うと、

「だって、パパさんがあの人たちを疑ぐっていて、余計な心配をするんだもの」

と云うのでした。

「それじゃ、関の親類の別荘があると云ったのはどう云う訳だい？　関と熊谷とどう違うんだい？」

そう云われると、ナオミははたと返辞に窮したようでした。彼女は急に下を向いて、黙って、唇を噛《か》みながら、上眼づかいに穴のあくほど私の顔を睨んでいました。

「でもまアちゃんが一番疑ぐられているんだもの、――まだ関さんにして置いた方がいくらかいいと思ったのよ」

「まアちゃんなんて云うのはお止し！　熊谷と云う名があるんだから！」

我慢に我慢をしていた私は、そこでとうとう爆発しました。私は彼女が「まアちゃん」と呼ぶのを聞くと、むしずが走るほどイヤだったのです。

「おい！　お前は熊谷と関係があったんだろう？　正直のことを云っておしまい！」

「関係なんかありゃしないわよ、そんなにあたしを疑ぐるなら、証拠でもあるの？」

「証拠がなくっても己にはちゃんと分ってるんだ」

「どうして？――どうして分るの？」

ナオミの態度は凄いほど落ち着いたものでした。その口辺には小憎らしい薄笑いさえ浮かんでいました。

「昨夜のあのざまは、あれは何だ？　お前はあんなざまをしながらそれでも潔白だと云える積りか？」

「あれはみんながあたしを無理に酔っ払わして、あんななりをさせたんだもの。――ただああやって表を歩いただけじゃないの」

「よし！　それじゃ飽くまで潔白だと云うんだな？」

「ええ、潔白だわ」

「お前はそれを誓うんだな！」

「ええ、誓うわ」

「よし！　その一と言を忘れずにいろよ！　己はお前の云うことなんか、もう一と言も信用しちゃいないんだから」

それきり私は、彼女と口をききませんでした。

私は彼女が熊谷に通*牒したりすることを恐れて、書簡箋《しょかんせん》、封筒、インキ、鉛筆、万年筆、郵便切手、一切のものを取り上げてしまい、それを彼女の荷物と一緒に植惣のかみさんに預けました。そして私が留守の間にも決して外出することが出来ないように、赤いちぢみのガウン一枚を着せて置きました。それから私は、三日目の朝、会社へ行くような風を装って鎌倉を出ましたが、どうしたら証拠を得られるか、散々汽車の中で考えた末、とにかく最初に、もう一と月も空家になっている大森の家へ行って見ようと決心しました。もし熊谷と関係があるなら、無論夏から始まったことではない。大森へ行ってナオミの持ち物を捜索したなら、手紙か何か出て来はしないかと思ったからです。

その日はいつもより一汽車おくれて出て来たので、大森の家の前まで来たのはかれこれ十時頃でした。私は正面のポーチを上り、合鍵で扉をあけ、アトリエを横ぎり、彼女の部屋を調べるために屋根裏へ昇って行きました。そしてその部屋のドーアを開いて、一歩中へ踏み込んだ瞬間、私は思わず「あっ」と云ったなり、二の句がつげずに立ち竦んでしまいました。見るとそこには、浜田が独りぽつ然として臥《ね》ころんでいるではありませんか！

浜田は私が這入ってくると、突然顔を真っ赤にして、

「やあ」

と云って起き上りました。

「やあ」

そう云ったきり二人は暫く、相手の腹を読むような眼つきで、睨めッくらをしていました。

「浜田君……君はどうしてこんな所に？…………」

浜田は口をもぐもぐやらせて、何か云いそうにしましたけれど、矢張黙って、私の前に憐れみを乞うかの如く、項《うなじ》を垂れてしまいました。

「え？　浜田君……君はいつから此処に居るんです？」

「僕は今しがた、……今しがた来たところなんです」

もうどうしても逃れられない、覚悟をきめたと云う風に、今度はハッキリとそう云いました。

「しかしこの家は、戸締まりがしてあったでしょう、何処から這入って来たんですね？」

「裏口の方から、――」

「裏口だって、錠がおりていた筈だけれど、……」

「ええ、僕は鍵を持っているんです。――」

そう云った浜田の声は聞えないくらい微かでした。

「鍵を？――どうして君が？」

「ナオミさんから貰ったんです。――もうそう云えば、僕がどうして此処に来ているか、大凡そあなたはお察しになったと思いますが、……」

浜田は静かに面を上げて、唖然としている私の顔を、まともに、そして眩しそうに、じっと見ました。その表情にはいざとなると正直な、お坊っちゃんらしい気品があって、いつもの不良少年の彼ではありませんでした。

「河合さん、僕はあなたが今日出し抜けに此処へおいでになった理由も、想像がつかなくはありません。僕はあなたを欺していたんです。それに就いてはたといどんな制裁でも、甘んじて受ける積りなんです。今更こんな事を云うのは変ですけれど、僕はとうから、……一度あなたにこう云う所を発見されるまでもなく、自分の罪を打ち明けようと思っていました。……」

そう云っているうちに、浜田の眼には涙が一杯浮かんで来て、それがぽたぽた頬を伝って流れ出しました。総べてが全く、私の予想の外でした。私は黙って、眼瞼をパチパチやらせながら、その光景を眺めていましたが、彼の自白を一往信用するとしても、まだ私には腑に落ちないことだらけでした。

「河合さん、どうか僕を赦《ゆる》すと云ってくれませんか、………」

「しかし、浜田君、僕にはまだよく分っていないんだ。君はナオミから鍵を貰って、此処へ何しに来ていたと云うんです？」

「此処で、………此処で今日………ナオミさんと逢う約束になっていたんです」

「え？　ナオミと此処で逢う約束に？」

「ええ、そうです、………それも今日だけじゃないんです。今まで何度もそうしてたんです。………」

だんだん聞くと、私たちが鎌倉へ引き移ってから、彼とナオミとは此処で三度も密会していると云うのでした。つまりナオミは、私が会社へ出て行ったあとで、一と汽車か二た汽車おくらせて、大森へやって来るのだそうです。いつも大概朝の十時前後に来て、十一時半には帰って行く。それで鎌倉へ戻るのはおそくも午後一時頃なので、彼女がまさかその間に大森まで行って来たろうとは、宿の者にも気がつかれないようにしてある。そして浜田は、今朝も十時に落ち合う手筈になっていたので、さっき私が上って来たのを、てっきりナオミが来たのだとばかり思っていた、と、そう彼は云うのでした。この驚くべき自白に対して、最初に私の胸を一杯に充たしたものは、ただ茫然たる感じより外ありませんでした。開いた口が塞がらない、――何ともかとも話にならない、――事実その通りの気持でした。断って置きますが私はその時三十二歳で、ナオミの歳は十九でした。十九の娘が、かくも大胆に、かくも奸黠《かんかつ》に、私を欺いていようとは！　ナオミがそんな恐ろしい少女であるとは、今の今まで、いや、今になっても、まだ私には考えられないくらいでした。

「君とナオミとは、一体いつからそう云う関係になっていました？」

浜田を赦す赦さないは二の次の問題として、私は根掘り葉掘り、事実の真相を知りたいと思う願いに燃えました。

「それはよほど前からなんです。多分あなたが僕を御存じにならない時分、……………」

「じゃ、いつだったか君に始めて会ったことがありましたっけね、――あれは去年の秋だったでしょう、僕が会社から帰って来ると、花壇のところで君がナオミと立ち話をしていたのは？」

「ええ、そうでした、かれこれちょうど一年になります。――」

「すると、もうあの時分から？――」

「いや、あれよりもっと前からでした。僕は去年の三月からピアノを習いに、杉崎女史の所へ通い出したんですが、あすこで始めてナオミさんを知ったんです。それから間もなく、何でも三月ぐらい立ってから、――」

「その時分は何処で逢ってたんです？」

「やっぱり此処の、大森のお宅でした。午前中はナオミさんは何処へも稽古に行かないし、独りで淋しくって仕様がないから遊びに来てくれと云われたんで、最初はそのつもりで訪ねて来たんです」

「ふん、じゃ、ナオミの方から遊びに来いと云ったんですね？」

「ええ、そうでした。それに僕はあなたと云うものがあることを、全く知りませんでした。自分の国は田舎の方だものだから、大森の親類へ来ているので、あなたと従兄妹《いとこ》同士の間柄だと、ナオミさんは云っていました。それがそうでないと知ったのは、あなたが始めてエルドラドオのダンスに来られた時分でした。けれども僕は、………もうその時はどうすることも出来なくなっていたのです」

「ナオミがこの夏、鎌倉へ行きたがったのは、君と相談の結果なのじゃないでしょうか？」

「いいえ、あれは僕じゃないんです、ナオミさんに鎌倉行きをすすめたのは熊谷なんです」

浜田はそう云って、急に一段と語気を強めて、

「河合さん、欺されたのはあなたばかりじゃありません！　僕もやっぱり欺されていたんです！」

「…………それじゃナオミは熊谷君とも？…………」

「そうです、今ナオミさんを一番自由にしている男は熊谷なんです。僕はナオミさんが熊谷を好いているのを、とうからうすうすは感づいていました。けれども一方僕と関係していながら、まさか熊谷ともそうなっていようとは、夢にも思っていなかったんです。それにナオミさんは、自分はただ男の友達と無邪気に騒ぐのが好きなんだ、それ以上の事は何もないんだって云うもんだから、成る程それもそうかと思って、………」

「ああ」

と、私はため息をつきながら云いました。

「それがナオミの手なんですよ、僕もそう云われたものだから、それを信じていたんですよ。………そうして君は、熊谷とそうなっているのをいつ発見したんです？」

「それはあの、雨の降った晩に此処で雑魚寝をしたことがあったでしょう。あの晩僕は気がついたんです。………あの晩、僕はあなたにほんとうに同情しました。あの時の二人のずうずうしい態度は、どうしたってただの間柄ではないと思えましたからね。僕は自分が嫉妬を感じれば感じるほど、あなたの気持をお察しすることが出来たんです」

「じゃ、あの晩君が気がついたと云うのは、二人の態度から推し測って、想像したと云うだけの……」

「いいえ、そうじゃありません、その想像を確かめる事実があったんです。明け方、あなたは寝ていらしって御存じなかったようでしたが、僕は眠られなかったので、二人が接吻《せっぷん》するところを、うとうとしながら見ていたのです」

「ナオミは君に見られたことを、知っているのでしょうか？」

「ええ、知っています。僕はその後ナオミさんに話したんです。そして是非とも熊谷と切れてくれろと云ったんです。僕はおもちゃにされるのは厭だ、こうなった以上ナオミさんを貰わなければ……」

「貰わなければ？……」

「ああ、そうでした、僕はあなたに二人の恋を打ち明けて、ナオミさんを自分の妻に貰い受けるつもりでした。あなたは訳の分った方だから、僕等の苦しい心持をお話しすれば、きっと承知して下さるだろうって、ナオミさんは云っていました。事実はどうか知りませんが、ナオミさんの話だと、あなたはナオミさんに学問を仕込むつもりで養育なすっただけなので、同棲はしているけれど、夫婦にならなければいけないと云う約束がある訳でもない。それにあなたとナオミさんとは歳も大変違っているから、結婚しても幸福に暮せるかどうか分らないと云うような、………」

「そんな事を、………そんな事をナオミが云ったんですね？」

「ええ、云いました。近いうちにあなたに話して、僕と夫婦になれるようにするから、もう少し時期を待ってくれろと、何度も何度も僕に堅い約束をしました。そして熊谷とも手を切ると云いました。けれどもみんな出鱈目だったんです。ナオミさんは初めッから、僕と夫婦になるつもりなんかまるッきりなかったんです」

「ナオミはそれじゃ、熊谷君ともそんな約束をしているんでしょうか？」

「さあ、それはどうだか分りませんが、恐らくそうじゃなかろうと思います。ナオミさんは飽きッぽいたちですし、熊谷の方だってどうせ真面目じゃないんです。あの男は僕なんかよりずっと狡猾なんですから、………」

不思議なもので、私は最初から浜田を憎む心はなかったのですが、こんな話をきかされて見ると、寧ろ同病相憐れむ――と、云うような気持にさせられました。そしてそれだけ、一層熊谷が憎くなりました。熊谷こそは二人の共同の敵であると云う感じを強く抱きました。

「浜田君、まあ何にしてもこんな所でしゃべってもいられないから、何処かで飯でも喰いながら、ゆっくり話そうじゃありませんか。まだまだ沢山聞きたいことがあるんですから」

で、私は彼を誘い出して、洋食屋では工合が悪いので、大森の海岸の「松浅」へ連れて行きました。

「それじゃ河合さんも、今日は会社をお休みになったんですか」

と、浜田も前の興奮した調子ではなく、いくらか重荷をおろしたような、打ち解けた口ぶりで、途々《みちみち》そんな風に話しかけました。

「ええ、昨日も休んじまったんです。会社の方もこの頃は又意地悪く忙しいんで、出なけりゃ悪いんですけれど、一昨日以来頭がむしゃくしゃしちまって、とてもそれどころじゃないもんだから。………」

「ナオミさんは、あなたが今日大森へ入らっしゃるのを、知っていますかしら？」

「僕は昨日は一日内にいましたけれど、今日は会社へ出ると云って来たんです。あの女のことだから、或は内々気がついたかも知れないが、まさか大森へ来るとは思っていないでしょう。僕は彼奴の部屋を捜したら、ラブ・レターでもありゃしないかと思ったもんだから、それで突然寄って見る気になったんです」

「ああそうですか、僕はそうじゃない、あなたが僕を摑まえに来たと思ったんです。しかしそれだと、後からナオミさんもやって来やしないでしょうか」

「いや、大丈夫、………僕は留守中、着物も財布も取り上げちまって、一歩も外へ出られないようにして来たんです。あのなりじゃ門口へだって出られやしませんよ」

「へえ、どんななりをしているんです？」

「ほら、君も知っている、あの桃色のちぢみのガウンがあったでしょう？」

「ああ、あれですか」

「あれ一枚で、細帯一つ締めていないんだから、大丈夫ですよ。まあ猛獣が檻へ入れられたようなもんです」

「しかし、さっき彼処へナオミさんが這入って来たらどうなったでしょう。それこそほんとに、どんな騒ぎが持ち上ったかも知れませんね」

「ですが一体、ナオミが君と今日逢うと云う約束をしたのはいつなんです？」

「それは一昨日、――あなたに見つかったあの晩でした。ナオミさんは、僕があの晩すねていたもんですから、御機嫌を取るつもりか何かで、明後日大森へ来てくれろって云ったんですが、勿論僕も悪いんですよ。僕はナオミさんと絶交するか、でなけりゃ熊谷と喧嘩をするのが当り前だのに、それが僕には出来ないんです。自分も卑屈だと思いながら、気が弱くって、ついぐずぐずに奴等と附き合っていたんです。ですからナオミさんに欺されたとは云うものの、つまり自分が馬鹿だったんですよ」

私は何だか、自分のことを云われているような気がしました。そして「松浅」の座敷へ通って、さし向いに坐《すわ》って見ると、どうやらこの男が可愛くさえなって来るのでした。

十七

「さあ、浜田君、君が正直に云ってくれたので、僕は非常に気持がいい。とにかく一杯やりませんか」

そう云って私は、杯をさしました。

「じゃあ河合さんは、僕を赦して下さるんですか」

「赦すも赦さないもありませんよ。君はナオミに欺されていたので、僕とナオミとの間柄を知らなかったと云うのだから、ちっとも罪はない訳です。もう何とも思ってやしません」

「いや、有難う、そう云って下されば僕も安心するんです」

浜田はしかし、やっぱり極まりが悪いと見えて、酒を進めても飲もうとはしないで、伏しめがちに、遠慮しながらぽつぽつと口を利くのでした。

「じゃ何ですか、失礼ですが河合さんとナオミさんとは、御親戚と云うような訳じゃないんですか？」

暫く立ってから、浜田は何か思いつめていたらしく、そう云って微かな溜息をつきました。

「ええ、親戚でも何でもありません。僕は宇都宮の生れですが、あれは生粋の江戸ッ児で、実家は今でも東京にあるんです。当人は学校へ行きたがっていたのに、家庭の事情で行かれなかったもんですから、それを可哀そうだと思って、十五の歳に僕が引き取ってやったんですよ」

「そうして今じゃ、結婚なすっていらっしゃるんですね？」

「ええ、そうなんです、両方の親の許しを得て、立派に手続きを踏んであるんです。尤もそれは、あれが十六の時だったので、あんまり歳が若過ぎるのに『奥さん』扱いにするのも変だし、当人にしてもイヤだろうと思ったもんだから、暫くの間は友達のようにして暮らそうと、そんな約束ではあったんですがね」

「ああ、そうですか、それが誤解の原《もと》だったんですね。ナオミさんの様子を見ると、奥さんのようには思えなかったし、自分でもそう云っていなかったから、それで僕等もつい欺されてしまったんです」

「ナオミも悪いが、僕にも責任があるんですよ。僕は世間の所謂『夫婦』と云うものが面白くないんで、成るべく夫婦らしくなく暮らそうと云う主義だったんです。そいつがどうも飛んだ間違いになったんだから、もうこれからは改良しますよ。いや、ほんとうに懲り懲りしましたよ」

「そうなすった方がよござんすね。それから河合さん、自分のことを棚に上げてこんなことを云うのも可笑しいですが、熊谷は悪い奴ですから、注意なさらないといけませんよ。僕は決して恨みがあると云うんじゃないんです。熊谷でも関でも中村でも、あの連中はみんな良くない奴等なんです。ナオミさんはそんなに悪い人じゃありません。みんな彼奴等が悪くさせてしまったんです。………」

浜田は感動の籠った声で云うと同時に、その両眼には再び涙を光らせていました。さてはこの青年は、これほど真面目にナオミを恋していたのだったか、そう思うと私は感謝したいような、済まないような気がしました。若しも浜田は、私と彼女とが既に完全な夫婦であると云われなかったら、進んで彼女を譲ってくれと云い出すつもりだったのでしょう。いやそれどころか、たった今でも、私が彼女をあきらめさえしたら、彼は即座に彼女を引き取ると云うでしょう。この青年の眉宇《びう》の間に溢れているいじらしいほどの熱情から、その決心があることは疑うべくもないのでした。

「浜田君、僕は御忠告に従って、いずれ何とか二三日のうちに処置をつけます。そしてナオミが熊谷とほんとに手を切ってくれればよし、そうでなければもう一日も一緒にいるのは不愉快ですから、………」

「けれど、けれどあなたは、どうかナオミさんを捨てないで上げて下さい」

と、浜田は急いで私の言葉を遮って云いました。

「もしもあなたに捨てられちまえば、きっとナオミさんは堕落します。ナオミさんに罪はないんですから。………」

「有難う、ほんとに有難う！　僕はあなたの御好意をどんなに嬉しく思うか知れない。そりゃ僕だって十五の時から面倒を見ているんですもの、たとい世間から笑われたって、決してあれを捨てようなんて気はないんです。ただあの女は強情だから、何とか巧く悪い友達と切れるように、それを案じているだけなんです」

「ナオミさんはなかなか意地ッ張りですからね。つまらないことでふいと喧嘩になっちまうと、もう取り返しがつきませんから、そこのところを上手におやりになって下さい、生意気なことを云うようですけれど。………」

私は浜田に何遍となく、「ありがとありがと」を繰り返しました。二人の間に年齢の相違、地位の相違と云うようなものがなかったら、そして私たちが前からもっと親密な仲であったら、私は恐らく彼の手を執り、互に抱き合って泣いたかも知れませんでした。私の気持は少くともそのくらいまで行っていました。

「どうか浜田君、これから後も君だけは遊びに来て下さい。遠慮するには及びませんから」

と、私は別れ際にそう云いました。

「ええ、だけれど当分は伺えないかも知れませんよ」

と、浜田はちょっともじもじして、顔を見られるのを厭うように、下を向いて云いました。

「どうしてですか？」

「当分、………ナオミさんのことを忘れることが出来るまでは。………」

そう云って彼は、涙を隠しながら帽子を冠《かぶ》って、「さよなら」と云いさま、「松浅」の前を品川の方へ、電車にも乗らずにてくてく歩いて行きました。

私はそれからとにかく会社へ出かけましたが、勿論仕事など手につく筈はありません。ナオミの奴、今頃はどうしているだろう。寝間着一枚で放ったらかして来たのだから、よもや何処へも出られる筈はないだろう。と、そう思う傍からやっぱりそれが気にならずにはいませんでした。それと云うのが、何しろ実に意外な事が後から後からと起って来て、欺された上にも欺されていたことが分るに随い、私の神経は異常に鋭く、病的になり、いろいろな場合を想像したり臆測したりし始めるので、そうなって来るとナオミと云うものが、とても私の智慧《ちえ》では及ばない神変不可思議の通力を備え、又いつの間に何をしているか、ちっとも安心はならないように思われて来るのです。己はこうしてはいられない、どんな事件が留守の間に降って湧いているかも知れない。――私は会社をそこそこにして、大急ぎで鎌倉に帰って来ました。

「やあ、只今」

と、私は門口に立っている上さんの顔を見るなり云いました。

「いますかね、内に？」

「はあ、いらっしゃるようでございますよ」

それで私はほっとしながら、

「誰か訪ねて来た者はありませんかね？」

「いいえ、どなたも」

「どうです？　どんな様子ですかね？」

私は顋で離れの方をさしながら、上さんに眼くばせしました。そしてその時気が附いたのですが、ナオミの居るべきその座敷は、障子が締まって、ガラスの中は薄暗く、ひっそりとして、人気がないように見えるのでした。

「さあ、どんな御様子か、――今日は一日じっと彼処に這入っていらっしゃいますけれど、……」

ふん、とうとう一日引っ込んでいたか。だがそれにしてもイヤに様子が静かなのはどうしたんだろう、どんな顔つきをしているだろうと、まだ幾分胸騒ぎに駆られながら、私はそっと縁側へ上り、離れの障子を明けました。と、もう夕方の六時が少し廻った時分で、明りのとどかない部屋の奥の隅の方に、ナオミはだらしない恰好をして、ふん反り返って ぐうぐう眠っているのでした。蚊に喰われるので、彼方へ転がり此方へ転がりしたものでしょう、私のクレバネットを出して腰の周りを包んではいましたが、それで器用に隠されているのはほんの下っ腹のところだけで、紅いちぢみのガウンから真っ白い手足が、湯立ったキャベツの茎のように浮き出ているのが、そう云う時には又運悪く、変に蠱惑的に私の心を掻き挘《むし》りました。私は黙って電燈をつけ、独りでさっさと和服に着換え、押入れの戸をわざとガタピシ云わせましたけれど、それを知ってか知らないでか、ナオミの寝息はまだすやすやと聞えました。

「おい、起きないか、夜じゃないか。………」

三十分ばかり、用もないのに机に靠《もた》れて、手紙をかくような風を装っていた私は、とうとう根負けがしてしまって声をかけました。

「ふむ、………」

と云って、不承々々に、睡そうな返辞をしたのは、私が二三度怒鳴ってからでした。

「おい！　起きないかったら！」

「ふむ、………」

そう云ったきり、又暫くは起きそうにもしません。

「おい！　何してるんだ！　おいッたら！」

私は立ち上って、足で彼女の腰のあたりを乱暴にぐんぐん揺す振りました。

「あーあ」

と云って、先《ま》ずにょっきりとそのしなしなした二本の腕を真っ直ぐに伸ばし、小さな、紅い握り拳をぎゅッと固めて前へ突き出し、生あくびを噛み殺しながらやおら体を擡《もた》げたナオミは、私の顔をチラと偸《ぬす》んで、すぐ側方《そっぽ》を向いてしまって、足の甲だの、脛のあたりだの、背筋の方だの、蚊に喰われた痕《しき》を頻りにぼりぼり掻き始めました。寝過ぎたせいか、それともこっそり泣いたのであろうか、その眼は充血して、髪は化け物のように乱れて、両方の肩へ垂れていました。

「さ、着物を着換えろ、そんな風をしていないで」

母屋へ行って着物の包みを取って来てやり、彼女の前へ放り出すと、彼女は一言も云わないで、つんとしてそれを着換えました。それから晩飯の膳が運ばれ、食事を済ましてしまう間、二人はとうとう孰方からも物を云いかけませんでした。

この、長い、鬱陶しい睨み合いの間に、私はどうして彼女に泥を吐かせたらいいか、この強情な女を素直に詫《あや》まらせる道はないだろうかと、ただそればかりを考えました。浜田の云った忠告の言葉、――ナオミは意地ッ張りだから、ふいとしたことで喧嘩をすると、もう取り返しがつかなくなると云うことも、無論私の頭にありました。浜田があんな忠告をしたのは、恐らく彼の実験から来ているのでしょうが、私にしてもそう云う覚えはたびたびあります。何よりかより彼女を怒らせてしまっては一番いけない、彼女がつむじを曲げないように、決して喧嘩にならないように、そうかと云って此方が甘く見られないように、上手に切り出さなければならない。で、それには此方が裁判官のような態度で問い詰めて行くのは最も危険だ。「お前は熊谷とこれこれだろう?」「そして浜田ともこれこれだろう?」と、こう正面から肉迫すれば、「へえ、そうです」と恐れ入るような女ではない。きっと彼女は反抗する。飽くまで知らぬ存ぜぬと云い張る。すると此方もジリジリして来て癇癪を起す。もしそうなったらおしまいだから、押し問答をすることはとにかくよくない。これは彼女に泥を吐かせると云うような考は止めにして、いっそ此方から今日の出来事を話してしまった方がいい。そうすればいくら強情でもそれを知らないとは云えないだろう。よし、そうしようと思ったので、

「僕は今日、朝の十時頃に大森へ寄ったら浜田に遇ったよ」

と、先ずそんな風に云って見ました。

「ふうん」

とナオミは、さすがにぎょッとしたらしく私の視線を避けるように、鼻の先でそう云いま

した。

「それからかれこれするうちに飯時になったもんだから、浜田を誘って『松浅』へ行って、一緒に飯を喰ったんだ。――――」

もうそれからはナオミは返辞をしませんでした。私は彼女の顔色に絶えず注意を配りながら、あまり皮肉にならないように諄々《じゅんじゅん》と話して行きましたが、話し終ってしまうまで、ナオミはじっと下を向いて聴いていました。そして悪びれた様子はなく、ただ頬の色がここころもち青ざめただけでした。

「浜田がそう云ってくれたので、僕はお前に聞くまでもなくみんな分ってしまったんだ。だからお前は何も強情を張ることはない。悪かったらば悪かったと、そう云ってくれさえすればいいんだ。………どうだい、お前、悪かったかね？　悪いと云うことを認めるかね？」

ナオミがなかなか答えないので、ここで私の心配していた押し問答の形勢が持ち上りそうになりましたが、「どうだね？　ナオミちゃん」と、私は出来るだけ優しい口調で、

「悪かったことさえ認めてくれれば、僕はなんにも過ぎ去ったことを咎めやしないよ。何もお前に両手をついて詫まれと云う訳じゃない。この後こう云う間違いがないように、それを誓ってくれたらいいんだ。え？　分ったろうね？　悪かったと云うんだろうね？」

するとナオミは、好い塩梅に、頤で「うん」と頷きました。

「じゃあ分ったね？　これから決して熊谷やなんかと遊びはしないね？」

「うん」

「きっとだろうね？　約束するね？」

「うん」

この「うん」で以て、お互の顔が立つようにどうやら折り合いがつきました。

十八

その晩、私とナオミとは最早や何事もなかったように寝物語をしましたけれども、しかし正直の気持を云うと、私は決して心の底から綺麗サッパリとはしませんでした。この女は、既に清浄潔白ではない。――この考は私の胸を晦《くら》く鎖《とざ》したばかりでなく、自分の宝であったところのナオミの値打ちを、半分以下に引き下げてしまいました。なぜなら彼女の値打ちと云うものは、私が自分で育ててやり、自分でこれほどの女にしてやり、そうしてただ自分ばかりがその肉体のあらゆる部分を知っていると云うことに、その大半があったのですから、つまりナオミと云うものは、私に取っては自分が栽培したところの一つの果実と同じことです。私はその実が今日のように立派に成熟するまでに随分さまざまの丹精を凝らし、労力をかけた。だからそれを味わうのは栽培者たる私の当然の報酬であって、他の何人にもそんな権利はない筈であるのに、それが何時の間にかあかの他人に皮を捞られ、歯を立てられていたのです。そうしてそれは、一旦汚されてしまった以上、いかに彼女が罪を詫びてももう取り返しのつかないことです。「彼女の肌」と云う貴い聖地には、二人の賊の泥にまみれた足痕が永久に印せられてしまったのです。これを思えば思うほど口惜しいことの限りでした。ナオミが憎いと云うのでなしに、その出来事が憎くてたまりませんでした。

「譲治さん、堪《か》忍《に》してね、………」

ナオミは私が黙って泣いているのを見ると、昼間の態度とは打って変って、そう云ってくれましたけれど、私はやはり泣いて頷くばかりでした。「ああ堪忍するよ」と口では云っても、取り返しのつかないと云う無念さは消すことが出来ませんでした。

鎌倉の一と夏はこんな始末で散々な終りを告げ、やがて私たちは大森の住居へ戻りましたが、今も云うように私の胸にわだかまりが出来たものですから、それが自然と何かの場合に現れると見え、それから後の二人の仲はどうもしっくりとは行きかねました。表面は和解したようであっても、私は決して、まだほんとうにはナオミに心を許していない。会社へ行っても依然として熊谷のことが心配になる。留守の間の彼女の行動が気になる余り、毎朝家を出かけると見せてこっそり裏口へ立ち廻ったり、彼女が英語や音楽の稽古に行くと云う日は、そっとその跡をつけて行ったり、時々彼女の眼を偸んでは、彼女宛てに来る手紙の内容を調べて見たり、そう云う風にまで私が秘密探偵のような気持になるに随い、ナオミはナオミで、腹の中ではこのしつッこい私のやり方をせせら笑っているらしく、言葉に出して云い争いはしないまでも、変に意地悪い素振りを見せるようになりました。

「おい、ナオミ！」

と、私は或る晩、いやに冷たい顔つきをして寝た振りをしている彼女の体を揺す振りながら、そう云いました。(断って置きますがもうその時分、私は彼女を「ナオミ」と呼びつけにしていたのです)

「何だってそんな……寝たふりなんぞしているんだ？　そんなに己が嫌いなのかい？……………」

「寝たふりなんかしていやしないわ。寝ようと思って眼を潰っているだけなんだわ」

「じゃあ眼をお開き、人が話をしようとするのに眼を潰っている法はなかろう」

そう云うとナオミは、仕方なしにうッすりと眼瞼を開きましたが、睫毛の蔭から纔《わず》かに此方を覗いている細い眼つきは、その表情を一層冷酷なものにしました。

「え？　お前は己が嫌いなのかよ？　そうならそうと云っておくれ。………」

「なぜそんなことを尋ねるの?…………」

「己には大概、お前の素振りで分っているんだ。この頃の己たちは喧嘩こそしないが、心の底では互に鎬《*しのぎ》を削っている。これでも己たちは夫婦だろうか?」

「あたしは鎬を削ってやしない、あなたこそ削っているんじゃないの」

「それはお互様だと思う。お前の態度が己に安心を与えないから、己の方でもつい疑いの眼を以て………」

「ふん」

とナオミは、その鼻先の皮肉な笑いで私の言葉を打ッ切ってしまって、

「じゃあ聞きますが、あたしの態度に何か怪しい所があるの? あるなら証拠を見せて頂戴」

「そりゃ、証拠と云ってはありゃしないが、………」

「証拠がないのに疑ぐるなんて、それはあなたが無理じゃないの。あなたがあたしを信用しないで、妻としての自由も権利も与えないで置きながら、夫婦らしくしようとしたってそりゃ駄目だわ。ねえ、譲治さん、あなたはあたしが何も知らずにいると思って? 人の手紙を内証で読んだり、探偵みたいに跡をつけたり、………あたしちゃんと知っているのよ」

「それは己も悪かったよ、けれども己も以前の事があるもんだから、神経過敏になってい

るんだ。それを察してくれないじゃ困るよ」

「じゃ、一体どうしたらいいのよ？　以前の事はもう云わないッて約束じゃないの」

「己の神経がほんとうに安まるように、お前が心から打ち解けてくれ、己を愛してくれたらいいんだ」

「でもそうするにはあなたの方で信じてくれなけりゃあ、……」

「ああ信じるよ、もうこれからきっと信じるよ」

私はここで、男と云うものの浅ましさを白状しなければなりませんが、昼間はとにかく、夜の場合になって来ると私はいつも彼女に負けました。私が負けたと云うよりは、私の中にある獣性が彼女に征服されました。事実を云えば私は彼女をまだまだ信じる気にはなれない、にも拘わらず私の獣性は盲目的に彼女に降伏することを強《し》い、総べてを捨てて妥協するようにさせてしまいます。つまりナオミは私に取って、最早や貴い宝でもなく、有難い偶像でもなくなった代り、一箇の娼婦となった訳です。そこには恋人としての清さも、夫婦としての情愛もない。そうそんなものは昔の夢と消えてしまった！　それならどうしてこんな不貞な、汚れた女に未練を残しているのかと云うと、全く彼女の肉体の魅力、ただそれだけに引き摺られつつあったのです。これはナオミの堕落であって、同時に私の堕落でもありました。なぜなら私は、男子としての節操、潔癖、純情を捨て、過去の誇りを抛《なげう》ってしまって、娼婦の前に身を屈しながら、それを耻とも思わないようになったのですから。いや時としてはその卑しむべき娼婦の姿を、さながら女神を打ち仰ぐように崇拝さえもしたのですから。

ナオミは私のこの弱点を面《つら》の憎いほど知り抜いていました。自分の肉体が男にとっては抵抗し難い蠱惑であること、夜にさえなれば男を打ち負かしてしまえること、――こう云う意識を持ち始めた彼女は、昼間は不思議なくらい不愛想な態度を示しました。自分はここにいる一人の男に自分の「女」を売っているのだ、それ以外には何もこの男に興味もなければ因縁もない、と、そんな様子をありありと見せて、あたかも路傍の人のようにむうッとそっけなく済まし込んで、たまに私が話しかけてもろくすッぽう返辞もしません。是非必要な場合にだけ「はい」とか「いいえ」とか答えるだけです。こういう彼女のやり方は、私に対して消極的に反抗している心を現わし、私を極度に侮蔑《ぶべつ》する意を示そうとするものであるとしか、私には思えませんでした。

「譲治さん、あたしがいくら冷淡だって、あなたは怒る権利はないわよ。あなたはあたしから取れる物だけ取っているんじゃありませんか。それであなたは満足しているじゃありませんか」――私は彼女の前へ出ると、そう云う眼つきで睨まれているような気がしました。そしてその眼は動《やや》ともすると、

「ふん、何と云うイヤな奴だろう。まるで此奴は犬みたようにさもしい男だ。仕方がないから我慢してやっているんだけれど」

と、そんな表情をムキ出しにして見せるのでした。

けれどもかかる状態が長持ちをする筈がありません。二人は互に相手の心に捜《さぐ》りを入れ、陰険な暗闘をつづけながら、いつか一度はそれが爆発することを内々覚悟していましたが、或る晩私は、

「ねえ、ナオミや」

と、特にいつもより優しい口調で呼びかけました。

「ねえ、ナオミや、もうお互につまらない意地ッ張りは止そうじゃないか。お前はどうだか知らないが、僕は到底堪えられないよ、この頃のようなこんな冷やかな生活には。

………」

「ではどうしようッて云う積りなの？」

「もう一度何とかしてほんとうの夫婦になろうじゃないか。お前も僕も焼け半分になっているのがいけないんだよ。真面目になって昔の幸福を呼び戻そうと、努力しないのが悪いんだよ」

「努力したって、気持と云うものはなかなか直って来ないと思うわ」

「そりゃあそうかも知れないが、僕は二人が幸福になる方法があると思うよ。お前が承知してくれさえすりゃあいいことなんだが、………」

「どんな方法？」

「お前、子供を生んでくれないか、母親になってくれないか？　一人でもいいから子供が出来れば、きっと僕等はほんとうの意味で夫婦になれるよ、幸福になれるよ。お願いだから僕の頼みを聴いてくれない？」

「いやだわ、あたし」

と、ナオミは即座にきっぱりと云いました。

「あなたはあたしに、子供を生まないようにしてくれ。いつまでも若々しく、娘のようにしていてくれ。夫婦の間に子供の出来るのが何よりも恐ろしいッて、云ったじゃないの？」

「そりゃ、そんな風に思った時代もあったけれども、………」

「それじゃあなたは、昔のようにあたしを愛そうとしないんじゃないの？　あたしがどんなに年を取って、汚くなっても構わないと云う気なんじゃないの？　いいえ、そうだわ、あなたこそあたしを愛さないいんだわ」

「お前は誤解してるんだ。僕はお前を友達のように愛していた、だがこれからは真実の妻として愛する。………」

「それであなたは、昔のような幸福が戻って来ると思うのかしら？」

「昔のようではないかも知れない、けれども真の幸福が、………」

「いや、いや、あたしはそれなら沢山だわ」

そう云って彼女は、私の言葉が終らないうちに激しく冠《かぶり》を振るのでした。

「あたし、昔のような幸福が欲しいの。でなけりゃなんにも欲しくはないの。あたしそう云う約束であなたの所へ来たんだから」

十九

ナオミがどうしても子供を生むのが厭だというなら、私の方には又もう一つ手段がありました。それは大森の「お伽噺の家」を畳んで、もっと真面目な、常識的な家庭を持つと云う一事です。全体私はシンプル・ライフと云う美名に憧れて、こんな奇妙な、甚だ実用的でない絵かきのアトリエに住んだのですが、われわれの生活を自堕落にしたのはこの家のせいも確かにあるのです。こう云う家に若い夫婦が女中も置かずに住まっていれば、却《かえ》ってお互に我が儘が出て、シンプル・ライフがシンプルでなくなり、ふしだらになるのは已《や》むを得ない。それで私は、私の留守中ナオミを監視するためにも、小間使いを一人と飯焚きを一人置くことにする。主人夫婦と女中が二人、これだけが住まえるような、所謂「文化住宅」でない純日本式の、中流の紳士向きの家へ引き移る。今まで使っていた西洋家具を売り払って、総べてを日本風の家具に取り換え、ナオミのために特にピアノを一台買ってやる。こうすれば彼女の音楽の稽古も杉崎女史の出教授を頼めばよいことになり、英語の方もハリソン嬢に出向いて貰って、自然彼女が外出する機会がなくなる。この計画を実行するには纏った金が必要でしたが、それは国もとへそう云ってやり、すっかりお膳立が整うまではナオミに知らせない決心を以て、私は独りで借家捜しや家財道具の見積りなどに苦心していました。

国の方からは取り敢えずこれだけ送ると云って、千五百円の為替が来ました。それから私は女中の世話も頼んでやったのでしたが、「小間使いには大へん都合のいいのがある、内で使っていた仙太郎の娘がお花と云って、今年十五になっているから、あれならお前も気心が分って安心して置けるだろう。飯焚きの方も心あたりを捜しているから、引っ越し先が極まるまでには上京させる」と、為替と同封の母の手でそう云って来ました。

ナオミは私が内々何か企らんでいるのをうすうす感づいていたのでしょうが、「まあ何をするか見ていてやれ」と云った調子で、初めのうちは凄いほど落ち着いていました。が、

ちょうど母から手紙が届いて二三日過ぎた或る夜のこと、

「ねえ、譲治さん、あたし、洋服が欲しいんだけれど、拵えてくれない？」

と、彼女は突然、甘ったれるような、そのくせ変に冷やかすような、猫撫で声でそう云いました。

「洋服？」

私は暫くあっけに取られて、彼女の顔を穴の開くほど視詰《みつ》めながら、「ははあ、此奴、為替の来たのが分ったんだな、それで捜りを入れているんだな」と気がつきました。

「ねえ、いいじゃないの、洋服でなけりゃ和服でもいいわ。冬の余所行きを拵えて頂戴」

「僕は当分そんな物は買ってやらんよ」

「どうしてなの？」

「着物は腐るほどあるじゃないか」

「腐るほどあったって、飽きちゃったから又欲しいんだわ」

「そんな贅沢はもう絶対に許さないんだ」

「へえ、じゃ、あのお金は何に使うの？」

とうとう来たな！　私はそう思って空惚《そらとぼ》けながら、

「お金？　何処にそんなものがあるんだ？」

「譲治さん、あたし、あの本箱の下にあった書留の手紙見たのよ。譲治さんだって人の手紙勝手に見るから、そのくらいな事をあたしがしたっていいだろうと思って、――――」

これは私には意外でした。ナオミが金のことを云うのは、書留が来たから為替が這入っていたのだろうと見当をつけているだけなので、まさか私があの本箱の下に隠した手紙の中味を見ていようとは、全く予期していなかったのです。が、ナオミはどうかして私の秘密を嗅ぎ出そうと、手紙のありかを捜し廻ったに違いなく、あれを読まれてしまったとすると、為替の金額は勿論のこと、移転のことも女中のことも総べてを知られてしまったのです。

「あんなにお金が沢山あるのに、あたしに着物の一枚ぐらい拵えてくれてもいいと思うわ。――ねえ、あなたはいつか何と云って？　お前の為めならどんな狭苦しい家に住んでも、どんな不自由でも我慢をする。そうしてそのお金でお前に出来るだけ贅沢をさせるって、そう云ったのを忘れちまったの？　まるであなたはあの時分とは違っているのね」

「僕がお前を愛する心に変りはないんだ、ただ愛し方が変っただけなんだ」

「じゃ、引越しのことはなぜあたしに隠していたの？　人には何も相談しないで、命令的にやる積りなの？」

「そりゃ、適当な家が見付かった上で、無論お前にも相談する積りでいたんだ。……」

そう云いかけて、私は調子を和げて、なだめるように説き聞かせました。

「ねえ、ナオミ、僕はほんとうの気持を云うと、今でもやっぱりお前に贅沢をさせたいんだよ。着物ばかりの贅沢でなく、家も相当の家に住まって、お前の生活全体を、もっと立派な奥さんらしく向上させてやりたいんだよ。だからなんにも不平を云うところはないじゃないか」

「そうお、そりゃどうも有りがと、………」

「何なら明日、僕と一緒に借家を捜しに行ったらどうだね。此処よりもっと間数があって、お前の気に入った家でさえありゃ何処でもいいんだ」

「それならあたし、西洋館にして頂戴、日本の家は真っ平御免よ。――」

私が返辞に困っている間に、「それ見たことか」と云う顔つきで、ナオミは嚙んで吐き出すように云うのでした。

「女中もあたし、浅草の家へ頼みますから、そんな田舎の山出しなんか断って頂戴、あたしが使う女中なんだから」

こう云ういさかいが度重なるに従って、二人の間の低気圧はだんだん濃くなって行きました。そして一日口をきかないようなことも屢〻でしたが、それが最後に爆発したのは、ちょうど鎌倉を引き払ってから二箇月の後、十一月の初旬のことで、ナオミが未だに熊谷と関係を断っていないと云う動かぬ証拠を、私が発見した時でした。

これを発見するまでのいきさつに就いては、別段ここにそう委《くわ》しく書く必要がありません。私は疾《と》うから、引っ越しの準備に頭を使っている一方、直覚的にナオミを怪しいと睨んでいたので、例の探偵的行動を少しも緩めずにいた結果、或る日彼女と熊谷とが、大胆にもつい大森の家の近所の曙楼《あけぼのろう》で密会した帰りを、とうとう抑えてしまったのです。

その日の朝、私はナオミの化粧の仕方がいつもより派手であるのに疑いを抱き、家を出るなり直ぐ引っ返して裏口にある物置小屋の炭俵の蔭に隠れていたのです。（そう云う訳でその頃の私は、会社を休んでばかりいました）すると果して、九時頃になった時分、今日は稽古に行く日でもないのに彼女はひどくめかし込んで出て来ましたが、停車場の方へは行かないで、反対の方へ、足を早めてさッさと歩いて行くのでした。私は彼女を五六間やり過してから大急ぎで家へ飛び込み、学生時代に使っていたマントと帽子を引き摺り出して洋服の上へそれを被り、素足に下駄穿きで表へ駈け出すと、ナオミの跡を遠くの方から追って行きました。そして彼女が曙楼へ這入って行き、それから十分ぐらい後れて熊谷がそこへやって来たのを確かに見届けて置いてから、やがて彼等の出て来るのを待ち構えていたのです。

帰りもやはり別々で、今度は熊谷が居残ったらしく、一と足先きにナオミの姿が往来へ現れたのは、かれこれ十一時頃でした。――私は殆ど一時間半も曙楼の近所をうろうろしていた訳です。――彼女は来た時と同じように、そこから十丁余りある自分の家まで、傍目《わきめ》もふらずに歩いて行きました。そして私も次第に歩調を早めて行ったので、彼女が裏口のドーアを開けて中へ這入る、すぐその跡から、五分とは立たずに私が這入って行ったのです。

這入った刹那に私の見たものは、瞳の据わった、一種凄惨《せいさん》な感じの籠ったナオミの眼でした。彼女はそこに、棒のように突っ立ったまま、私の方を鋭く睨んでいるのでしたが、その足もとには私がさっき脱ぎ換えて行った帽子や、外套《がいとう》や、靴や、靴下があの時のまま散らばっていました。彼女はそれで一切を悟ってしまったのでしょう、麗かに晴れた秋の朝の、アトリエの明りを反射している彼女の顔は穏やかに青ざめ、総べてをあきらめてしまったような深い静けさがそこにありました。

「出て行け！」

たった一言、自分の耳ががんとする程怒鳴ったきり、私も二の句が継げなければナオミも何とも返辞をしません。二人はあたかも白刃《はくじん》を抜いて立ち向った者がピタリと青眼《せいがん》に構えたように、相手の隙を狙っていました。その瞬間、私は実にナオミの顔を美しいと感じました。女の顔は男の憎しみがかかればかかる程美しくなるのを知りました。カルメンを殺したドン・ホセは、憎めば憎むほど一層彼女が美しくなるので殺したのだと、その心境が私にハッキリ分りました。ナオミがじいッと視線を据えて、顔面の筋肉は微動だもさせずに、血の気の失せた唇をしっかり結んで立っている邪悪の化身のような姿。――ああ、それこそ淫婦の面魂《つらだましい》を遺憾なく露わした形相でした。

「出て行け！」

と、私はもう一度叫ぶや否や、何とも知れない憎さと恐ろしさと美しさに駈り立てられつつ、夢中で彼女の肩を掴んで、出口の方へ突き飛ばしました。

「出て行け！　さあ！　出て行けったら！」

「堪忍《かに》して、……譲治さん！　もう今度ッから、………」

ナオミの表情は俄かに変り、その声の調子は哀訴にふるえ、その眼の縁には涙をさめざめと湛えながら、ぺったりそこへ跪いて歎願するように私の顔を仰ぎ視ました。

「譲治さん、悪かったから堪忍してッてば！………堪忍して、堪忍して、………」

こんなに脆く彼女が赦しを乞うだろうとは予期していなかったことなので、はっと不意打ちを喰った私は、そのために尚憤激しました。私は両手の拳を固めてつづけさまに彼女を殴りました。

「畜生！　犬！　人非人《にんぴにん》！　もう貴様には用はないんだ！　出て行けったら出て行かん

か！」

と、ナオミは咄嗟に、「こりゃ失策《しくじ》ったな」と気がついたらしく、忽ち態度を改めてすうッと立ち上ったかと思うと、

「じゃあ出て行くわ」

と、まるで不断の通りの口調でそう云いました。

「よし！　直ぐに出て行け！」

「ええ、直ぐ行くわ、――二階へ行って、着換えを持って行っちゃあいけない？」

「貴様はこれから直ぐに帰って、使いを寄越せ！　荷物はみんな渡してやるから！」

「だってあたし、それじゃ困るわ、今すぐいろいろ入用なものがあるんだから。――」

「じゃ勝手にしろ、早くしないと承知しないぞ！」

私はナオミが今すぐ荷物を運ぶと云うのを一種の威嚇と見て取ったので負けない気でそう云ってやると、彼女は二階へ上って行って、そこらじゅうをガタピシと引っ掻き廻して、バスケットだの、風呂敷包みだの、背負い切れないほどの荷造りをして、自分でとッとと俥を呼んで積み込みました。

「では御機嫌よう、どうも長々御厄介になりました。――」

と、出て行くときにそう云った彼女の挨拶は、至極あっさりしたものでした。

二十

彼女の俥が行ってしまうと、私はどう云う積りだったか直ぐに懐中時計を出して、時間を見ました。ちょうど午後零時三十六分、……ああそうか、さっき彼女が曙楼を出て来たのが十一時、それからあんな大喧嘩をしてあッと云う間に形勢が変り、今まで此処に立っていた彼女がもう居なくなってしまったんだ。その間が僅かに一時間と三十六分。……人は屡々、看護していた病人が最後の息を引き取る時とか、又は大地震に出っ会《くわ》した時とかに、覚えず知らず時計を見る癖があるものですが、私がその時ふいと時計を出して見たのも大方それに似たような気持だったでしょう。大正某年十一月某日午後零時三十六分、

――自分はこの日のこの時刻に、遂にナオミと別れてしまった。自分と彼女との関係は、この時を以て或《あるい》は終焉《しゅうえん》を告げるかも知れない。……

「先ずほッとした！　重荷が下りた！」

何しろ私はこの間じゅうの暗闘に疲れ切っていた際だったので、そう思うと同時にぐったり椅子に腰かけたままぼんやりしてしまいました。咄嗟の感じは、「ああ有難い、やっとのことで解放された」と云うような、せいせいとした気分でした。それと云うのが私は単

に精神的に疲労していたばかりでなく、生理的にも疲労していたので、一度ゆっくり休養したいと云うことは、寧ろ私の肉体の方が痛切に要求していたのです。たとえばナオミと云うものは非常に強い酒であって、あまりその酒を飲み過ぎると体に毒だと知りながら、毎日々々、その芳醇な香気を嗅がされ、なみなみと盛った杯を見せられては、矢張私は飲まずにはいられない。飲むに随って次第に酒毒が体の節々へ及ぼして来て、ひだるく、ものうく、後頭部が鉛のようにどんより重く、ふいと立ち上ると眩暈《めまい》がしそうで、仰向けさまにうしろへ打っ倒れそうになる。そしていつでも二日酔いのような心地で、胃が悪く、記憶力が衰え、すべての事に興味がなくなり、病人か何ぞのように元気がない。頭のなかには奇妙なナオミの幻ばかりが浮かんで来て、それが時々おくびのように胸をむかつかせ、彼女の臭いや、汗や、脂が、始終むうッと鼻についている。で、「見れば眼の毒」のナオミが居なくなったことは、入梅の空が一時にからッと晴れたような工合でした。

が、今も云うようにそれは全く咄嗟の感じで、正直のところ、そのせいせいした心持が続いたのは、一時間ぐらいなものだったでしょう。まさか私の肉体がいくら頑健だからと云って、ほんの一時間やそこらの間に疲労が恢復《かいふく》し切った訳でもありますまいが、椅子に腰かけてほっと一と息ついたかと思うと、間もなく胸に浮かんで来たのは、さっきのナオミの、あの喧嘩をした時の異常に凄い容貌でした。「男の憎しみがかかればかかる程美しくなる」と云った、あの一刹那の彼女の顔でした。それは私が刺し殺しても飽き足りないほど憎い憎い淫婦の相で、頭の中へ永久に焼きつけられてしまったまま、消そうとしてもいっかな消えずにいたのでしたが、どう云う訳か時間が立つに随っていよいよハッキリと眼の前に現れ、未だにじーいッと瞳を据えて私の方を睨んでいるように感ぜられ、しかもだんだんその憎らしさが底の知れない美しさに変って行くのでした。考えて見ると彼女の顔にあんな妖艶《ようえん》な表情が溢れたところを、私は今日まで一度も見たことがありません。疑いもなくそれは「邪悪の化身」であって、そして同時に、彼女の体と魂とが持つ悉《ことごと》くの美が、最高潮の形に於いて発揚された姿なのです。私はさっきも、あの喧嘩の真っ最中に覚えずその美に撲《う》たれたのみならず、「ああ美しい」と心の中で叫んだのでありながら、どうしてあの時彼女の足下に跪いてしまわなかったか。いつも優柔で意気地なしの私が、いかに憤激していたとは云えあの恐ろしい女神に向って、どうしてあれはどの面罵《めんば》を浴びせ、手を振り上げることが出来たか。自分のどこからそんな無鉄砲な勇気が出たか。――それが私には今更不思議なように思われ、その無鉄砲と勇気とを恨むような心持さえ、次第に湧き上って来るのでした。

「お前は馬鹿だぞ、大変なことをしちまったんだぞ。ちっとやそっとの不都合があっても、それと『あの顔』と引き換えになると思っているのか。あれだけの美はこの後決して、二度と世間にありはしないぞ」

私は誰かにそう云われているような気がし始め、ああ、そうだった、自分は実につまらないことをしてしまった。彼女を怒らせないようにと、あんなに不断から用心していながら、こういう結末になったというのは魔がさしたのに違いないんだと、そんな考が何処からともなく頭を擡げて来るのでした。

たった一時間前まではあれほど彼女を荷厄介にし、その存在を呪った私が、今は反対に自分を呪い、その軽率を悔いるようになったと云うのは？　あんなに憎らしかった女が、こんなにも恋しくなって来るとは？　この急激な心の変化は私自身にも説明の出来ないことで、恐らく恋の神様ばかりが知っている謎でありましょう。私はいつの間にか立ち上って、部屋を往ったり来たりしながら、どうしたらこの恋慕の情を癒《い》やすことが出来るだろうかと、長い間考えました。と、どう考えても癒やす方法は見付からないで、ただただ彼女の美しかったことばかりが想い出される。過去五年間の共同生活の場面々々が、ああ、あの時にはこう云った、あんな顔をした、あんな眼をしたと云う風に、後から後からと浮かんで来て、それが一々未練の種でないものはない。殊に私の忘れられないのは、彼女が十五六の娘の時分、毎晩私が西洋風呂へ入れてやって体を洗ってやったこと。それから私が馬になって彼女を背中へ乗せながら、「ハイハイ、ドウドウ」と部屋の中を這い廻って遊んだこと。――――どうしてそんな下らない事がそんなにまでも懐かしいのか、実に馬鹿げていましたけれど、若しも彼女がこの後もう一度私の所へ帰って来てくれたら、私は何より真っ先にあの時の遊戯をやって見よう。再び彼女を背中の上へ跨がらせて、この部屋の中を這って見よう。それが出来たら己はどんなに嬉しいか知れないと、まるでその事をこの上もない幸福のように空想したりするのでした。いや、単に空想したばかりでなく、私は彼女が恋しさの余り、思わず床に四つ這いになって、今も彼女の体が背中へぐッとのしかかってでもいるかのように、部屋をグルグル廻ってみました。それから私は、――此処に書くのも耻かしい事の限りですが、――二階へ行って、彼女の古着を引っ張り出してそれを何枚も背中に載せ、彼女の足袋を両手に嵌めて、又その部屋を四つン這いになって歩きました。

この物語を最初から読んでおられる読者は、多分覚えておられるでしょうが、私は「ナオミの成長」と題する一冊の記念帖《きねんちょう》を持っていました。それは私が彼女を風呂へ入れてやって、体を洗ってやっていた頃、彼女の四肢が日増しに発達する様を委しく記して置いたもので、つまり少女としてのナオミがだんだん大人になるところを、――――ただそればかりを専門のように書き止めて行った一種の日記帳でした。私はその日記のところどころに、当時のナオミのいろいろな表情、ありとあらゆる姿態の変化を写真に撮って貼って置いたのを思い出し、せめて彼女を偲ぶよすがに、長い間埃にまみれて突っ込んであったその帳面を、本箱の底から引き摺り出して順々にページをはぐって見ました。それらの写真は私以外の人間には絶対に見せるべきものではないので、自分で現像や焼き付けなどをしたのでしたが、大方水洗いが完全でなかったのでしょう。今ではポツポツそばかすのような斑点《はんてん》が出来、物によってはすっかり時代がついてしまって、まるで古めかしい画像のように朦朧《もうろう》としたものもありましたけれど、そのため却って懐かしさは増すばかりで、もう十年も二十年もの昔のこと、……幼い頃の遠い夢をでも辿るような気がするのでした。そしてそこには、彼女があの時分好んで装ったさまざまな衣裳やなりかたちが、奇抜なものも、軽快なものも、贅沢なものも、滑稽なものも、殆ど剰《あま》す所なく写されていました。或るページには天鵞絨《びろうど》の背広服を着て男装した写真がある。次をめくると薄いコットン・ボイルの布を身に纏って、彫像の如く彳立《てきりつ》している姿がある。又その次にはきらきら光る繻子の羽織に繻子の着物、幅の狭い帯を胸高に締め、リボンの半襟を着けた様子が現れて来る。それから種々雑多な表情動作や活動女優の真似事の数々、――メリー・ピクフォードの笑顔だの、グロリア・スワンソンの眸《ひとみ》だの、ポーラ・ネグリの猛り立ったところだの、ビーブ・ダニエルの乙に気取ったところだの、憤然たるもの、嫣然《えんぜん》たるもの、悚然《しょうぜん》たるもの、恍惚たるもの、見るに随って彼女の顔や体のこなしは一々変化し、いかに彼女がそう云うことに敏感であり、器用であり、怜悧であったかを語らないものとてはないのでした。

「ああ飛んでもない！　己はほんとに大変な女を逃がしてしまった」

私は心も狂おしくなり、口惜《くや》しまぎれに地団太を蹈み、なおも日記を繰って行くと、まだまだ写真が幾色となく出て来ました。その撮り方はだんだん微に入り、細を穿《うが》って、部分々々を大映しにして、鼻の形、眼の形、唇の形、指の形、腕の曲線、肩の曲線、背筋の曲線、脚の曲線、手頸《てくび》、足頸、肘、膝頭、足の蹠《うら》までも写してあり、さながら希臘《ギリシャ》の彫刻か奈良の仏像か何かを扱うようにしてあるのです。ここに至ってナオミの体は全く芸術品となり、私の眼には実際奈良の仏像以上に完璧なものであるかと思われ、それをしみじみ眺めていると、宗教的な感激さえが湧いて来るようになるのでした。ああ、私は一体どう云う積りこんな精密な写真を撮って置いたのでしょうか？　これがいつかは悲しい記念になると云うことを、予覚してでもいたのでしょうか？

私のナオミを恋うる心は加速度を以て進みました。もう日が暮れて窓の外には夕《ゆうべ》の星がまたたき始め、うすら寒くさえなって来ましたが、私は朝の十一時から御飯もたべず、火も起さず、電気をつける気力もなく、暗くなって来る家の中を二階へ行ったり、階下へ降りたり、「馬鹿！」と云いながら自分で自分の頭を打ったり、空家のように森閑としたアトリエの壁に向いながら「ナオミ、ナオミ」と叫んでみたり、果ては彼女の名前を呼び続けつつ床に額を擦りつけたりしました。もうどうしても、どうあろうとも彼女を引き戻さなければならない。己は絶対無条件で彼女の前に降伏する。彼女の云うところ、欲するところ、総べてに己は服従する。………が、それにしても今頃彼女は何しているだろう？　あんなに荷物を持っていたから、東京駅からきっと自動車で行っただろう。そうだとすると浅草の家へ着いてから五六時間は立っている筈だ。彼女は実家の人々に対し、追い出されて来た理由を正直に話したろうか？　それとも例の負けず嫌いで、一時遁《のが》れの出鱈目を云い、姉や兄貴を煙に巻いてでもいるだろうか？　千束町で卑しい稼業をしている実家、その娘だと云われることをひどく嫌って、親兄弟を無智な人種のように扱い、めったに里へ帰ったことのない彼女。

――――この不調和な一族の間に、今頃どんな善後策が講ぜられているだろう？　姉や兄貴は勿論詫りに行けと云う、「あたしは決して詫まりになんか行くもんか。誰か荷物を取って来てくれろ」と、ナオミは何処までも強気に出る。そして殆ど心配などはしていないように、平気な顔で冗談を云ったり、気焔《きえん》を吐いたり、英語交りにまくし立てたり、ハイカラな衣裳や持ち物などを見せびらかしたり、まるで貴族のお嬢様が貧民窟《ひんみんくつ》を訪れたように、威張り散らしていやしないか。………

しかしナオミが何と云っても、とにかく事件が事件であるから、早速誰かが飛んで来なければならない筈だが、……若し当人が「詫まりになんか行かない」と云うなら、姉か兄貴が代りにやって来るところだが、……それともナオミの親兄弟は誰も親身にナオミのことを案じてなんぞいないのだろうか？　ちょうどナオミが彼等に対して冷淡なように、彼等も昔からナオミに就いては何の責任も負わなかった。「あの児《こ》のことは一切お任せします」と、十五の娘を此方へ預けッ放しにして、どうでも勝手にしてくれと云う態度だった。だから今度もナオミのしたい放題にさせて、打ッちゃらかして置くのだろうか？　それならそれで荷物だけでも受け取りに来そうなものではないか。「帰ったら直ぐに使を寄越せ、荷物はみんな渡してやるから」とそう云ってやったのに、未だに誰も来ないと云うのはどうしたんだろう？　着換えの衣類や手周りの物は一と通り持って行ったけれど、彼女の「命から二番目」である晴れ着の衣裳はまだ幾通りも残っている。どうせ彼女はあのむさくろしい千束町に一日燻《くすぶ》っている筈はないから、毎日々々、近所隣を驚かすような派手な風俗で出歩くだろう。そうだとすれば尚更衣裳が必要な訳だし、それがなくてはとても辛抱出来ないだろうに。………

けれどもその晩、待てど暮らせどナオミの使は来ませんでした。私はあたりが真っ暗になるまで電燈をつけずに置いたので、若しも空家と間違えられたら大変だと思って、慌てて家じゅうの部屋と云う部屋へ明りを燈し、門の標札が落ちていやしないかと改めて見、戸口のところへ椅子を持って来て何時間となく戸外の足音を聞いていましたが、八時が九時になり、十時になり、十一時になっても、………とうとう朝からまる一日立ってしまっても、何の便りもありません。そして悲観のどん底に落ちた私の胸には、又いろいろな取り止めのない臆測が生じて来るのでした。ナオミが使を寄越さないのは、事に依ったら事件を軽く見ている証拠で、二三日したら解決がつくとたかを括っているんじゃないかな。「なに大丈夫だ、向うはあたしに惚れているんだ、あたしなしには一日も居られやしないんだから、迎いに来るに極まっている」と、懸引をしているんじゃないかな。彼女にしたって今まで贅沢に馴れて来たのが、あんな社会の人間の中で暮らせないことは分っているんだ。そうかと云って外の男の所へ行っても、己ほど彼女を大事にしてやり、気随気儘をさせて置く者はありゃしないんだ。ナオミの奴はそんなことは百も承知で、口では強がりを云いながら、迎いに来るのを心待ちにしているんじゃないかな。それとも明日の朝あたりでも、姉か兄貴がいよいよ仲裁にやって来るかな。夜が忙しい商売だから、朝でなければ出られない事情があるかも知れない。何しろ使が来ないと云うのは却って一縷《いちる》の望みがあるんだ。明日になっても音沙汰がなければ、己は迎いに行ってやろう。もうこうなれば意地も外聞もあるもんじゃない、もともと己はその意地でもって失策ったんだ。実家の奴等に笑われようと、彼女に*内兜《うちかぶと》を見透かされようと、出かけて行って平詫りに詫まって、姉や兄貴にも口添えを頼んで、「後生一生のお願いだから帰っておくれ」と、百万遍も繰り返す。そうすれば彼女も顔が立って、大手を振って戻って来られよう。私は殆どまんじりともしないで一と夜を明かし、明くる日の午後六時頃まで待ちましたけれど、それでも何の沙汰もないので、もうたまりかねて家を飛び出し、急いで浅草へ駈け付けました。一刻も早く彼女に会いたい、顔さえ見れば安心する！――恋い焦がれるとはその時の私を云うのでしょう、私の胸には「会いたい見たい」の願いより外何物もありませんでした。

花屋敷のうしろの方の、入り組んだ路次の中にある千束町の家へ着いたのは大方七時頃でしたろう。さすがに極まりが悪いので私はそっと格子をあけ、

「あの、大森から来たんですが、ナオミは参っておりましょうか？」

と、土間に立ったまま小声で云いました。

「おや、河合さん」

と、姉は私の言葉を聞きつけて次の間の方から首を出しましたが、怪訝《けげん》そうな顔つきをして云うのでした。

「へえ、ナオミちゃんが？――いいえ、参ってはおりませんが」

「そりゃ可笑しいな、来ていない筈はないんですがな、昨夜此方へ伺うと云って出たんで

すから。………」

二十一

最初私は、姉が彼女の意を含んで隠しているものと邪推したので、いろいろに云って頼んで見ましたが、だんだん聞くと、事実ナオミは此処へ来ていないらしいのです。

「おかしいな、どうも、………荷物も沢山持っていたんだし、あのまま何処へも行かれる筈はないんだけれど。………」

「へえ、荷物を持って?」

「バスケットだの、鞄だの、風呂敷包みだの、大分持って行ったんですよ。実は昨日、つまらないことでちょっと喧嘩したもんですから、………」

「それで当人は、此処へ来ると云って出たんですか」

「当人じゃあない、僕がそう云ってやったんですよ、これから直ぐに浅草に帰って、人を寄越せッて。――誰かあなた方が来て下されば話が分ると思ったもんですから」

「へえ、成る程……………だけどとにかく手前共へは参りませんのよ、そう云うことなら追っ付け来るかも知れませんけれど」

「だけどもお前《めえ》、昨夜ッからなら分りゃしねえぜ」

と、そうこうするうちに兄貴も出て来て云うのでした。

「そりゃ何処か、お心当りがおあんなすったら外を捜して御覧なさい。もう今まで来ねえようじゃあ、此処へ帰っちゃ来ますまいよ」

「それにナオちゃんはさっぱり家へ寄り付かないんで、あれはこうッと、いつだったかしら?――――もう二た月も顔を見せたことはないんですよ」

「では済みませんが、もしも此方へ参りましたら、たとい当人が何と云おうと、早速どうか僕の所へ知らして戴きたいんですが」

「ええ、そりゃあもう、あッしの方じゃ今更あの児をどうするッて気はねえんですから、来れば直ぐにも知らせますがね」

上《あが》り框《がまち》へ腰をかけて、出された渋茶をすすりながら、私は暫く途方に暮れていましたけれど、妹が家出をしたと聞いても別に心配をするのでもない姉や兄貴が相手では、ここで衷*情を訴えたところでどうにも仕様がありません。で、私は重ねて、万一彼女が立ち廻ったら時を移さず、昼間だったら会社の方へ電話をかけてくれること。尤もこの頃は時々会社を休んでいるから、もしも会社に居なかった場合は直ぐ大森へ電報を打って貰いたいこと。そうしたら私が迎いに来るから、それまで必ず何処へも出さずに置いてくれること。などをくどくど頼み込んで、それでも何だかこの連中のずべらなのがアテにならないような気がして、なお念のために会社の電話番号を教えたり、この様子では大森の家の番地なんぞも知らないのではないかと思って、それを委しく書き止めたりして出て来ました。

「さて、どうしたらいいんだろう？　何処へ行っちまったんだろう？」

――私は殆どべそを掻かないばかりの気持で、――いや、実際べそを掻いていたかも知れませんが、――千束町の路次を出ると、何と云う目的もなく、公園の中をぶらぶら歩きながら考えました。実家へ帰らないところを見ると、事態は明かに予想したよりも重大なのです。

「これはきっと熊谷の所だ、彼奴の所へ逃げて行ったんだ」――そう気がつくと、ナオミが昨日出て行く時に、「だってあたし、それじゃ困るわ、今すぐいろいろ入用なものがあるんだから」とそう云ったのも、成る程思い中《あた》るのでした。そうだ、やっぱりそうだったんだ、熊谷の所へ行く積りだから、あんなに荷物を持って行ったんだ。或は前から、こう云う時にはこうしようと、二人で打ち合わせがしてあったかも知れん。そうだとするとこれは中々むずかしいかも分らんぞ。第一己は熊谷の家が何処にあるのかも知らない。それは調べれば分るとしても、まさか彼奴が両親の家へ彼女を匿まっては置けなかろう。彼奴は不良少年だけれど、親は相当な者らしいから、自分の息子にそんな不都合を働かしては置かないだろう。彼奴も家を飛び出して、二人で何処かに隠れていやしないか？　親の金でも引ッ淩って、遊び歩いていやしないか？　が、それならそれと、ハッキリ分ってくれればいい。そうすれば己は熊谷の親に談判して、厳しい干渉を加えて貰う。たとい彼奴が親の意見を聴かないにしたって、金が尽きれば二人で暮らせる訳がないから、結局彼奴は自分の家へ戻るだろうし、ナオミは此方へ帰って来る。トドの詰まりはそうなるだろうが、その間の己の苦労と云うものは？――それが一と月で済むものやら、二た月、三月、或は半年もかかるものやら？――いや、そうなったら大変だ。そんな事をしているうちにだんだん帰りそびれてしまって、又ひょっとすると第二第三の男が出来ないもんでもない。すると此奴はぐずぐずしているところじゃないんだ。こうして離れていればいるだけ彼女との縁が薄くなるんだ。刻一刻と彼女は遠くへ去りつつあるんだ。己《おの》れやれ！　逃げようとしたって逃がすもんか！　己はどうしても引き戻してやるから！　苦しい時の神頼み、――私はついぞ神信心をしたことなぞはなかったのですが、その時ふいと思い出して、観音様へお参りをしました。そして「ナオミの居所が一時も早く知れますように、明日にも帰ってくれますように」と、真心籠めて祈りました。それから何処をどう歩いたか、二三軒のバアへ寄って、ぐでんぐでんに酔っ払って、大森の家へ帰ったのは夜の十二時過ぎでした。が、酔ってはいてもナオミの事が始終頭の中にあって、寝ようとしても容易に寝つかれず、そのうちに酒が醒めてしまうと、又しても一つの事をくよくよと考える。どうしたら居所が突き止められるか、事実熊谷と逃げたかどうか、彼奴の家へ談判するにも其奴を確かめた上でなければ軽率過ぎるし、そうかと云って秘密探偵でも頼まなければ、ちょっと確かめる方法はなし、………と、散々思案に余った揚句、ひょっこり考えついたのは例の浜田のことでした。そうそう、浜田と云う者が居たっけ、己はウッカリ忘れていたが、あの男なら己の味方になってくれよう。己は「松浅」で別れた時にあの男の住所を控えて置いた筈だから、明日にも早速手紙を出すかな。手紙なんかじゃ慊《じ》れッたいから電報を打つか？　そいつもちょっと大袈裟なようだが、多分電話があるだろうから、電話をかけて来て貰うか？　いやいや、来て貰うには及ばないんだ。その暇があったら熊谷の方を探って貰う方がいいんだ。この際何より肝要なのは熊谷の動静を知ることにある。浜田だったら手蔓《てづる》があるから直きに報告を齎《もた》らしてくれよう。目下のところ、己の苦しみを察してくれ、己を救ってくれる者はあの男より外にないんだ。これもやっぱり「苦しい時の神頼み」かも知れないんだが、………

明くる日の朝、私は七時に飛び起きて近所の自動電話へ馳せ附け、電話帳を繰ると、好い塩梅に浜田の家が見つかりました。

「ああ、坊っちゃまでございますか、まだお休みでございますが、………」

女中が出て来てそう云うのを、

「誠に恐れ入りますが、急な用事でございますので、ちょっと何卒お取次を、………」

と、押し返して頼むと、暫く立ってから電話口へ出て来た浜田は、

「あなたは河合さんですか、あの大森の？」

と、寝惚けた声で云うのでした。

「ええ、そうですよ、僕は大森の河合ですよ、どうもいつぞやは大へん御迷惑をかけてしまって、それに突然、こんな時刻に電話をかけて甚だ失礼なんですが、実はあの、ナオミが逃げてしまいましてね、――」

この、「逃げてしまいましてね」と云う時、私は覚えず泣き声になりました。非常に寒い、もう冬のような朝のことで、寝間着の上にどてらを一枚引っ懸けたまま慌てて出て来たものですから、私は受話器を握りながら、胴顫《どうぶる》いが止まりませんでした。

「ああ、ナオミさんが、――矢っ張りそうだったんですか」

すると浜田は、意外にも、いやに落ち着いてそう云うのでした。

「それじゃあ、君はもう知っているんですか？」

「僕は昨夜遇《あ》いましたよ」

「えッ、ナオミに？………ナオミに昨夜遇ったんですか？」

今度は、私は前とは違った胴顫いで、体中がガクガクしました。あまり激しく顫えたので前歯をカチリと送話器の口に打ッつけました。

「昨夜僕はエルドラドオのダンスに行ったら、ナオミさんが来ていましたよ。別に事情を聞いた訳ではないんですけれど、どうも様子が変でしたから、大方そんな事なんだろうと思ったんです」

「誰と一緒に来ていましたか？　熊谷と一緒じゃないんですか？」

「熊谷ばかりじゃありません、いろんな男が五六人も一緒で、中には西洋人もいました」

「西洋人が？………」

「ええ、そうですよ、そうして大そう立派な洋服を着ていましたよ」

「家を出る時、洋服なんぞ持っていなかったんですが、………」

「それがとにかく、洋服でしたよ。しかも非常に堂々たる夜会服を着ていましたよ」

私は狐につままれたように、ポカンとしたきり、何を尋ねていいのやらかいくれ見当が付かなくなってしまいました。

二十二

「ああ、もし、もし、どうしたんですか、河合さん、………もし、………」

私があまり電話口で黙っているので、浜田はそう云って催促しました。

「ああ、もし、もし、………」

「河合さんですか、………」

「ああ、………」

「どうしたんですか、………」

「ああ、………どうしたらいいか分らないんです、………」

「しかし電話口で考えていたって、仕様がないじゃありませんか」

「仕様がないことは分ってるんだが、………しかし浜田君、僕は実に困ってるんですよ。どうしたものか途方に暮れているんですよ。彼奴がいなくなってから、夜もロクロク寝ないくらいに苦しんでいるんです。………」

ここで私は浜田の同情を求めるために精一杯の哀れみを籠めてつづけました。

「………浜田君、僕はこの場合、君より外に頼りにする人がないもんだから、飛んだ御迷惑をかけるんですけれど、僕は、僕は、………どうかしてナオミの居所を知りたいんです。熊谷の所にいるんだか、それとも誰か外の男の所にいるんだか、それをハッキリと突き止めたいんです。就いては誠に、勝手なお願いなんですが、君の御尽力でそれを調べて戴く訳には行かないでしょうか。………僕は自分で調べるよりも、君が調べて下さる方がいろいろ手蔓がおありになりはしないかと、そう思うもんですから、………」

「ええ、そりゃ、僕が調べれば直きに分るかも知れませんがね」

と、浜田は造作もなさそうに云って、

「ですが河合さん、あなたの方にも大凡《おおよ》そ何処と云う心当りはないんですか？」

「僕はテッキリ熊谷の所だと思っていたんです。実は君だからお話しますが、ナオミは未だに僕に内証で、熊谷と関係していたんです。それがこの間バレたもんだから、とうとう僕と喧嘩になって、家を飛び出しちまったんです。………」

「ふむ、………」

「ところが君の話だと、西洋人だのいろんな男が一緒だと云うし、洋服なんか着ていると云うんで、僕には全く見当が付かなくなっちゃったんです。でも熊谷に会って下されば大概の様子は分るだろうと思うんですが、………」

「ああ、よござんす、よござんす」

と、浜田は私の愚痴ッぽい言葉を打ち切るように云うのでした。

「それじゃとにかく調べて見ますよ」

「それもどうか、成るべく至急にお願いしたいんですけれど、………若し出来るなら今日のうちにでも結果を知らして下さると、非常に助かるんですけれど、………」

「ああ、そうですか、多分今日じゅうには分るでしょうが、分ったら何処へお知らせしましょう？　あなたはこの頃、やっぱり大井町の会社ですか？」

「いや、この事件が起ってから、会社はずッと休んでいるんです。万一ナオミが帰って来ないもんでもないと、そんな気がするもんですから、成るたけ家を空けないようにしているんです。それで何とも勝手な話ですけれど、電話ではちょっと工合が悪いし、お目に懸れれば大変好都合なんですが、………どうでしょうか？　様子が知れたら大森の方へ来て戴くことは出来ないでしょうか？」

「ええ、構いません、どうせ遊んでいるんですから」

「ああ、有難う、そうして下さればほんとうに僕は有難いんです！」

さてそうなると、浜田の来るのが一刻千秋*の思いなので、私は尚もセカセカしながら、

「じゃ、おいでになるのは大概何時頃になるでしょうか？　おそくも二時か三時には分るでしょうか？」

「さあ、分るだろうとは思いますが、しかし此奴は一往尋ねて見てからでなけりゃあハッキリしたことは云えませんねえ。最善の方法を取っては見ますが、場合に依ったら二三日

かかるかも知れませんから、………」

「そ、そりゃ仕方がありません、明日になっても明後日になっても、僕は君が来て下さるまで、じっと内で待っていますよ」

「承知しました、委しい事はいずれお目に懸ってからお話しましょう。――じゃ左様なら。――」

「あ、もし、もし」

電話が切れそうになった時、私は慌ててもう一度浜田を呼び出しました。

「もし、もし、………あのう、それから、………これはその時の事情次第でどうでもいいことなんですが、君が直接ナオミにお会いになるようだったら、そして話をする機会があったら、そう云って戴きたいんですがね。――僕は決して彼女の罪を責めようとはしない、彼女が堕落したに就いては自分の方にも罪のあることがよく分った。それで自分の悪かったことは幾重にも詫まるし、どんな条件でも聴き入れるから、一切の過去は水に流して、是非もう一度帰って来てくれるように。それも厭なら、せめて一遍だけ僕に会ってくれるように。――」

どんな条件でも聴き入れると云う文句の次に、もっと正直な気持を云うと、「彼女が土下座しろと云うなら、僕は喜んで土下座します。大地に額を擦りつけろと云うなら、大地に額を擦りつけます。どうにでもして詫まります」と、寧ろそう云いたいくらいでしたが、さすがにそこまでは云いかねました。

「――僕がそれほど彼女のことを思っていると云うことを、若し出来るなら伝えて戴きたいんですがね。………」

「ああ、そうですか、機会があったらそれも十分そう云って見ますよ」

「それから、あのう、………或《あるい》はああ云う気象ですから、帰りたいには帰りたくっても、意地を突ッ張っているのじゃないかと思うんです。そんな風なら、僕が非常にショゲているからとそう仰っしゃって、無理にも当人を連れて来て下さると尚いいんですが、………」

「分りました、分りました、どうもそこまでは請け合いかねますが、出来るだけの事はやってみますよ」

余り私がしつッこいので、浜田も聊《いささ》かウンザリしたような口調でしたが、私はそこの自動電話で、蟇口《がまぐち》の中の五銭銅貨がなくなるまで、三通話ほども立て続けにしゃべりました。恐らく私が泣き声を出したり、顫え声を出したりして、こんなに雄弁に、こんなにずうずうしくしゃべったことは、生れて始めてだったでしょう。が、電話が済むと、私はほッとするどころでなく、今度は浜田の来てくれるのが、無上に待ち遠になりました。多分今日じゅうにとは云ったけれども、若し今日じゅうに来ないようなら、どうしたらいいだろう？――――いや、どうしたらと云うよりも、自分はどうなってしまうだろう？　自分は今、一生懸命ナオミを恋い慕っているより外、何の仕事も持っていないのだ。どうすることも出来ずにいるのだ。寝ることも、食うことも、外へ出ることも出来ないで、家の中にじーッと籠って、あかの他人が自分のために奔走してくれ、或る報道を齎《もたら》してくれるのを、手を束ねて待っていなければならないのだ。実際人は、何もしないでいる程の苦痛はありませんが、私はその上に死ぬほどナオミが恋しいのです。その恋しさに身を悶《じ》らしながら、自分の運命を他人に委ねて、時計の針を視詰めているということは、考えて見てもたまらないことです。ほんの一分の間にしても、「時」の歩みと云うものが驚くほど遅々として、無限に長く感ぜられます。その一分が六十回でやっと一時間、百二十回でやっと二時間、仮りに三時間待つものとしても、このしょざいない、どうにもこうにもしようのない「一分」を、セコンドの針がチクタク、チクタクと、円を一周する間を、百八十回こらえねばならない！　それが三時間どころではなく、四時間になり、五時間になり、或は半日、一日になり、二日にも三日にもなったとしたら、待ち遠しさと恋しさの余り、私はきっと発狂するに違いないような気がしました。

が、いくら早くても浜田の来るのは夕方になるだろうと、覚悟をきめていたのでしたが、電話をかけてから四時間の後、十二時頃になって、表の呼鈴がけたたましく鳴り、続いて

「今日は」

という意外な声が聞えた時には、私は覚えず、嬉し紛れに飛び上って、急いでドーアを開けに行きました。そしてソワソワした口調で、

「ああ、今日は。今すぐ此処を開けますよ、鍵が懸っているもんですから」

と、そう云いながらも、「こんなに早く来てくれようとは思わなかったが、事に依ったら訳なくナオミに会えたんじゃないかな。会ったら直きに話が分って、一緒に彼女を連れて来てでもくれたんじゃないかな」と、ふとそんな風に考えると、尚更嬉しさが込み上げて来て、胸がドキドキするのでした。

ドーアを開けると、私は浜田のうしろの方に彼女が寄り添っているかと思って、辺りをキョロキョロ見廻しましたが、誰も居ません。浜田がひとりポーチに立っているだけでした。

「やあ、先刻《さっき》は失礼しました。どうでしたかしら？　分りましたが？」

私はいきなり嚙み着くような調子で尋ねると、浜田はイヤに落ち着き払って、私の顔を憐れむが如く眺めながら、

「ええ、分ることは分りましたが、………しかし河合さん、もうあの人はとても駄目です、あきらめた方がよござんすよ」

と、キッパリ云い切って、首を振るのでした。

「そ、そ、そりゃあどう云う訳なんです？」

「どう云う訳ッて、全く話の外なんですから、――僕はあなたの為めを思って云うんですが、もうナオミさんのことなんぞは、忘れておしまいになったらどうです」

「そうすると君は、ナオミに会ってくれたんですか？　会って話はしてみたけれども、とても絶望だと云うんですか？」

「いや、ナオミさんには会やしません。僕は熊谷の所へ行って、すっかり様子を聞いて来たんです。そしてあんまりヒド過ぎるんで、実に驚いちまったんです」

「だけど浜田君、ナオミは何処に居るんです？　僕は第一にそれを聞かして貰いたいんだ」

「それが何処と云って、極まった所がある訳じゃなく、彼方此方《あっちこっち》を泊り歩いているんですよ」

「そんなに方々泊れる家はないでしょうがね」

「ナオミさんにはあなたの知らない男の友達が、幾人あるか知れやしません。尤も最初、あなたと喧嘩をした日には、熊谷の所へやって来たそうです。それも予め電話をかけて、コッソリ訪ねて来てくれるんならよかったんだが、荷物を積んで、自動車を飛ばして、いきなり玄関に乗り着けたんで、家じゅうの者が一体あれは何者だと云う騒ぎになったもんだから、『まあお上り』とも云う訳に行かず、さすがの熊谷も弱っちゃったと云っていました」

「ふうん、それから？」

「それで仕方がないもんだから、荷物だけを熊谷の部屋に隠して、二人でともかくも戸外へ出て、それから何でも怪しげな旅館へ行ったと云うんですが、しかもその旅館が、この大森のお宅の近所の何とか楼とか云う家で、その日の朝もそこで出会ってあなたに見付かった場所だと云うから、実に大胆じゃありませんか」

「それじゃ、あの日に又彼処《あそこ》へ行ったんですか」

「ええ、そうだって云うんですよ。それを熊谷が得意そうに、のろけ交りにしゃべり散らすんで、僕は聞いていて不愉快でした」

「するとその晩は、二人で彼処へ泊ったんですね？」

「ところがそうじゃないんです。夕方までは其処にいたけれど、それから一緒に銀座を散歩して、尾張町の四つ角で別れたんだそうです」

「けれども、それはおかしいな。熊谷の奴、嘘をついているんじゃないかな、――――」

「いや、まあお聞きなさい、別れる時に熊谷が少し気の毒になったんで、『今夜は何処へ泊るんだい』ッてそう云うと、『泊る所なんか幾らもあるわよ。あたしこれから横浜へ行くわ』ッて、ちっともショゲてなんかいないで、そのままスタスタ新橋の方へ行くんだそうです。――」

「横浜と云うのは、誰の所なんです?」

「そいつが奇妙なんですよ、いくらナオミさんが顔が広いッて、横浜なんかに泊る所はないだろうから、ああ云いながら多分大森へ帰ったんだろうと、そう熊谷が思っていると、明くる日の夕方電話が懸って、『エルドラドオで待っているから直ぐ来ないか』と云う訳なんです。それで行って見ると、ナオミさんが目の覚めるような夜会服を着て、孔雀《くじゃく》の羽根の扇を持って、頸飾《くびかざ》りだの腕環《うでわ》だのをギラギラさせて、西洋人だのいろんな男に囲まれながら、盛んにはしゃいでいるんだそうです」

浜田の話を聞いているとあたかもビックリ箱のようで、「おやッ」と思うような事実がピョンピョン跳び出して来るのです。つまりナオミは、最初の晩は西洋人の所へ泊ったらしいのですが、その西洋人はウィリアム・マッカネルとか云う名前で、いつぞや私が始めてナオミとエルドラドオへダンスに行った時、紹介もなしに傍へ寄って来て、無理に彼女と一緒に踊った、あのずうずうしい、お白粉を塗った、にやけた男がそれだったのです。ところが更に驚くことには、――これは熊谷の観察ですが、――ナオミはあの晩泊りに行くまで、そのマッカネルと云う男とは何もそれほど懇意な仲ではなかったのだと云うのです。尤もナオミも、前から内々あの男に思し召しがあったらしい。何しろちょっと女好きのする顔だちで、すっきりとした、役者のような所があって、ダンス仲間で「色魔の西洋人」と云う噂があったばかりでなく、ナオミ自身も、「あの西洋人は横顔がいいわね、何処かジョン・バリに似てるじゃないの」――ジョン・バリと云うのは亜米利加の俳優で、活動写真でお馴染のジョン・バリモーアのことなのです。――と、そう云っていたくらいだから、確かにあれに眼を着けていたのだ。或はちょいちょい色眼ぐらいは使ったことがあるかも知れない。それでマッカネルの方でも、「此奴は己に気がある」と見て、からかったことがあるんだろう。だから友達と云うのでもなく、ほんのそれだけの縁故でもって押しかけて行ったに違いないんだ。そして訪ねて行って見ると、マッカネルの方じゃ面白い鳥が飛び込んだと思って「あなた今晩私の家へ泊りませんか」「ええ、泊っても構わないわ」と云うようなことになったんだろう。

「何ぼ何でも、そいつは少し信じかねるな、始めての男の所へ行って、その晩すぐに泊るなんて。――」

「だけど河合さん、ナオミさんはそう云うことは平気でやると思いますね、マッカネルもいくらか不思議に感じたと見えて、『このお嬢さんは一体何処の人ですか』ッて、昨夜熊谷に聞いたそうです」

「何処の人だか分らない女を、泊める方も泊める方だな」

「泊めるどころか洋服を着せてやったり、腕環や頸飾りを着けてやったりしているんだから、なお*振《ふる》ってるじゃありませんか。そうしてあなた、たった一と晩ですっかり馴れ馴れしくなっちまって、ナオミさんは其奴《そいつ》のことを『ウイリー、ウイリー』ッて呼ぶんだそうです」

「じゃ、洋服や頸飾りも、その男に買わせたんでしょうか?」

「買わせたのもあるらしいし、西洋人のことだから、友達の女の衣裳か何かを借りて来て、そいつを一時間《ま》に合わせたのもあるらしいッて云うことですよ。ナオミさんが『あたし洋服が着てみたいわ』ッて、甘ッたれたのが始まりで、とうとう男が御機嫌を取ることになっちまったんじゃないでしょうか。その洋服も出来合いのようなものじゃなくって、体にぴったり篏まっていて、靴なんかも*フレンチ・ヒールのきゅッと踵の高い奴で、総エナメルの爪先のところに、多分新ダイヤか何かでしょうが、細かい宝石が光ってるんです。まるで昨夜のナオミさんは、お伽噺のシンデレラと云う風でしたよ」

私は浜田にそう云われて、そのシンデレラのナオミの姿がどんなに美しかったかと思うと、はっと我知らず胸が躍って来るのでしたが、又その次の瞬間には、あまりな*不行跡に呆れてしまって、浅ましいような、情ないような、口惜しいような、何とも云えないイヤな気持になるのでした。熊谷ならばまだしものこと、性《しょう》の知れない西洋人の所へなんぞ出かけて行って、ずるずるべったりに泊り込んで、着物を拵えて貰うなんて、それが昨日まで仮りにも亭主を持っていた女のすべき業だろうか？　あの、己が長年同棲していたナオミと云うのは、そんな汚れた、売春婦のような女だったのか？　己には彼女の正体が今の今まで分らないで、愚かな夢を見ていたのか？　ああ、成るほど浜田の云うように、己はどんなに恋しくっても、もうあの女はあきらめなければならないのだ。己は見事に耻を掻かされた、男の面へ泥を塗られた。……

「浜田君、くどいようでももう一度念を押しますが、今の話は残らず事実なんですね？　熊谷が証明するばかりでなく、君も証明するんですね？」

浜田は私の眼の中に涙が湧いて来たのを見て、気の毒そうに頷きながら、

「そう云われると僕はあなたのお心持をお察しして、云い辛くなって来るんですが、現に昨夜は僕もその場に居合わせたんだし、大体熊谷の云うことは本当だろうと思われるんです。まだこの外にもお話すればいろいろな事が出て来るので、成る程とお思いになるでしょうが、何卒《どうぞ》そこまではお聞きにならずに、僕を信じて下さいませんか。僕が決して、面白半分に事実を誇張しているのではないと云うことを、――」

「ああ、有難う、そこまで伺えばもういいんです、もうそれ以上聞く必要は……」

どうした加減か、こう云った拍子に私の言葉は喉に詰まって、急にパラパラ大粒の涙が落ちて来たので、「こりゃいけない」と思った私は、突然浜田にひしと抱き着き、その肩の上へ顔を突ッ伏してしまいました。そしてわあッと泣きながら、途轍《とてつ》もない声で叫びました。

「浜田君！　僕は、僕は、………もうあの女をキレイサッパリあきらめたんです！」

「御尤《ごもっと》もです！　そう仰っしゃるのは御尤もです！」

と、浜田も私に釣り込まれたのか、矢張濁声《だみごえ》で云うのでした。

「僕は、ほんとうの事を云うと、ナオミさんには最早や望みがないと云うことを、今日はあなたに宣告する気で来たんですよ。そりゃあの人のことですから、又いつ何時、あなたの所へ平気な顔で現れるかも知れませんが、今では事実、誰も真面目でナオミさんを相手にする者はありゃしないんです。熊谷なんぞに云わせると、まるでみんなが慰み物にしているんで、とても口に出来ないようなヒドイ仇名《あだな》さえ附いているんです。あなたは今まで、知らない間にどれほど耻を掻かされているか分りゃしません。………」

嘗《かつ》ては私と同じように熱烈にナオミを恋した浜田、そして私と同じように彼女に背かれてしまった浜田、――――この少年の、悲憤に充ちた、心の底から私の為めを思ってくれる言葉の節々は、鋭いメスで腐った肉を抉《えぐ》り取るような効果がありました。みんなが慰みものにしている、口には出来ないヒドイ仇名が付いている、――――この恐ろしいスッパ抜きは却って気分をサバサバとさせ、私は*瘧《おこり》が取れたように一時に肩が軽くなって、涙さえ止まってしまいました。

二十三

「どうです河合さん、そう閉じ籠ってばかりいないで、気晴らしに散歩して見ませんか」と、浜田に元気をつけられて、「それではちょっと待って下さい」と、この二日間口も漱《すす》がず、髯《ひげ》も剃らずにいた私は、剃刀をあてて、顔を洗って、セイセイとした心持になり、浜田と一緒に戸外へ出たのはかれこれ二時半頃でした。

「こう云う時には、却って郊外を散歩しましょう」と浜田が云うので、私もそれに賛成しましたが、

「それじゃ、此方へ行きましょうか」

と、池上《いけがみ》の方へ歩き出したので、私はふいとイヤな気がして立ち止まりました。

「あ、其方《そっち》はいけない、その方角は鬼門ですよ」

「へえ、どう云う訳で?」

「さっきの話の、曙楼と云う家がその方角にあるんですよ」

「あ、そいつはいけない！　じゃあどうしましょう？　これからずっと海岸へ出て、川崎の方へ行って見ましょうか」

「ええ、いいでしょう、それなら一番安全です」

すると浜田は、今度はグルリと反対を向いて、停車場の方へ歩き出しましたが、考えて見ると、その方角も満更危険でないことはない。ナオミが未だに曙楼へ行くのだとすれば、ちょうど今頃熊谷を連れて出て来ないとも限らないし、例の*毛唐と京浜間を往復しないものでもないし、いずれにしても省線電車の停る所は禁物だと思ったので、

「今日は君には飛んだお手数をかけましたなあ」

と、私は何気なくそう云いながら、先へ立って、横丁を曲って、田圃路《たんぼみち》にある踏切を越えるようにしました。

「なあに、そんな事は構いません、どうせ一度はこう云う事がありゃしないかと思っていたんです」

「ふむ、君から見たら、僕と云うものは随分滑稽に見えたでしょうね」

「けれども僕も、一時は滑稽だったんだから、あなたを笑う資格はありません。僕はただ、自分の熱が冷めて見ると、あなたを非常にお気の毒だとは思いましたよ」

「しかし君は若いんだからまだいいですよ、僕のように三十幾つにもなって、こんな馬鹿

な目を見るなんて、話にも何もなりゃしません。それも君に云われなければ、いつまで馬鹿を続けていたか知れないんだから、………」

田圃へ出ると、晩秋の空はあたかも私を慰めるように、高く、爽やかに晴れていましたが、風がひゅうひゅう強く吹くので、泣いた跡の、脹《は》れぼったい眼の縁がヒリヒリしました。そして遠くの線路の方には、あの禁物の省線電車が、畑の中をごうごう走って行くのでした。

「浜田君、君は昼飯をたべたんですか」

と、暫く無言で歩いてから、私は云いました。

「いや、実はまだですが、あなたは?」

「僕は一昨日から、酒は飲んだが飯は殆どたべないんで、今になったら非常に腹が減って来ました」

「そりゃそうでしょう、そんな無茶をなさらない方がよござんすね、体を壊しちゃつまりませんから」

「いや、大丈夫、君のお蔭で悟りを開いちまったから、もう無茶な事はしやしません。僕は明日から生れ変った人間になります。そうして会社へも出る積りです」

「ああ、その方が気が紛れますよ。僕も失恋した時分、どうかして忘れようと思って、一生懸命音楽をやりましたっけ」

「音楽がやれると、そう云う時にはいいでしょうなあ。僕にはそんな芸はないから、会社の仕事をコツコツやるより仕方がないが。――――しかしとにかく腹が減ったじゃありませんか、何処かで飯でも喰いましょうよ」

二人はこんな風にしゃべりながら、六郷《ろくごう》の方までぶらぶら歩いてしまいましたが、それから間もなく、川崎の町の或る牛肉屋へ上り込んで、ジクジク煮える鍋を囲みながら、また「松浅」の時のように杯の遣り取りを始めていました。

「君、君、どうです一杯」

「やあ、そう飲まされちゃ、空き腹だからこたえ﹅﹅﹅ますなあ」

「まあいいでしょう、今夜は僕の厄落しだから、一つ祝杯を挙げて下さい。僕も明日から酒は止めます、その代り今夜は大いに酔って談じようじゃありませんか」

「ああ、そうですか、それじゃあなたの健康を祝します」

浜田の顔が真っ赤に火照《ほて》って、満面に出来たニキビの頭が、あたかも牛肉が湯立ったようにぶつぶつ光り出した時分には、私も大分酔っ払って、悲しいのだか嬉しいのだが何も分らなくなっていました。

「ところで浜田君、僕は聞きたいことがあるんだ」

と、私は頃合を見計らって、一段と膝を進めながら、

「ヒドイ仇名がナオミに附いていると云うのは、一体どんな仇名ですか？」

「いや、そりゃ云えません、そりゃあとてもヒドイんですから」

「ヒドクったって構わんじゃありませんか。もうあの女は僕とはあかの他人だから、遠慮することはないじゃないですか。え、何と云うんだか教えて下さいよ。却ってそいつを聞かされた方が、僕は気持がサッパリするんだ」

「あなたはそうかも知れませんが、僕には到底、云うに堪えないことなんだから堪忍《かんにん》して下さい。とにかくヒドイ仇名だと思って、想像なすったら分るんですよ。尤もそう云う仇名が附いた、由来だけならお話してもよござんすがね」

「じゃあその由来を聞かして下さい」

「しかし河合さん、……困っちゃったなあ」

と云って、浜田は頭を掻きながら、

「それも随分ヒドイんですよ、お聞きになったらいくら何でも、きっと気持を悪くしますよ」

「いいです、いいです、構わないから云って下さい！　僕は今じゃ純然たる好奇心から、あの女の秘密を知りたいんです」

「じゃあその秘密を少々ばかり云いましょうか、――あなたは一体、この夏鎌倉にいらしった時分、ナオミさんに幾人男があったと思います？」

「さあ、僕の知っている限りでは、君と熊谷だけだけれど、まだその外にもあったんですか？」

「河合さん、あなた驚いちゃいけませんよ、――関も中村もそうだったんですよ」

私は酔ってはいましたけれど、ビリリと体に電気が来たような気がしました。そして思わず、眼の前にあった杯をガブガブ五六杯引っかけてから、始めて口を利きました。

「するとあの時の連中は、一人残らず？――」

「ええ、そうですよ、そうしてあなた、何処で会っていたと思うんです？」

「あの大久保の別荘ですか？」

「あなたの借りていらしった、植木屋の離れ座敷ですよ」

「ふうむ、……」

と云ったなり、まるで息でも詰まったようにしいんと沈んでしまった私は、

「ふうむ、そうか、実際驚きましたなあ」

と、やっと呻るような声を出しました。

「だからあの時分、恐らく一番迷惑したのは植木屋のかみさんだったでしょうよ。熊谷の

義理があるもんだから、出てくれろとも云う訳に行かず、そうかと云って自分の家が一種の＊魔窟《まくつ》になってしまって、いろんな男がしっきりなしに出入りするんで、近所隣りには体裁が悪いし、それに万一、あなたに知れたら大変だと思うもんだから、ハラハラしていたようでしたよ」

「ははあ、成る程、そう云われりゃあ、いつだか僕がナオミのことを尋ねると、かみさんがひどく面喰って、オドオドしていたようでしたが、そう云う訳があったんですか。大森の家は君の密会所にされるし、植木屋の離れは魔窟になるし、それを知らずにいたなんて、イヤハヤどうも、散々な目に遭ってたんだな」

「あ、河合さん、大森のことは云いッこなし！　それを云われると詫まります」

「あはははは、なあにいいですよ、もう何もかも一切過去の出来事だから、差支えないじゃありませんか。しかしそれ程ナオミの奴に巧く欺されていたのかと思うと、寧ろ欺されても痛快ですな。あんまり技がキレイなんで、唯《ただ》あッと云って感心しちまうばかりですな」

「まるで相撲の手か何かで、スポリと背負い投げを喰わされたようなもんですからね」

「同感々々、全くお説の通りですよ。――それで何ですか、その連中はみんなナオミに翻弄されて、互に知らずにいたんですか？」

「いや、知ってましたさ、どうかすると一度に二人がカチ合うことがあったくらいです」

「それで喧嘩にもならないんですか？」

「奴等は互に、暗黙のうちに同盟を作って、ナオミさんを共有物にしていたんです。つまりそれからヒドイ仇名が附いちゃったんで、蔭じゃあみんな、仇名でばかり呼んでましたよ。あなたはそれを御存じないから、却って幸福だったけれど、僕はつくづく浅ましい気がして、どうかしてナオミさんを救い出そうと思ったんですが、意見をするとつんと怒って、あべこべに僕を馬鹿にするんで、手の附けようがなかったんです」

浜田もさすがにあの時分のことを想い出したのか、感傷的な口調になって、

「ねえ河合さん、僕はいつぞや『松浅』でお目に懸った時、こんなことまではあなたに云わなかったでしょう。――」

「あの時の君の話だと、ナオミを自由にしているものは熊谷だと云う――」

「ええ、そうでした、僕はあの時そう云いました。尤もそれは嘘じゃないので、ナオミさんと熊谷とはガサツな所が性に合ったのか、一番仲よくしていました。だから誰よりも熊谷が＊巨魁《きょかい》だ。悪いことはみんな彼奴《あいつ》が教えるんだと思ったので、ああ云う風に云ったのですが、まさかそれ以上は、あなたに云えなかったんですよ。まだあの時は、あなたがナオミさんを捨てないように、そして善良な方面へ導いておやりになるようにと、祈っていたのですから」

「それが導くどころじゃない、却って此方が引き摺られて行っちまったんだから、――」

「ナオミさんに懸った日には、どんな男でもそうなりまさあ」

「あの女には不思議な魔力があるんですな」

「確かにあれは魔力ですなあ！　僕もそれを感じたから、もうあの人には近寄るべからず、近寄ったらば、此方が危いと悟ったんです。――」

ナオミ、ナオミ、――互の間にその名が幾度繰り返されたか知れませんでした。二人はその名を酒の肴《さかな》にして飲みました。その滑かな発音を、牛肉よりも一層旨い食物のように、舌で味わい、唾液で舐《ねぶ》り、そして唇に上せました。

「だがいいですよ、まあ一遍はああ云う女に欺されて見るのも」

と、私は感慨無量の体でそう云いました。

「そりゃそうですとも！　僕はとにかくあの人のお蔭で初恋の味を知ったんですもの。たとい僅かの間でも美しい夢を見せて貰った、それを思えば感謝しなけりゃなりませんよ」

「だけども今にどうなるでしょう、あの女の身の行く末は？」

「さあ、これからどんどん堕落して行くばかりでしょうね。熊谷の話じゃ、マッカネルの所にだって長く居られる筈はないから、二三日したら又何処かへ行くだろう、己ンとこにも荷物があるから来るかも知れないッて云っていましたが、全体ナオミさんは、自分の家がないんでしょうか？」

「家は浅草の銘酒屋なんですよ、――彼奴に可哀そうだと思って、今まで誰にも云ったことはありませんがね」

「ああ、そうですか、やっぱり育ちと云うものは争われないもんですなあ」

「ナオミに云わせると、もとは旗本の侍で、自分が生れた時は下二番町の立派な邸《やしき》に住んでいた。『奈緒美』と云う名はお祖母《ばあ》さんが附けてくれたんで、そのお祖母さんは鹿鳴館《ろくめいかん》時代にダンスをやったハイカラな人だったと云うんですが、何処まで本当だか分りゃしません。何しろ家庭が悪かったんです、僕も今になって、しみじみそれを思いますよ」

「そう聞くと、尚更恐ろしくなりますなあ、ナオミさんには生れつき淫蕩《いんとう》の血が流れていたんで、ああなる運命を持っていたんですね、折角あなたに拾い上げて貰いながら、――」

二人はそこで三時間ばかりしゃべりつづけて、戸外へ出たのは夜の七時過ぎでしたが、いつまで立っても話は尽きませんでした。

「浜田君、君は省線で帰りますか？」

と、川崎の町を歩きながら、私は云いました。

「さあ、これから歩くのは大変ですから、――」

「それはそうだが、僕は京浜電車にしますよ、彼奴が横浜にいるんだとすると、省線の方は危険のような気がするから」

「それじゃ僕も京浜にしましょう。――だけどもいずれ、ナオミさんはああ云う風に四方八方飛び廻っているんだから、きっと何処かで打《ぶ》つかりますよ」

「そうなって来ると、うッかり戸外も歩けませんね」

「盛んにダンス場へ出入りしているに違いないから、銀座あたりは最も危険区域ですね」

「大森だって危険区域でないこともない、横浜があるし、花月園があるし、例の曙楼があるし、………事に依ったら、僕はあの家を畳んでしまって下宿生活をするかも知れません。当分の間、このホトボリが冷めるまでは彼奴の顔を見たくないから」

私は浜田に京浜電車を附き合って貰って、大森で彼と別れました。

二十四

私がこう云う孤独と共に失恋に苦しめられている際に、又もう一つ悲しい事件が起りました。と云うのは外でもなく、郷里の母が脳溢血《のういっけつ》で突然逝《い》ってしまったことです。危篤《きとく》だと云う電報が来たのは、浜田に会った翌々日の朝のことで、私はそれを会社で受け取ると、すぐその足で上野へ駈けつけ、日の暮れ方に田舎の家へ着きましたが、もうその時は、母は意識を失っていて、私を見ても分らないらしく、それから二三時間の後に息を引き取ってしまいました。

幼い折に父を失い、母の手一つで育った私は、「親を失う悲しみ」と云うものを始めて経験した訳です。況《いわ》んや母と私の仲は世間普通の親子以上であったのですから。私は過去を回想しても、自分が母に反抗したことや、母が私を叱ったことや、そう云う記憶を何一つとして持っていません。それは私が彼女を尊敬していたせいもあるでしょうが、寧ろそれよりり、母が非常に思いやりがあり、慈愛に富んでいたからです。よく世間では、息子がだんだん大きくなり、郷里を捨てて都会へ出るようになってしまうと、親は何かと心配したり、その子の素行を疑ったり、或はそれが原因で疎遠になったりするものですが、私の母は、私が東京へ行ってから後も、私を信じ、私の心持を理解し、私の為めを思ってくれました。私の下に二人の妹があるだけで、総領息子を手放すことは、女親としては淋しくもあり心細くもあったでしょうに、母は一度も愚痴をこぼしたことはなく、常に私の立身出世を祈っていました。それ故私は、彼女の膝下《しっか》にいた時よりも遠く離れてしまった時に、一層強く、彼女の慈愛のいかに深いかを感じたものです。殊にナオミとの結婚前後、それに引き続いていろいろの我が儘を、母が快く聴いてくれる度毎に、その温情を涙ぐましく思わないことはなかったのです。

その母親にこうも急激に、思いがけなく死なれた私は、亡骸《なきがら》の傍に侍《はべ》りながら夢に夢見る心地でした。つい昨日まではナオミの色香に身も魂も狂っていた私、そして今では仏の前に跪いて線香を手向けている私、この二つの「私」の世界は、どう考えても連絡がないような気がしました。昨日の私がほんとうの私か、今日の私がほんとうの私か？——嘆き、悲しみ、愕《おどろ》きの涙に暮れつつも、自分で自分を省ると、何処からともなくそう云う声が聞えます。「お前の母が今死んだのは、偶然ではないのだ。母はお前を戒めるのだ、教訓を垂れて下すったのだ」と、又一方からそんな囁きも聞えて来ます。すると私は、今更のように在りし日の母の俤《おもかげ》を偲《しの》び、済まない事をしたのを感じて、再び悔恨の涙が堰《せ》きあえず、あまり泣くので極まりが悪いので、そっとうしろの裏山へ登って、少年時代の思い出に充ちた森や、野路や、畑の景色を瞰《み》おろしながら、そこでさめざめと泣きつづけたりするのでした。

この大いなる悲しみが、何か私を玲瓏たるものに浄化してくれ、心と体に堆積《たいせき》していた不潔な分子を、洗い清めてくれたことは云うまでもありません。この悲しみがなかったなら、私は或は、まだ今頃はあの汚らわしい淫婦のことが忘れられず、失恋の痛手に悩んでいたでしょう。それを思うと母が死んだのは矢張無意義ではないのでした。いや、少くとも、私はその死を無意義にしてはならないのでした。で、その時の私の考では、自分は最早や都会の空気が厭になった、立身出世と云うけれども、東京に出て唯徒《いたず》らに軽佻浮華《けいちょうふか》な生活をするのが立身でもなし、出世でもない。自分のような田舎者には結局田舎が適しているのだ。自分はこのまま国に引っ込んで、故郷の土に親しもう。そして母親の墓守をしながら、村の人々を相手にして、先祖代々の百姓になろう。と、そんな気持にさえなったのですが、叔父や、妹や、親類の人々の意見では、「それもあんまり急な話だ、今お前さんが力を落すのも無理はないが、さればと云って男一匹が、母の死のために大事な未来をむざむざ埋めてしまうでもなかろう。誰でも親に死に別れると一時は失望するものだけれど、月日が立てばその悲しみも薄らいで来る。だからお前さんも、そうするならばそうするで、もっとゆっくり考えてからにしたらよかろう。それに第一、突然罷《や》めてしまったんでは会社の方へも悪いだろうから」と云うのでした。私は「実はそれだけではない、まだみんなに云わなかったが、女房の奴に逃げられてしまって、………」と、つい口もとまで出ましたけれど、大勢の前で耻かしくもあり、ごたごたしている最中なので、それは云わずにしまいました。

（ナオミが田舎へ顔を見せないことに就いては、病気だと云って取り繕って置いたのです）そして初七日の法要が済むと、後々の事は、私の代理人として財産を管理していてくれた叔父夫婦に頼み、とにかくみんなの云う言を聴いて一と先ず東京へ出て来ました。

が、会社へ行っても一向面白くありません。それに社内での私の気受けも、前ほど良くありません。精励恪勤《せいれいかっきん》、品行方正で「君子」の仇名を取った私も、ナオミのことですっかり味噌を附けてしまって、重役にも同僚にも信用がなく、甚だしきは今度の母の死去に就いても、それを口実に休むのだろうと、冷やかす者さえあるのでした。そんなこんなで私は愈〻イヤ気がさして、二七日の日に一と晩泊りで帰省した折、「そのうち会社を罷めるかも知れない」と、叔父に洩らしたくらいでした。叔父は「まあまあ」と云って、深くも取り上げてくれないので、又明くる日から渋々会社へ出ましたけれど、会社にいる間はまだいいとして、夕方から夜の時間が、どうにも私には過しようがありません。それと云うのが、田舎へ引っ込むか、断然東京に踏《ふ》み止《とど》まるかその決心がつきませんから、私は未だに下宿住まいをするのでもなく、ガランとした大森の家に独りで寝泊りをしていたのです。会社が済むと、私は矢張ナオミに遇うのが厭でしたから、賑やかな場所は避けるようにし、京浜電車で真っ直ぐ大森へ帰ります。そして近所の一品料理か、そばかうどんで型ばかりの晩飯をたべると、もうそれからは何もする事がありません。仕方がないから寝室へ上って布団を被ってしまいますが、そのまますやすや寝られることはめったになく、二時間も三時間も眼が冴えています。寝室と云うのは、例の屋根裏の部屋のことで、そこには今でも彼女の荷物が置いてあり、過去五年間の不秩序、放埒《ほうらつ》、荒色の匂が、壁にも柱にも滲《し》み着いています。その匂とはつまり彼女の肌の臭《におい》で、不精な彼女は汚れ物などを洗濯もせずに、丸めて突っ込んで置くものですから、それが今では風通しの悪い室内に籠ってしまっているのです。私はこれではたまらないと思って、後にはアトリエのソオファに寝ましたが、そこでも容易に寝つかれないことは同じでした。

母が死んでから三週間過ぎて、その年の十二月に這入ってから、私は遂に辞職の決心を固めました。そして会社の都合上、今年一杯で罷めると云うことに極まりました。尤もこれは誰にも予め相談をせず、独りで運んでしまったので、国の方ではまだ知らないでいたのですが、そうなって見ると後一と月の辛抱ですから、私は少し落ち着きました。いくらか心にも余裕が出来、暇な時には読書するとか、散歩するとかしましたけれど、しかしそれでも危険区域には、決して近寄りませんでした。或る晩あまり退屈なので品川の方まで歩いて行った時、時間つぶしに松之助の映画を見る気になって活動小屋に這入ったところが、ちょうどロイドの喜劇を映していて、若い亜米利加の女優たちが現れて来ると、矢張いろいろ考え出されてイケませんでした。「もう西洋の活動写真は見ないことだ」と、私はその時思いました。

すると、十二月の半ばの、或る日曜の朝でした。私が二階に寝ていると、（私はその頃、アトリエでは寒くなって来たので再び屋根裏へ引っ越していました）階下で何かがさがさと云う物音がして、人のけはいがするのです。ハテ、おかしいな、表は戸締まりがしてある筈だが、……と、そう思っているうちに、やがて聞き覚えのある足音がして、それがずかずか階段を上って、私が胸をヒヤリとさせる暇もなく、

「今日はア」

と、晴れやかな声で云いながら、いきなり鼻先のドーアを開けて、ナオミが私の眼の前に立ちました。

「今日はア」

と、彼女はもう一度そう云って、キョトンとした顔で私を見ました。

「何しに来た？」

私は寝床から起きようともしないで、静かに、冷淡にそう云いました。よくもずうずうしく来られたものだと心のうちでは呆れながら。——

「あたし？——荷物を取りに来たのよ」

「荷物は持って行ってもいいが、お前、何処から這入って来たんだ」

「表の戸から。——あたしン所に鍵があったの」

「じゃあその鍵を置いて行っておくれ」

「ええ、置いて行くわ」

それから私は、ぐるりと彼女に背中を向けて黙っていました。暫くの間、彼女は私の枕もとでばたンばたン云わせながら、風呂敷包みを拵えているのでしたが、そのうちにきゅッと帯を解くような音がしたので、気が付いて見ると、彼女は部屋の隅の方の、しかも私の視線の届く場所へやって来て、後向きになって、着物を着換えているのです。私はさっき、彼女が此処へ這入って来た時、早くも彼女の服装に注意したのですが、それは見覚えのない銘仙の衣類で、しかも毎日そればかり着ていたものか、襟垢が附いて、膝が出て、よれよれになっているのでした。彼女は帯を解いてしまうと、その薄汚い銘仙を脱いで、これも汚いメリンスの長襦袢一つになりました。それから、今引き出した金紗縮緬《きんしゃちりめん》の長襦袢を取って、それをふわりと肩に纏って、体中をもくもくさせながら、下に着ていたメリンスの方を、するすると殻を脱ぐように畳の上へ落します。そしてその上へ、好きな衣裳の一つであった亀甲絣《きっこうがすり》の大島を着て、紅と白との市松格子《いちまつごうし》の伊達巻を巻いてぎゅうッと胴がくびれるくらい固く緊《し》め上げ、今度は帯の番かと思うと、私の方を向き直って、そこにしゃがんで、足袋を穿き換えるのでした。

私は何より、彼女の素足を見せられるのが一番強い誘惑なので、成るべく其方《そっち》を見ないようにはしましたけれど、それでもちょいちょい眼を向けないではいられませんでした。彼女も無論それを意識してやっているので、わざとその足を鰭《ひれ》のようにくねくねさせながら、

時々探りを入れるように、私の眼つきにそっと注意を配りました。が、穿き換えてしまうと、脱ぎ捨てた着物をさっさと始末して、

「さよならア」

と云いながら、戸口の方へ風呂敷包みを引き摺って行きました。

「おい、鍵を置いて行かないか」

と、私はその時始めて声をかけました。

「あ、そうそう」

と彼女は云って、手提袋から鍵を出して、

「じゃ、此処へ置いて行くわよ。――だけどもあたし、とても一遍じゃ荷物が運びきれないから、もう一度来るかも知れないわよ」

「来ないでもいい、己の方から浅草の家へ届けてやるから」

「浅草へ届けられちゃ困るわ、少し都合があるんだから。――」

「そんなら何処へ届けたらいいんだ」

「何処ッてあたし、まだ極まっちゃあいないんだけれど、………」

「今月中に取りに来なけりゃ、己は構わず浅草の方へ届けるからな、――そういつまでもお前の物を置いとく訳には行かないんだから」

「ええ、いいわ、直き取りに来るわ」

「それから、断って置くけれど、一遍で運びきれるように車でも持って、使の者を寄越しておくれ、お前自身で取りに来ないで」

「そう、――――じゃ、そうします」

そして彼女は出て行きました。

これで安心と思っていると、二三日過ぎた晩の九時頃、私がアトリエで夕刊を読んでいる時、又ガタリと云う音がして、表のドーアへ誰かが鍵を挿し込みました。

二十五

「誰？」

「あたしよ」

云うと同時にバタンと戸が開いて、黒い、大きな、熊のような物体が戸外の闇から部屋へ闖入《ちんにゅう》して来ましたが、忽ちぱッとその黒い物を脱ぎ捨てると、今度は狐のように白い肩だの腕だのを露わにした、うすい水色の仏蘭西ちりめん*のドレスを纏った、一人の見馴れない若い西洋の婦人でした。肉づきのいい項には虹のようにギラギラ光る水晶の頸飾りをして、眼深《まぶか》に被った黒天鵞絨の帽子の下には、一種神秘な感じがするほど恐ろしく白い鼻の尖端と頤《あご》の先が見え、生々しい朱の色をした唇が際立っていました。

「今晩はア」

と、そう云う声がして、その西洋人が帽子を取った時、私は始めて「おや、この女は？――――」とそう思い、それからしみじみ顔を眺めているうちに、漸く彼女がナオミであることに気がつきました。こう云うと不思議なようですけれども、事実それほどナオミの姿はいつもと変っていたのです。いや、姿だけならいくら変っても見違える筈はありませんが、何よりも先ず私の瞳を欺いたものはその顔でした。どう云う魔法を施したものか、顔がすっかり、皮膚の色から、眼の表情から、輪廓までが変っているので、私はその声を聞かなかったら、帽子を脱いだ今になっても、まだこの女は何処かの知らない西洋人だと思っていたかも分りません。次には前にも云う通り、その肌の色の恐ろしい白さです。洋服の外へはみ出している豊かな肉体のあらゆる部分が、林檎《りんご》の実のように白いことです。ナオミも日本の女としては黒い方ではありませんでしたが、しかしこんなに白い筈はない。現に殆ど肩の方まで露出している両腕を見ると、それがどうしても日本人の腕とは信じられない。いつぞや帝劇でバンドマンのオペラがあった時、私は若い西洋の女優の腕の白さに見惚れたことがありましたっけが、ちょうどこの腕があれに似ている、いや、あれよりも白いくらいな感じでした。するとナオミは、その水色の柔かい衣と頸飾りとをゆらりとさせて、踵の高い、新ダイヤの石を飾った*パテントレザー靴の爪先でチョコチョコと歩いて、――ああ、これがこの間浜田の話したシンデレラの靴なんだなと、私はその時思いました。――片手を腰にあてて、肘を張って、さも得意そうに胴をひねって奇妙なしなを作りながら、唖然としている私の鼻先へ、いきなり無遠慮に寄って来たものです。

「譲治さん、あたし荷物を取りに来たのよ」

「お前が取りに来ないでもいい、使を寄越せと云ったじゃないか」

「だってあたし、使を頼む人がなかったんだもの」

そう云う間も、ナオミは始終、体をじっとしてはいませんでした。顔はむずかしく、真面目腐った風をしながら、脚をぴたりと喰っ着けて立って見るとか、片足を一歩踏み出して見るとか、踵でコツンと床板を叩いて見るとか、その度毎に手の位置を換え、肩を聳《そび》やかし、全身の筋肉を針線《はりがね》のように緊張させ、総べての部分に運動神経を働かせていました。すると私の視覚神経もそれに従って緊張し出して、彼女の一挙手、一投足、その体中の一寸々々を、残る隈なく看て取らないではいられませんでしたが、よくよくその顔に注意すると、成るほど面変りをしたのも道理、彼女は生え際の髪の毛を、二三寸ぐらいに短く切って、一本々々毛の先を綺麗に揃えて、支那の少女がするように、額の方へ暖簾《のれん》の如く垂れ下げているのです。そして残りの毛髪を一つに纏めて、円く、平に、顱頂部《ろちょうぶ》から耳朶の上へ被らせているのが、大黒様の帽子のようです。これは彼女の今までにない結髪法で、顔の輪廓が別人のようになっているのは、このせいに違いありません。それから尚気を付けて見ると、眉の恰好が又いつもとは異っています。彼女の眉毛は生れつき太く、クッキリとして濃い方であるのに、それが今夜は、細長い、ぼうッと霞《かす》んだ弧を描いて、その弧の周囲は青々と剃ってあるのです。これだけの細工がしてあることは直ぐと私に分りましたが、魔法の種が分らないのは、その眼と、唇と、肌の色でした。眼玉がこんなに西洋人臭く見えているのは、眉毛のせいもあろうけれども、まだその外にも何か仕掛けがしてあるらしい。それは大方眼瞼と睫毛だ、あすこに何か秘密があるのだ、と、そうは思っても、それがどう云う仕掛けであるか判然しません。唇なども、上唇の真ん中のところが、ちょうど桜の花弁のように、いやにカッキリと二つに割れていて、しかもその紅さは、普通の口紅をさしたのとは違った、生き生きとした自然のつやがある。肌の白さに至っては、いくら視詰めても全く生地の皮膚のようで、お白粉らしい痕がありません。それに白いのは顔ばかりでなく、肩から、腕から、指の先までがそうなのですから、もしお白粉を塗ったとすれば全身へ塗っていなければならない。で、この不可解なえたいの分らぬ妖《あや》しい少女、――それはナオミであると云うよりも、ナオミの魂が何かの作用で、或る理想的な美しさを持つ幽霊になったのじゃないかしらん？　と、私はそんな気さえしました。

「ねえ、いいでしょう、二階へ荷物を取りに行っても？――」

と、ナオミの幽霊はそう云いました、が、その声を聞くと矢張いつものナオミであって、確かに幽霊ではありません。

「うん、それはいい、………それはいいが、………」

と、私は明かに慌てていたので、少し上ずった口調で云いました。

「………お前、どうして表の戸を開けたんだ？」

「どうしてッて、鍵で開けたわ」

「鍵はこの前、此処へ置いて行ったじゃないか」

「鍵なんかあたし、幾つもあるわよ、一つッきりじゃないことよ」

その時始めて、彼女の紅い唇が突然微笑を浮かべたかと思うと、媚びるような、嘲るような眼つきをしました。

「あたし、今だから云うけれど、合鍵を沢山拵えて置いたの、だから一つぐらい取られたって困りゃしないわ」

「けれども己の方が困るよ、そう度々やって来られちゃ」

「大丈夫よ、荷物さえすっかり運んでしまえば、来いと云ったって来やしないわよ」

そして彼女は、踵でクルリと身を飜して、トン、トン、トンと階段を昇って、屋根裏の部屋へ駈け込みました。………

………それから一体、何分ぐらい立ったでしょうか? 私がアトリエのソオファに靠《もた》れて、彼女が二階から降りて来るのをぼんやり待っていた間、………それは五分とは立たない程の間だったか、或は半時間、一時間ぐらいもそうしていたのか?………私にはどうもこの間の「時の長さ」と云うものがハッキリしません。私の胸にはただ今夜のナオミの姿が、或る美しい音楽を聴いた後のように、恍惚とした快感となって尾を曳いているだけでした。その音楽は非常に高い、非常に浄らかな、この世の外の聖なる境から響いて来るようなソプラノの唄です。もうそうなると情慾もなく恋愛もありません、………私の心に感じたものは、そう云うものとは凡そ最も縁の遠い漂渺《ひょうびょう》とした陶酔でした。私は幾度も考えて見ましたが、今夜のナオミは、あの汚らわしい淫婦のナオミ、多くの男にヒドイ仇名を附けられている売春婦にも等しいナオミとは、全く両立し難いところの、そして私のような男はただその前に跪き、崇拝するより以上のことは出来ないところの、貴い憧れの的でした。もしも彼女の、あの真白な指の先がちょっとでも私に触れたとしたら、私はそれを喜ぶどころか寧ろ戦慄するでしょう。この心持は何に譬《たと》えたら読者に了解して貰えるか、――まあ云って見れば、田舎の親父が東京へ出て、或る日偶然、幼い折に家出をした自分の娘と往来で遇《あ》う。が、娘は立派な都会の婦人になってしまって、穢《きたな》い田舎の百姓を見ても自分の親だとは気が付かず、親父の方ではそれと気が付いても、今では身分が違うために傍へも寄れない、これが自分の娘だったかと驚き呆れて、恥かしさの余りコソコソ逃げて行ってしまう。――その時の親父の、淋しいような、有難いような心持。それでなければ許嫁の女に捨てられた男が、五年も十年も立ってから、或る日横浜の埠頭に立つと、そこに一艘《そう》の商船が着いて、帰朝者の群が降りて来る。そして図らずもその群の中から彼女を見出《みいだ》す。さては彼女は洋行をして帰って来たのかとそう思っても、男は最早や彼女に近づく勇気もない。自分は昔に変らない一介の貧書生、女はと見れば野暮臭い娘時代の俤《おもかげ》はなく、巴里《パリ》の生活、紐育《ニューヨーク》の贅沢に馴れたハイカラな婦人、二人の間には既に千里の差が出来ている。――その時の書生の、捨てられた自分を我と我が身で蔑むような、思いの外な彼女の出世をせめても己れの喜びとする心持。――こう云ってみても、矢張十分に説き尽してはいませんけれども、強いて譬えればそう云ったようなものでしょうか。とにかく今までのナオミには、いくら拭っても拭いきれない過去の汚点がその肉体に滲《し》み着いていた。然るに今夜のナオミを見るとそれらの汚点は天使のような純白な肌に消されてしまって、思い出すさえ忌まわしいような気がしたものが、今はあべこべに、その指先に触れるだけでも勿体ないような感じがする。――これは一体夢でしょうか？　そうでなければナオミはどうして、何処からそんな魔法を授かり、妖術を覚えて来たのでしょうか？二三日前にはあの薄汚い銘仙の着物を着ていた彼女が、………

トン、トン、トンと、再び威勢よく階段を降りる足音がして、その新ダイヤの靴の爪先が私の眼の前で止まりました。

「譲治さん、二三日うちに又来るわよ」

と、彼女は云うのです。………眼の前に立ってはいますけれども、顔と顔とは三尺ほどの間隔を保ち、風のように軽い衣の裾をも決して私に触れようとはしないで、………

「今夜はちょっと本を二三冊取りに来ただけなの。まさかあたしが、大きな荷物を一度に背負って行かれやしないわ。おまけにこんななりをしていて」

私の鼻は、その時何処かで嗅いだことのあるほのかな匂を感じました。ああこの匂、………海の彼方の国々や、世にも妙《たえ》なる異国の花園を想い出させるような匂、………これはいつぞや、ダンスの教授のシュレムスカヤ伯爵夫人、………あの人の肌から匂った匂だ。ナオミはあれと同じ香水を着けているのだ。………

私はナオミが何と云っても、ただ「うんうん」と頷いただけでした。彼女の姿が再び夜の闇に消えてしまっても、まだ部屋の中に漂いつつ次第にうすれて行く匂を、幻を趁《お》うように鋭い嗅覚で趁いかけながら。………

二十六

読者諸君、諸君は既に前回までのいきさつのうちに、私とナオミとが間もなく撚《よ》りを戻すようになることを、――――それが不思議でも何でもない、当然の成り行きであることを、予想されたでありましょう。そうして事実、結果は諸君の予想通りになったのですが、しかしそうなってしまうまでには思いの外に手数が懸って、私はいろいろ馬鹿な目を見たり、無駄な骨折りをしたりしました。

私とナオミとは、あれから直きに馴れ馴れしく口を利くようにはなりました。と云うのは、あの明くる晩も、その次の晩も、あれからずっと、ナオミは毎晩何かしら荷物を取りに来ないことはなかったからです。来れば必ず二階へ上って、包みを拵えて降りて来ますが、それもほんの申訳の、縮緬《ちりめん》の帛紗《ふくさ》へ包まるくらいな細々した物で、

「今夜は何を取りに来たんだい？」

と尋ねて見ても、

「これ？　これは何でもないの、ちょっとした物なの」

と、曖昧に答えて、

「あたし、喉が渇いているんだけれど、お茶を一杯飲ましてくれない？」

などと云いながら、私の傍へ腰かけて、二三十分しゃべって行くと云う風でした。

「お前は何処かこの近所にいるのかね？」

と、私は或る晩、彼女とテーブルに向い合って、紅茶を飲みながらそう云ったことがありました。

「なぜそんな事を聞きたがるの？」

「聞いたって差支えないじゃないか」

「だけども、なぜよ。………聞いてどうする積りなのよ」

「どうすると云う積りはないさ、好奇心から聞いて見たのさ。――え、何処にいるんだよ？　己に云ったっていいじゃないか」

「いや、云わないわ」

「なぜ云わない？」

「あたしは何も、譲治さんの好奇心を満足させる義務はないわよ。それほど知りたけりゃあたしの跡をつけていらっしゃい、秘密探偵は譲治さんのお得意だから」

「まさかそれほどにしたくはないがね、――しかしお前のいる所が何処か近所に違いないとは思っているんだ」

「へえ、どうして？」

「だって、毎晩やって来て荷物を運んで行くじゃないか」

「毎晩来るから近所にいると限りゃしないわ、電車もあれば自動車もあるわよ」

「じゃ、わざわざ遠くから出て来るのかい？」

「さあ、どうかしら、――――」

そう云って彼女はハグラカシてしまって、

「――――毎晩来ちゃあ悪いッて云うの？」

と、巧妙に話頭を転じました。

「悪いと云う訳じゃあないが、………来るなと云っても構わず押しかけて来るんだから、今更どうも仕方がないが、………」

「そりゃあそうよ、あたしは意地が悪いから、来るなと云えば尚来るわよ。――――それとも来られるのが恐ろしいの？」

「うん、そりゃ、………いくらか恐ろしくないこともない。………」

すると彼女は、仰向きになって真っ白な頤を見せ、紅い口を一杯に開けて、俄かにきゃッ、きゃッ、きゃッと笑いこけました。

「でも大丈夫よ、そんな悪い事はしやしないわよ。それよりかもあたし、昔のことは忘れてしまって、これから後もただのお友達として、譲治さんと附き合いたいの。ねえ、いいでしょ？　それならちっとも差支えないでしょ？」

「それも何だか、妙なもんだよ」

「何が妙なの？　昔夫婦でいた者が、友達になるのがなぜ可笑しいの？　それこそ旧式な、時勢後れの考じゃなくって？――ほんとうにあたし、以前のことなんかこれッぱかしも思っていないのよ。そりゃ今だって、若し譲治さんを誘惑する気なら、此処で直ぐにもそうしてしまうのは訳なしだけれど、あたし誓って、そんな事はきっとしないわ。折角譲治さんが決心したのに、それをグラツカせちゃ気の毒だから。……」

「じゃ、気の毒だと思って憐れんでやるから、友達になれと云う訳かね？」

「何もそう云う意味じゃないわ。譲治さんだって憐れまれたりしないように、シッカリしていればいいじゃないの」

「ところがそれが怪しいんだよ、今シッカリしている積りだが、お前と附き合うとだんだんグラツキ出すかも知れんよ」

「馬鹿ね、譲治さんは。――それじゃ友達になるのはいや？」

「ああ、まあいやだね」

「いやならあたし、誘惑するわよ。――譲治さんの決心を蹈《ふ》み躙《にじ》って、滅茶苦茶にしてやるわよ」

ナオミはそう云って、冗談ともつかず、真面目ともつかず、変な眼つきでニヤニヤしました。

「友達として清く附き合うのと、誘惑されて又ヒドイ目に遭わされるのと、孰方がよくって？――あたし今夜は譲治さんを脅迫するのよ」

一体この女は、どんな積りで己と友達になろうと云うのかと、私はその時考えました。彼女が毎晩訪ねて来るのは、単に私をからかうだけの興味ではなく、まだ何かしらもくろみがあるに違いありません。先ず友達になって置いて、それから次第に丸め込んで、自分の方から降参をする形式でなく再び夫婦になろうと云うのか？　彼女の真意がそうであるなら、そんな面倒な策略を弄してくれないでも、私は訳なく同意したでしょう。なぜなら私の胸の中には、彼女と夫婦になれるのであったら決して「いや」とは云えない気持が、もういつの間にかムラムラと燃えていたのですから。

「ねえ、ナオミや、ただの友達になったって無意味じゃないか。そのくらいならいっそ元通り夫婦になってくれないかね」

と、私は時と場合に依っては、自分の方からそう切り出してもいいのでした。けれども今夜のナオミの様子では、私が真面目に心を打ち明けて頼んだところで、手軽に「うん」とは云いそうもない。

「そんなことは真っ平御免よ、ただの友達でなければいやよ」

と、此方の腹が見えたとなると、いよいよ図に乗って茶化すかも知れない。私の折角の心持がそんな扱いを受けるようではつまらないし、それに第一、ナオミの真意が夫婦になると云うのではなく、自分は何処までも自由の立場にいて、いろいろの男を手玉に取ろう、そして私を手玉の一つに加えてやろうと、そう云う魂胆だとすれば、尚更迂闊《うかつ》なことは云えない。現に彼女はその住所をさえハッキリ云わないくらいだから、今でも誰か男があると思わなければならないし、それをそのままずるずるべったりに妻に持ったら、私は又しても憂き目を見るのだ。

そこで私は咄嗟の間に思案をめぐらして、

「では友達になってもいいよ、脅迫されちゃたまらないから」

と、此方もニヤニヤ笑いながらそう云いました。と云うのは、友達として附き合っていれば、追い追い彼女の真意が分って来るだろう。そして彼女にまだ少しでも真面目なところが残っていたら、その時始めて此方の胸を打ち明けて、夫婦になるようにと説きつける機会もあるだろうし、今より有利な条件で妻にすることが出来るでもあろうと、私は私で腹に一物あったからです。

「じゃあ承知してくれたのね？」

ナオミはそう云って、擽ぐったそうに私の顔を覗き込んで、

「だけど譲治さん、ほんとうにただの友達よ」

「ああ、勿論さ」

「イヤらしいことなんか、もうお互に考えないのよ」

「分っているとも。――それでなけりゃ己も困るよ」

「ふん」

と云って、ナオミは例の鼻の先で笑いました。

こんな事があってから後、彼女はますます足繁く出入するようになりました。夕方会社から帰って来ると、

「譲治さん」

と、いきなり彼女が燕《つばめ》のように飛び込んで来て、

「今夜晩飯を御馳走しない？　友達ならばそのくらいの事はしてもいいでしょ」

と、西洋料理を奢らせて、たらふく喰べて帰ったり、そうかと思うと雨の降る晩に遅くやって来て、寝室の戸をトントンと叩いて、

「今晩は、もう寝ちまったの？――寝ちまったらば起きないでもいいわ。あたし今夜は

泊る積りでやって来たのよ」

と、勝手に隣りの部屋へ這入って、床を敷いて寝てしまったり、或る時などは朝起きて見ると、彼女がちゃんと泊り込んでいて、ぐうぐう眠っていたりすることもありました。そして彼女は二た言目には、「友達だから仕方がないわよ」と云うのでした。

私はその時分、彼女をつくづく*天稟《てんぴん》の淫婦であると感じたことがありましたが、それはどう云う点かと云うと、彼女はもともと多情な性質で、多くの男に肌を見せるのを屁とも思わない女でありながら、それだけ又、平素は非常にその肌を秘密にすることを知っていて、たとい僅かな部分をでも、決して無意味に男の眼には触れさせないようにしていたことです。誰にでも許す肌であるものを、不断は秘し隠しに隠そうとする、――これは私に云わせると、確かに淫婦が本能的に自己を保護する心理なのです。なぜなら淫婦の肌と云うものは、彼女に取って何より大切な「売り物」であり、「商品」であるから、場合に依っては貞女が肌を守るよりも、一層厳重にそれを守らねばならない訳で、そうしなければ、「売り物」の値打ちはだんだん下落してしまいます。ナオミは実にこの間の機微を心得ていて、嘗《かつ》て彼女の夫であった私の前では、尚更その肌を押し包むようにするのでした。が、では絶対に慎しみ深くするのかと云うと、それが必ずしもそうではなく、私がいるとわざと着物を着換えたり、着換える拍子にずるりと襦袢を滑り落して、

「あら」

と云いながら、両手で裸体の肩を隠して隣りの部屋へ逃げ込んだり、一と風呂浴びて帰って来て、鏡台の前で肌を脱ぎかけ、そして始めて気が付いたように、

「あら、譲治さん、そんな所にいちゃいけないわ、彼方へ行ってらっしゃいよ」

と、私を追い立てたりするのでした。

こう云う風にして見せるともなく折々ちらと見せられるナオミの肌の僅かな部分は、たとえば頸《くび》の周りとか、肘とか、脛《はぎ》とか、踵とか云う程の、ほんのちょっとした片鱗だけではありましたけれども、彼女の体が前よりも尚つややかに、憎いくらいに美しさを増していることは、私の眼には決して見逃せませんでした。私はしばしば想像の世界で、彼女の全身の衣を剝ぎ取り、その曲線を飽かずに眺め入ることを余儀なくされました。

「譲治さん、何をそんなに見ているの？」

と、彼女は或る時、私の方へ背中を向けて着換えながら云いました。

「お前の体つきを見ているんだよ、何だかこう、先《せん》より水々しくなったようだね」

「まあ、いやだ、――――レディーの体を見るもんじゃないわよ」

「見やしないけれど、着物の上からでも大概分るさ。先から出《で》ッ臀《ちり》だったけれど、この頃は又膨れて来たね」

「ええ、膨れたわ、だんだんお臀《しり》が大きくなるわ。だけども脚はすっきりして、大根のようじゃなくってよ」

「うん、脚は子供の時分から真っ直ぐだったね。立つとピタリと喰っ着いたけれど、今でもそうかね」

「ええ、喰っ着くわ」

そう云って彼女は、着物で体を囲いながらピンと立って見て、

「ほら、ちゃんと着くわよ」

その時私の頭の中には、何かの写真で覚えのあるロダンの彫刻が浮かびました。

「譲治さん、あなたあたしの体が見たいの？」

「見たければ見せてくれるのかい？」

「そんな訳には行かないわよ、あなたとあたしは友達じゃないの。――さ、着換えてしまうまでちょいと彼方へ行ってらっしゃい」

そして彼女は、私の背中へ叩きつけるようにぴしゃんとドーアを締めました。

こんな調子で、ナオミはいつも私の情慾を募らせるようにばかり仕向ける、そして際どい所までおびき寄せて置きながら、それから先へは厳重な関を設けて、一歩も這入らせないのです。私とナオミとの間にはガラスの壁が立っていて、どんなに接近したように見えて

も、実は到底踰《こ》えることの出来ない隔たりがある。ウッカリ手出しをしようものなら必ずその壁に突き当って、いくら懊《じ》れても彼女の肌には触れる訳に行かないのです。時にはナオミはヒョイとその壁を除《の》けそうにするので、「おや、いいのかな」と思ったりしますが、近寄って行けば矢張元通り締まってしまいます。

「譲治さん、あなた好い児ね、一つ接吻して上げるわ」

と、彼女はからかい半分によくそんなことを云ったものです。からかわれるとは知っていながら、彼女が唇を向けて来るので私もそれを吸うようにすると、アワヤと云う時その唇は逃げてしまって、はッと二三寸離れた所から私の口へ息を吹っかけ、

「これが友達の接吻よ」

と、そう云って彼女はニヤリと笑います。

この「友達の接吻」と云う風変りな挨拶の仕方、――女の唇を吸う代りに、息を吸うだけで満足しなければならないところの不思議な接吻、――これはその後習慣のようになってしまって、別れ際などに、

「じゃ左様なら、又来るわよ」

と、彼女が唇をさし向けると、私はその前へ顔を突き出して、あたかも吸入器に向ったようにポカンと口を開きます。その口の中へ彼女がはッと息を吹き込む、私がそれをすうッ

と深く、眼を潰って、おいしそうに胸の底に嚥《の》み下します。彼女の息は湿り気を帯びて生温かく、人間の肺から出たとは思えない、甘い花のような薫りがします。――彼女は私を迷わせるように、そっと唇へ香水を塗っていたのだそうですが、そう云う仕掛けがしてあることを無論その頃は知りませんでした。――私はこう、彼女のような妖婦になると、内臓までも普通の女と違っているのじゃないか知らん、だから彼女の体内を通って、その口腔に含まれた空気は、こんななまめかしい匂がするのじゃないか知らん、と、よくそう思い思いしました。

私の頭はこうして次第に惑乱され、彼女の思う存分に掻き挘られて行きました。私は今では、正式な結婚でなければ厭だの、手玉に取られるだけでは困るのと、もうそんなことを云っている余裕はなくなりました。いや、正直を云うとこうなることは始めから分っていた筈なので、若しほんとうに彼女の誘惑を恐れるなら、附き合わなければいいものを、彼女の真意を探るためだとか、有利な機会を窺うためだとか云ったのは、自分で自分を欺こうとする口実に過ぎなかったのです。私は誘惑が恐い恐いと云いながら、本音を吐けばその誘惑を心待ちにしていたのです。ところが彼女はいつまで立ってもそのつまらない友達ごッこを繰り返すばかりで、決してそれ以上は誘惑しません。これは彼女がいやが上にも私を懊らす計略だろう、懊らして懊らし抜いて、「時分はよし」と見た頃に突然「友達」

の仮面を脱ぎ、得意の魔の手を伸ばすであろう、今に彼女はきっと手を出す、出さないで済ます女ではない、此方はせいぜい彼女の計略に載せられてやって「ちんちん」と云えば「ちんちん」をする、「お預け」と云えば「お預け」をする、何でも彼女の注文通りに芸当をやっていれば、しまいには獲物に有りつけるだろうと、毎日々々、鼻をうごめかしていましたが、私の予想は容易に実現されそうもなく、今日はいよいよ仮面を脱ぐか、明日は魔の手が飛び出すかと思っても、その日になると危機一髪と云うところでスルリと逃げられてしまうのです。

そうなると私は、今度はほんとうに懊れ出しました。「己はこの通り待ちかねているんだ、誘惑するなら早くしてくれ」と云わぬばかりに、体中に隙を見せたり、弱点をさらけ出したりして、果ては此方からあべこべに誘いかけたりしました。しかし彼女は一向取り上げてくれないで、

「何よ譲治さん！　それじゃ約束が違うじゃないの」

と、子供をたしなめるような眼つきで、私を叱りつけるのです。

「約束なんかどうだっていい、己はもう………」

「駄目、駄目！　あたしたちはお友達よ！」

「ねえ、ナオミ、………そんなことを云わないで、………お願いだから、………」

「まあ、うるさいわね！　駄目だったら！………さ、その代りキッスして上げるわ」

そして彼女は、例のはッと云う息を浴びせて、

「ね、いいでしょ？　これで我慢しなけりゃ駄目よ、これだけだって友達以上かも知れないけれど、譲治さんだから特別にして上げるんだわ」

が、この「特別」な愛撫の手段は、却って私の神経を異常に刺戟《しげき》する力はあっても、決して静めてはくれません。

「畜生！　今日も駄目だったか」

と、私はますます苛立って来ます。彼女がふいと風のように出て行ってしまうと、暫くの間は何事も手に著《つ》かず、自分で自分に腹を立てて、檻に入れられた猛獣の如く部屋の中をウロウロしながら、そこらじゅうの物を八つ中《あた》りに叩きつけたり、破いたりします。

私は実に、この気違いじみた、男のヒステリーとも云うべき発作に悩まされたものですが、彼女の来るのが毎日であるので、発作の方も極まって一日に一遍ずつは起るのでした。おまけに私のヒステリーは普通のそれと性質が違い、発作が止んでしまっても、後でケロリと気が軽くなりはしませんでした。寧ろ気分が落ち着いて来ると、今度は前よりも一層明瞭に、一層執拗に、ナオミの肉体の細々した部分がじーッと思い出されました。着換えをした時にちょいと着物の裾から洩れた足であるとか、息を吹っかけてくれた時につい二三

寸傍まで寄って来た唇であるとか、そう云うものがそれらを実際に見せられた時より、却って後になって一と入《ひ》《しお》まざまざと眼の前に浮かび、その唇や足の線を伝わって次第に空想をひろげて行くと、不思議や実際には見えなかった部分までも、あたかも種板を現像するようにだんだん見え出して、遂には全く大理石のヴィナスの像にも似たものが、心の闇の底に忽然と姿を現わすのです。私の頭は天鵞絨《びろうど》の帷《とばり》で囲まれた舞台であって、そこに「ナオミ」と云う一人の女優が登場します。八方から注がれる舞台の照明は真暗な中に揺らいでいる彼女の白い体だけを、カッキリと強い円光を以て包みます。私が一心に視詰めていると、彼女の肌に燃える光りはいよいよ明るさを増して来る、時には私の眉を灼《や》きそうに迫って来る。活動写真の「大映し」のように、部分々々が非常に鮮やかに拡大される、……その幻影が実感を以て私の官能を脅やかす程度は、本物と少しも変りはなく、物足りないのは手で触れることが出来ないと云う一点だけで、その他の点では本物以上に生き生きとしている。あんまりそれを視詰めると、私はしまいにグラグラと眩暈がするような心地を覚えて、体中の血が一度にかあッと顔の方へ上って来て、ひとりでに動悸が激しくなります。すると再びヒステリーの発作が起って、椅子を蹴飛ばしたり、カーテンを引きちぎったり花瓶を打っ壊したりします。

私の妄想は日増しに狂暴になって行き、眼を瞑りさえすればいつでも暗い眼瞼の蔭にナオミがいました。私はよく、彼女の芳わしい息の匂を想い出して、虚空に向って口を開け、はッとその辺の空気を吸いました。往来を歩いている時でも、部屋に蟄居《ちっきょ》している時でも、彼女の唇が恋しくなると、私はいきなり天を仰いで、はッ、はッとやりました。私の眼には到《いた》る所にナオミの紅い唇が見え、そこらじゅうにある空気と云う空気が、みんなナオミのいぶきであるかと思われました。つまりナオミは天地の間に充満して、私を取り巻き、私を苦しめ、私の呻きを聞きながら、それを笑って眺めている悪霊のようなものでした。

「譲治さんはこの頃変よ、少うしどうかしているわよ」

と、ナオミは或る晩やって来て、そう云いました。

「そりゃあどうかしているだろうさ、こんなにお前に懊らされりゃあ、………」

「ふん、………」

「何がふんだい？」

「あたし、約束は厳重に守る積りよ」

「いつまで守る積りなんだい？」

「永久に」

「冗談じゃない、こうしていると己はだんだん気が変になるよ」

「じゃ、いいことを教えて上げるわ、水道の水を頭からザッと打っかけるといいわ」

「おい、ほんとうにお前………」

「又始まった！　譲治さんがそんな眼つきをするから、あたし尚更からかってやりたくなるんだわ。そんなに傍へ寄って来ないで、もっと離れていらっしゃいよ、指一本でも触らないようにして頂戴よ」

「じゃあ仕方がない、友達のキッスでもしておくれよ」

「大人しくしていればして上げるわ、だけども後で気が変になりやしなくって？」

「なってもいいよ、もうそんな事を構ってなんかいられないんだ」

二十七

その晩ナオミは、「指一本でも触らないように」私をテーブルの向う側にかけさせ、ヤキモキしている私の顔を面白そうに眺めながら、夜遅くまで無駄口を叩いていましたが、十二時が鳴ると、

「譲治さん、今夜は泊めて貰うわよ」

と、又しても人をからかうような口調で云いました。

「ああ、お泊り、明日は日曜で己も一日内にいるから」

「だけども何よ。泊ったからって、譲治さんの注文通りにはならないわよ」

「いや、御念には及ばないよ、注文通りになるような女でもないからな」

「なれば都合が好いと思っているんじゃないの」

そう云って彼女は、クスクスと鼻を鳴らして、

「さ、あなたから先へお休みなさい、寝語《ねごと》を云わないようにして」

と、私を二階へ追い立てて置いて、それから隣りの部屋へ這入って、ガチンと鍵をかけました。

私は勿論、隣りの部屋が気にかかって容易に寝つかれませんでした。以前、夫婦でいた時分にはこんな馬鹿なことはなかったんだ、己がこうして寝ている傍に彼女もいたんだ、そう思うと、私は無上に口惜しくてなりませんでした。壁一重の向うでは、ナオミが頻りに、――或はわざとそうするのか、――ドタンバタンと、床に地響きをさせながら、布団を敷いたり、枕を出したり、寝支度をしています。あ、今髪を解かしているな、着物を脱いで寝間着に着換えているところだなと、それらの様子が手に取るように分ります。それからぱッと夜具をまくったけはいがして、続いてどしんと、彼女の体が布団の上へ打っ倒れる音が聞えました。

「えらい音をさせるなあ」

と、私は半ば独り言のように、半ば彼女に聞えるように云いました。

「まだ起きているの？　寝られないの？」

と、壁の向うから直ぐとナオミが応じました。

「ああ、なかなか寝られそうもないよ、――――己はいろいろ考え事をしているんだ」

「うふふふ、譲治さんの考え事なら、聞かないでも大概分っているわ」

「だけども、実に妙なもんだよ。現在お前がこの壁の向うに寝ているのに、どうすることも出来ないなんて」

「ちっとも妙なことはないわよ。ずっと昔はそうだったじゃないの、あたしが始めて譲治さんの所へ来た時分は。――――あの時分には今夜のようにして寝たじゃないの」

私はナオミにそう云われると、ああそうだったか、そんな時代もあったんだっけ、あの時分にはお互に純なものだったのにと、ホロリとするような気になりましたが、これは少しも今の私の愛慾を静めてはくれませんでした。却って私は、二人がいかに深い因縁で結び着けられているかを思い、到底彼女と離れられない心持を、痛切に感じるばかりでした。

「あの時分にはお前は無邪気なもんだったがね」

「今だってあたしは至極無邪気よ、有邪気なのは譲治さんだわ」

「何とでも勝手に云うがいいさ、己はお前を何処までも追っ駈け廻す積りだから」

「うふふふ」

「おい！」

私はそう云って、壁をどんどんと打ちました。

「あら、何をするのよ、此処は野中の一軒家じゃあないことよ。何卒《どうぞ》お静かに願います」

「この壁が邪魔だ、この壁を打っ壊してやりたいもんだ」

「まあ騒々しい。今夜はひどく鼠《ねずみ》が暴れる」

「そりゃ暴れるとも。この鼠はヒステリーになっているんだ」

「あたしはそんなお爺《じい》さんの鼠は嫌いよ」

「馬鹿を云え、己はじじいじゃないぞ、まだやっと三十二だぞ」

「あたしは十九よ、十九から見れば三十二の人はお爺さんよ。悪いことは云わないから、外に奥さんをお貰いなさいよ、そうしたらヒステリーが直るかも知れないから」

ナオミは私が何を云っても、しまいにはもう、うふうふ笑うだけでした。そして間もなく、

「もう寝るわよ」

と、ぐうぐう空鼾《そらいびき》をかき出しましたが、やがてほんとうに寝入ったようでした。

明くる日の朝、眼を覚まして見ると、ナオミはしどけない寝間着姿で、私の枕もとに坐《すわ》っています。

「どうした？　譲治さん、昨夜は大変だったわね」

「うん、この頃己は、時々あんな風にヒステリーを起すんだよ。恐かったかい？」

「面白かったわ、又あんな風にさして見たいわ」

「もう大丈夫だ、今朝はすっかり治まっちまった。――ああ、今日は好い天気だなあ」

「好い天気だから起きたらどう？　もう十時過ぎよ。あたし一時間も前に起きて、今朝湯《あさゆ》に行って来たの」

私はそう云われて、寝ながら彼女の湯上り姿を見上げました。一体女の「湯上り姿」と云うものは、――それの真の美しさは、風呂から上ったばかりの時よりも、十五分なり二十分なり、多少時間を置いてからがいい。風呂に漬かるとどんなに皮膚の綺麗な女でも、一時は肌が茹《ゆだ》り過ぎて、指の先などが赤くふやけるものですが、やがて体が適当な温度に冷やされると、始めて蠟《ろう》が固まったように透き徹って来る。ナオミは今しも、風呂の帰りに戸外の風に吹かれて来たので、湯上り姿の最も美しい瞬間にいました。その脆弱《ぜいじゃく》な、うすい皮膚は、まだ水蒸気を含みながらも真っ白に冴え、着物の襟に隠れている胸のあたりには、水彩画の絵の具のような紫色の影があります。顔はつやつやと、ゼラチンの膜を張ったかの如く光沢を帯び、ただ眉毛だけがじっとりと濡れていて、その上にはカラリと晴れた冬の空が、窓を透してほんのり青く映っています。

「どうしたんだい、朝ッぱらから湯になんぞ這入って」

「どうしたって大きなお世話よ。――ああ、いい気持だった」

と、彼女は鼻の両側を平手でハタハタと軽く叩いて、それからぬうッと、顔を私の眼の前へ突き出しました。

「ちょいと！　よく見て頂戴、髭《ひげ》が生えてる？」

「ああ、生えてるよ」

「ついでにあたし、床屋へ寄って顔を剃って来ればよかったっけ」

「だってお前は剃るのが嫌いだったじゃないか。西洋の女は決して顔を剃らないと云って。――」

「だけどこの頃は、亜米利加なんかじゃ顔を剃るのが流行っているのよ。ね、あたしの眉毛を御覧なさい、亜米利加の女はこんな工合にみんな眉毛を剃っているから」

「ははあ、そうか、お前の顔がこの間から面変りがして、眉の形まで違っちまったのは、そこをそんな風に剃っているせいか」

「ええ、そうよ、今頃になって気が付くなんて、時勢後れね」

ナオミはそう云って、何か別な事を考えている様子でしたが、

「譲治さん、もうヒステリーはほんとうに直って？」

と、ふいとそんなことを尋ねました。

「うん、直ったよ。なぜ？」

「直ったら譲治さんにお願いがあるの。――これから床屋へ出かけて行くのは大儀だから、あたしの顔を剃ってくれない？」

「そんな事を云って、又ヒステリーを起させようッて気なんだろう」

「あら、そうじゃないわよ、ほんとに真面目で頼むんだから、そのくらいな親切があってもいいでしょ？　尤もヒステリーを起されて、怪我でもさせられちゃ大変だけれど」

「安全剃刀を貸してやるから、自分で剃ったらいいじゃないか」

「ところがそうは行かないの。顔だけならいいけれど、頸の周りから、ずうッと肩のうしろの方まで剃るんだから」

「へえ、どうしてそんな所まで剃るんだ？」

「だってそうでしょ、夜会服を着れば肩の方まですっかり出るでしょ。――」

そしてわざわざ、肩の肉をちょっとばかり出して見せて、

「ほら、ここいらまで剃るのよ、だから自分じゃ出来やしないわ」

そう云ってから、彼女は慌てて又その肩をスポリと引っ込めてしまいましたが、毎度してやられる手ではありながら、それが私には矢張抵抗し難いところの誘惑でした。ナオミの

奴、顔が剃りたいのでも何でもないんだ、己を翫弄するつもりで湯にまで這入って来やがったんだ。――――と、そう分ってはいましたけれども、とにかく肌を剃らせると云うのは、今までにない一つの新しい挑戦でした。今日こそうんと近くへ寄って、あの皮膚をしみじみと見られる、もちろん触ってみることも出来る。そう考えただけでも私は、とても彼女の申出《もうしい》でを断る勇気はありませんでした。

ナオミは私が、彼女のために瓦斯焜炉《ガスこんろ》で湯を沸かしたり、それを金盥《かなだらい》へ取ってやったり、ジレットの刃を附け換えたり、いろいろ支度をしてやっている間に、窓のところへ机を持ち出してその上に小さな鏡を立て、両足の間へ臀をぴたんこに落して据わって、次には白い大きなタオルを襟の周りへ巻き着けました。が、私が彼女のうしろへ廻って、コールゲートのシャボンの棒を水に塗らして、いよいよ剃ろうとするとたんに、

「譲治さん、剃ってくれるのはいいけれど、一つの条件があることよ」

と、云い出しました。

「条件？」

「ええ、そう。別にむずかしい事じゃないの」

「どんな事さ？」

「剃るなんて云ってゴマカして、指で方々摘まんだりしちゃ厭だわよ、ちっとも肌に触ら

ないようにして、剃ってくれなけりゃ」

「だってお前、――」

「何が『だって』よ、触らないように剃れるじゃないの、シャボンはブラシで塗ればいいんだし、剃刀はジレットを使うんだし、……床屋へ行っても上手な職人は触りゃしないわ」

「床屋の職人と一緒にされちゃあ遣り切れないな」

「生意気云ってらあ、実は剃らして貰いたい癖に！――それがイヤなら、何も無理には頼まないわよ」

「イヤじゃあないよ。そう云わないで剃らしておくれよ、折角支度までしちゃったんだから」

私はナオミの、*抜き衣紋にした長い襟足を視詰めると、そう云うより外はありませんでした。

「じゃ、条件通りにする？」

「うん、する」

「絶対に触っちゃいけないわよ」

「うん、触らない」

「もしちょっとでも触ったら、その時直ぐに止《や》めにするわよ。その左の手をちゃんと膝の上に載せていらっしゃい」

私は云われる通りにしました。そして右の方の手だけを使って、彼女の口の周りから剃って行きました。

彼女はうっとりと、剃刀の刃で撫でられて行く快感を味わっているかのように、瞳を鏡の前に据えて、大人しく私に剃らせていました。私の耳には、すうすうと引く睡《ねむ》いような呼吸が聞え、私の眼には、その頤の下でピクピクしている頸動脈が見えています。私は今や、睫毛の先で刺されるくらい彼女の顔に接近しました。窓の外には乾燥し切った空気の中に、朝の光が朗かに照り、一つ一つの毛孔が数えられるほど明るい。私はこんな明るい所で、こんなにいつまでも、そしてこんなにも精細に、自分の愛する女の目鼻を凝視したことはありません。こうして見るとその美しさは巨人のような偉大さを持ち、容積を持って迫って来ます。その恐ろしく長く切れた眼、立派な建築物のように秀でた鼻、鼻から口へつながっている*突兀《とっこつ》とした二本の線、その線の下に、たっぷり深く刻まれた紅い唇。ああ、これが「ナオミの顔」と云う一つの霊妙な物質なのか、この物質が己の煩悩《ぼんのう》の種となるのか。……そう考えると実に不思議になって来ます。私は思わずブラシを取って、その物質の表面へ、ヤケにシャボンの泡を立てます。が、いくらブラシで掻き廻しても、それは静かに、無抵抗に、ただ柔かな弾力を以て動くのみです。………………私の手にある剃刀は、銀色の虫が這うようにしてなだらかな肌を這い下り、その項から肩の方へ移って行きました。かっぷくのいい彼女の背中が、真っ白な牛乳のように、広く、堆《うずたか》く、私の視野に這入って来ました。一体彼女は、自分の顔は見ているだろうが、背中がこんなに美しいことを知っているだろうか？ 彼女自身は恐らくは知るまい。それを一番よく知っているのは私だ、私は嘗てこの背中を、毎日湯に入れて流してやったのだ。あの時もちょうど今のようにシャボンの泡を掻き立てながら。………これは私の恋の古蹟《こせき》だ。私の手が、私の指が、この凄艶《せいえん》な雪の上に嬉々として戯れ、此処を自由に、楽しく蹈んだことがあるのだ。今でも何処かに痕が残っているかも知れない。………

「譲治さん、手が顫《ふる》えるわよ、もっとシッカリやって頂戴。………」

突然ナオミの云う声がしました。私は頭がガンガンして、口の中が干涸《ひか》らびて、奇態に体が顫えるのが自分でも分りました。はッと思って、「気が違ったな」と感じました。それを一生懸命に堪えると、急に顔が熱くなったり、冷めたくなったりしました。しかしナオミのいたずらは、まだこれだけでは止まないのでした。肩がすっかり剃れてしまうと、袂《たもと》をまくって、肘を高くさし上げて、

「さ、今度は腋の下」

と云うのでした。

「え、腋の下?」

「ええ、そう、——洋服を着るには腋の下を剃るもんよ、此処が見えたら失礼じゃないの」

「意地悪!」

「どうして意地悪よ、可笑しな人ね。——あたし湯冷めがして来たから早くして頂戴」

その一刹那、私はいきなり剃刀を捨てて、彼女の肘へ飛び着きました、——飛び着くと云うよりは嚙み着きました。と、ナオミはちゃんとそれを予期していたかの如く、直ぐその肘で私をグンと撥《は》ね返しましたが、私の指はそれでも何処かに触ったと見え、シャボンでツルリと滑りました。彼女はもう一度、力一杯私を壁の方へ突き除《の》けるや否や、

「何をするのよ!」

と、鋭く叫んで立ち上りました。見るとその顔は、——私の顔が真っ青だったからでしょうが、彼女の顔も——冗談ではなく、真っ青でした。

「ナオミ! ナオミ! もうからかうのは好い加減にしてくれ! よ! 何でもお前の云うことは聴く!」

何を云ったか全く前後不覚でした、ただセッカチに、早口に、さながら熱に浮かされた如

くしゃべりました。それをナオミは、黙って、まじまじと、棒のように突っ立ったまま、呆れ返ったと云う風に睨みつけているだけでした。

私は彼女の足下に身を投げ、跪いて云いました。

「よ、なぜ黙っている！　何とか云ってくれ！　否《いや》なら己を殺してくれ！」

「気違い！」

「気違いで悪いか」

「誰がそんな気違いを、相手になんかしてやるもんか」

「じゃあ己を馬にしてくれ、いつかのように己の背中へ乗っかってくれ、どうしても否ならそれだけでもいい！」

私はそう云って、そこへ四つン這いになりました。

一瞬間、ナオミは私が事実発狂したかと思ったようでした。彼女の顔はその時一層、どす黒いまでに真っ青になり、瞳を据えて私を見ている眼の中には、殆ど恐怖に近いものがありました。が、忽ち彼女は猛然として、図太い、大胆な表情を湛え、どしんと私の背中の上へ跨がりながら、

「さ、これでいいか」

と、男のような口調で云いました。

「うん、それでいい」

「これから何でも云うことを聴くか」

「うん、聴く」

「あたしが要るだけ、いくらでもお金を出すか」

「出す」

「あたしに好きな事をさせるか、一々干渉なんかしないか」

「しない」

「あたしのことを『ナオミ』なんて呼びつけにしないで、『ナオミさん』と呼ぶか」

「呼ぶ」

「きっとか」

「きっと」

「よし、じゃあ馬でなく、人間扱いにして上げる、可哀そうだから。――」

そして私とナオミとは、シャボンだらけになりました。………

「………これで漸く夫婦になれた、もう今度こそ逃がさないよ」

と、私は云いました。

「あたしに逃げられてそんなに困った？」

「ああ、困ったよ、一時はとても帰って来てはくれないかと思ったよ」

「どう？　あたしの恐ろしいことが分った？」

「分った、分り過ぎるほど分ったよ」

「じゃ、さっき云ったことは忘れないわね、何でも好きにさせてくれるわね。――夫婦と云っても、堅ッ苦しい夫婦はイヤよ、でないとあたし、又逃げ出すわよ」

「これから又、『ナオミさん』に『譲治さん』で行くんだね」

「ときどきダンスに行かしてくれる？」

「うん」

「いろいろなお友達と附き合ってもいい？　もう先のように文句を云わない？」

「うん」

「尤もあたし、まアちゃんとは絶交したのよ。――」

「へえ、熊谷と絶交した？」

「ええ、した、あんなイヤな奴はありゃしないわ。――これから成るべく西洋人と附き合うの、日本人より面白いわ」

「その横浜の、マッカネルと云う男かね？」

「西洋人のお友達なら大勢あるわ。マッカネルだって、別に怪しい訳じゃないのよ」

「ふん、どうだか、――」

「それ、そう人を疑ぐるからいけないのよ、あたしがこうと云ったらば、ちゃんとそれをお信じなさい。よくって？　さあ！　信じるか、信じないか？」

「信じる！」

「まだその外にも注文があるわよ、――譲治さんは会社を罷めてどうする積り？」

「お前に捨てられちまったら、田舎へ引っ込もうと思ったんだが、もうこうなれば引っ込まないよ。田舎の財産を整理して、現金にして持ってくるよ」

「現金にしたらどのくらいある？」

「さあ、此方へ持って来られるのは、*二三十万はあるだろう」

「それッぽっち？」

「それだけあれば、お前と己と二人ツきりなら沢山じゃないか」

「贅沢をして遊んで行かれる？」

「そりゃ、遊んじゃあ行かれないよ。――お前は遊んでもいいけれど、己は何か事務所でも開いて、独立して仕事をやる積りだ」

「仕事の方へみんなお金を注ぎ込んじまっちゃイヤだわよ、あたしに贅沢をさせるお金を、別にして置いてくれなけりゃ。いい?」

「ああ、いい」

「じゃ、半分別にして置いてくれる?――三十万円なら十五万円、二十万円なら十万円、――」

「大分細かく念を押すんだね」

「そりゃあそうよ、初めに条件を極めて置くのよ。――どう? 承知した? そんなにまでしてあたしを奥さんに持つのはイヤ?」

「イヤじゃないッたら、――」

「イヤならイヤと仰っしゃいよ、今のうちならどうでもなるわよ」

「大丈夫だってば、――承知したってば、――」

「それからまだよ、――もうそうなったらこんな家にはいられないから、もっと立派な、ハイカラな家へ引っ越して頂戴」

「無論そうする」

「あたし、西洋人のいる街で、西洋館に住まいたいの、綺麗な寝室や食堂のある家へ這入ってコックだのボーイを使って、――」

「そんな家が東京にあるかね?」

「東京にはないけれど、横浜にはあるわよ。横浜の山手にそう云う借家がちょうど一軒空いているのよ、この間ちゃんと見て置いたの」

私は始めて彼女に深いたくらみがあったのを知りました。ナオミは最初からそうする積りで、計画を立てて、私を釣っていたのでした。

二十八

さて、話はこれから三四年の後のことになります。

私たちは、あれから横浜へ引き移って、かねてナオミの見つけて置いた山手の洋館を借りましたけれども、だんだん贅沢が身に沁みるに従い、やがてその家も手狭だと云うので、間もなく本牧《ほんもく》の、前に瑞西《スイス》人の家族が住んでいた家を、家具ぐるみ買って、そこへ這入るようになりました。あの大地震*で山手の方は残らず焼けてしまいましたが、本牧は助かった所が多く、私の家も壁に亀裂が出来たぐらいで、殆どこれと云う損害もなしに済んだのは、全く何が仕合わせになるか分りません。ですから私たちは、今でもずっとこの家に住んでいる訳なのです。

私はその後、計画通り大井町の会社の方は辞職をし、田舎の財産は整理してしまって、学校時代の二三の同窓と、電気機械の製作販売を目的とする合資会社を始めました。この会社は、私が一番の出資者である代りに、実際の仕事は友達がやってくれているので、毎日事務所へ出る必要はないのですが、どう云う訳か、私が一日家にいるのをナオミが好まないものですから、イヤイヤながら日に一遍は見廻ることにしてあります。私は朝の十一時頃に、横浜から東京に行き、京橋の事務所へ一二時間顔を出して、大概夕方の四時頃には帰って来ます。

昔は非常な勤勉家で、朝は早起きの方でしたけれども、この頃の私は、九時半か十時でなければ起きません。起きると直ぐに、寝間着のまま、そっと爪先で歩きながら、ナオミの寝室の前へ行って、静かに扉をノックします。しかしナオミは私以上に寝坊ですから、まだその時分は夢現《ゆめうつつ》で、

「ふん」

と、微かに答える時もあり、知らずに寝ている時もあります。答があれば私は部屋へ這入って行って挨拶をし、答がなければ扉の前から引き返して、そのまま事務所へ出かけるのです。

こう云う風に、私たち夫婦はいつの間にか、別々の部屋に寝るようになっているのですが、もとはと云うと、これはナオミの発案でした。婦人の閨房《けいぼう》は神聖なものである、夫と

いえども妄《みだ》りに犯すことはならない、――と、彼女は云って、広い方の部屋を自分が取り、その隣りにある狭い方のを私の部屋にあてがいました。そうして隣り同士とは云っても、二つの部屋は直接つながってはいないのでした。その間に夫婦専用の浴室と便所が挟まっている、つまりそれだけ、互に隔たっている訳で、一方の室から一方へ行くには、そこを通り抜けなければなりません。

ナオミは毎朝十一時過ぎまで、起きるでもなく睡るでもなく、寝床の中でうつらうつらと、煙草を吸ったり新聞を読んだりしています。煙草はディミトリノの細巻、新聞は都新聞、それから雑誌のクラシックやヴォーグを読みます。いや読むのではなく、中の写真を、――主に洋服の意匠や流行を、――一枚々々丁寧に眺めています。その部屋は東と南が開いて、ヴェランダの下に直ぐ本牧の海を控え、朝は早くから明るくなります。ナオミの寝台は、日本間ならば二十畳も敷けるくらいな、広い室《へや》の中央に据えてあるのですが、それも普通の安い寝台ではありません。或る東京の大使館から売り物に出た、天蓋《てんがい》の附いた、白い、紗のような帳の垂れている寝台で、これを買ってから、ナオミは一層寝心地がよいのか、前よりもなおお床離れが悪くなりました。彼女は顔を洗う前に、寝床で紅茶とミルクを飲みます。その間にアマ*が風呂場の用意をします。彼女は起きて、真っ先に風呂へ這入り、湯上りの体を又暫く横たえながら、マッサージをさせます。それから髪を結い、爪を研《みが》き、七つ道具と云いますが中々七つどころではない、何十種とある薬や器具で顔じゅうをいじくり廻し、着物を着るのにあれかこれかと迷った上で、食堂へ出るのが大概一時半になります。

午飯《ひる》をたべてしまってから、晩まで殆ど用はありません。晩にはお客に呼ばれるか、或は呼ぶか、それでなければホテルへダンスに出かけるか、何かしないことはないのですから、その時分になると、彼女はもう一度お化粧をし、着物を取り換えます。夜会がある時は殊に大変で、風呂場へ行って、アマに手伝わせて、体じゅうへお白粉を塗ります。

ナオミの友達はよく変りました。浜田や熊谷はあれからふっつり出入りをしなくなってしまって、一と頃は例のマッカネルがお気に入りのようでしたが、間もなく彼に代った者は、デュガンと云う男でした。デュガンの次には、ユスタスと云う友達が出来ました。このユスタスと云う男は、マッカネル以上に不愉快な奴で、ナオミの御機嫌を取ることが実に上手で、一度私は、腹立ち紛れに、舞踏会の時此奴を打《ぶ》ん殴ったことがあります。すると大変な騒ぎになって、ナオミはユスタスの加勢をして「気違い！」と云って私を罵る。私はいよいよ猛り狂って、ユスタスを追い廻す。みんなが私を抱き止めて「ジョージ！ジョージ！」と大声で叫ぶ。――私の名前は譲治ですが、西洋人はＧｅｏｒｇｅの積りで「ジョージ」「ジョージ」と呼ぶのです。――そんなことから、結局ユスタスは私の家へ来ないようになりましたが、同時に私も、又ナオミから新しい条件を持ち出され、それに服従することになってしまいました。

ユスタスの後にも、第二第三のユスタスが出来たことは勿論ですが、今では私は、我ながら不思議に思うくらい大人しいものです。人間と云うものは一遍恐ろしい目に会うと、それが強迫観念になって、いつまでも頭に残っていると見え、私は未だに、嘗てナオミに逃げられた時の、あの恐ろしい経験を忘れることが出来ないのです。「あたしの恐ろしいことが分ったか」と、そう云った彼女の言葉が、今でも耳にこびり着いているのです。彼女の浮気と我が儘とは昔から分っていたことで、その欠点を取ってしまえば彼女の値打ちもなくなってしまう。浮気な奴だ、我が儘な奴だと思えば思うほど、一層可愛さが増して来て、彼女の罠に陥ってしまう。ですから私は、怒れば尚更自分の負けになることを悟っているのです。

自信がなくなると仕方がないもので、目下の私は、英語などでも到底彼女には及びません。実地に附き合っているうちに自然と上達したのでしょうが、夜会の席で婦人や紳士に愛嬌を振りまきながら、彼女がぺらぺらまくし立てるのを聞いていると、何しろ発音は昔から巧かったのですから、変に西洋人臭くって、私には聞きとれないことがよくあります。そうして彼女は、ときどき私を西洋流に「ジョージ」と呼びます。これで私たち夫婦の記録は終りとします。これを読んで、馬鹿々々しいと思う人は笑って下さい。教訓になると思う人は、いい見せしめにして下さい。私自身は、ナオミに惚れているのですから、どう思われても仕方がありません。

ナオミは今年二十三で私は三十六になります。

語注

痴人の愛

六 **＊カフエエ** 戦前の日本ではカフェといえば女給が接待する風俗営業を指す。女給は現在でいえばホステスの役割を果たしていた。

七 **＊活動女優** 活動は映画を指す。映画に出る女優のこと。

＊メリー・ピクフォード（Mary Pickford 1892-1979） サイレント映画の大スター。「アメリカの恋人」と呼ばれた名女優。

八 **＊月給百五十円** 大正九年当時、国家公務員初任給が七十五円、銀行員初任給が四十円なのでかなり高給取りということになる。

十七 **＊銘仙** 平織の絹織物。大正から昭和にかけて女性の普段着として需要が多かった。

＊めりんす友禅 メリンス地（薄くて柔らかい毛織物）の友禅染。

＊桃割れ 日本髪の一種で、江戸後期から昭和にかけての少女が結っていたもの。

十八　＊千東町　この当時、千束町には「銘酒屋」という飲み屋を装った売春宿が多かった。
十九　＊敷島　タバコの銘柄。かつて絶大な人気を誇った紙巻タバコ。
＊女学校　正しくは高等女学校。かつての戦前に女子に対して中等教育を行っていた。
二六　＊省線電車　鉄道省・運輸通信省・運輸省の時代の略称。日本国有鉄道で現在のＪＲ各社線にあたる。
＊文化住宅　明治時代から少しずつ入ってきた西洋風の家のこと。
二七　＊梯子段　階段のこと。
三一　＊半靴　足首から下がはいるような西洋風の靴のこと。
三二　＊単衣　裏地のついていない夏用の和服のこと。
三九　＊二等室　汽車の等級の一つ。一等、二等、三等があり各々料金が違っていた。
四四　＊五尺二寸　一寸が約三・〇三センチで一尺が三〇・三センチ。つまり五尺二寸は一五七・六センチ程度。
五八　＊半襟　和服の襦袢に取り付ける付け替えの衿のこと。装飾、もしくは汚れを防ぐために使用された。
＊帯留　帯締めの中央部分につける装飾のこと。
五九　＊混血児　この当時、混血児に対しての偏見が強く差別対象だった。
六二　＊神田乃武（1857-1923）　日本の英語学者。アメリカに留学、アマースト大学を卒業し、日本に帰国後、英語学者として力を尽くした。

七八 *大腹中 度量が大きく太っ腹のこと。

八二 *お花 花札のこと。

八四 *バリトン 男声のバスとテノールの中間の声域のこと。

*クヮルテット 四重唱のこと。

*ソシアル・ダンス 社交ダンスのこと。

九二 *女軍出征 浅草常盤座で上演され、大ヒットを記録したオペラの作品。これが浅草オペラを隆盛させたといわれている。

九四 *支那金魚 出目金のこと。

九九 *洋妾 外国人の妾になった日本人女性を軽蔑する言葉。

一〇一 *ミス・カワイ ミスは未婚女性に対する敬称なので、杉崎女子はナオミが譲治の妻だと知らない。

一〇六 *帝国ホテル 東京都千代田区に現存する日本を代表する高級ホテルの一つ。外国の賓客をもてなすために設立され、舞踏室があった。

*花月園 横浜市鶴見区にあった花月園遊園地のこと。ダンスホールがあった。

一一〇 *おかもち 料理や食器を入れて運ぶために使用する箱のこと。

一一二　*勝手元　台所仕事のこと。
一一四　*着流し　和服を着る際に袴をつけないスタイルのこと。
一二〇　*懐から紙を出して　懐紙のこと。和服の際は懐に紙を入れる習慣がある。
一二三　*チャブ屋　外国人を相手にする売春宿のこと。横浜独自の売春宿と言われているが他の港町にも存在していた。
*火熨斗　江戸時代から使われていたアイロンのこと。金属製の柄杓や片手鍋のような容器に熱した炭を入れて、熱と容器の重さで布のしわを伸ばしていた。
一二八　*眼の周りにはペンキの…　アイシャドーのことを指す。西欧から明治時代に入ってきたが、一般女性へ浸透したのは昭和の頃である。
一四〇　*長い袂　振袖を意味するが、振袖は未婚女性の着物である。
一四五　*夜会服　夜会で使用される礼装のこと。イブニングドレス。
一五五　*悍馬　気性が荒い、暴れ馬のこと。
一七二　*寝像が悪い　寝相を知っているということは肉体関係があることを意味する。
*拝物教　フェティシズムのこと。
一七五　*どん　正午を知らせる空砲のこと。

＊洋行　欧米へ留学すること。

一七九　＊発展家　手広く活動する人を指すが、主に酒と色事に関してを言う。

一九五　＊絵　映画のこと。

一九六　＊十四貫二百　一貫は三・七五キログラムなので約五三キロ。

二〇八　＊木戸口　庭などにある簡易に作られた木戸の出入り口。

二一七　＊五間　一間は一・八メートルなので、五間は九メートル。

二二〇　＊平和博覧会　平和記念東京博覧会のこと。大正十一年に上野で開催された。

二二一　＊白波四人男　歌舞伎の演目の一つの「白波五人男」を真似たもの。正式名称は「青砥稿花紅彩画《あおとぞうしはなのにしきえ》」。

＊弁天小僧　白波五人男の一人。

＊活弁　活動写真弁士のこと。この当時映画は無声映画だったのでセリフを代わりに喋り、作品の解説をする説明者が必要だった。

二二八　＊通牒　文書において連絡を取り合うこと。

二三三　＊奸黠　ずるがしこい、悪賢いこと。

二五二　＊鎬を削っている　刀同士で激しく切りあう様。転じて激しく争いあう様。

二七五　＊内兜　内情や弱点のこと。

二七八　*衷情　嘘いつわりのない本心のこと。
二八六　*一刻千秋　わずかな時間がとてつもなく長く感じられること。
二九五　*振ってる　普通とは異なる突飛な様。
　　　　*フレンチ・ヒール　ハイヒールの一種。横から見るとかかとの付け根から地面にかけて細くなったヒールのこと。
　　　　*不行跡　品行がよくなく、身持ちの悪いこと。
二九八　*瘧　マラリアの旧称。発熱し、悪寒や震えなどを引きおこす。瘧が取れるとは、熱にうなされていたものが正気に返って冷静になる様。
二九九　*毛唐　外国人を指す差別用語。
三〇四　*魔窟　売春宿のこと。
三〇五　*巨魁　悪者の首領を指す。
三〇七　*銘酒屋　銘酒を売る飲み屋を装いながらも私娼を抱え、違法の売春をしている店。
三一七　*仏蘭西ちりめん　クレープ・デ・シンの日本名。中国の縮緬をまねてフランスで作られた。
三一九　*パテントレザー　エナメル革のこと。
三三二　*天禀　天性。生まれつきの才能。

三四九　***抜き衣紋**　和服の着付けの一つ。襟足が露わになるような着方。

三五〇　***突兀**　高く突き出ていること。

三五六　***二三十万**　このときが仮に大正十三年（連載開始時期）と仮定すると、当時の一円は現在で約千円相当。そう考えると三十万で約三億円。

三五八　***大地震**　大正十二年九月一日に起こった関東大震災のこと。

三六〇　***アマ**　中国人女中のこと。

海王社文庫

静かに雨の降る羅生門の下。雨止みを待つ下人が一人。行く当てもなく今夜眠る場所もない。濡れた髪…纏わりつくような雨──。沈んだ思考の果てに、下人は羅生門の楼で一夜を明かそうと思いつく。階段を上り、その先に見たものとは──…？表題作ほか、『蜘蛛の糸』『地獄変』など珠玉の短編を収録。

声優・宮野真守が紡ぐ「羅生門」名場面抜粋の朗読CD封入

好評発売中

海　王　社　文　庫

声優・櫻井孝宏が紡ぐ「Kの昇天」名場面抜粋の朗読CD封入

好　評　発　売　中

海王社文庫

オホーツクの冷たい海で行われている『蟹漁』。『国策』の名の元に、劣悪な環境下で労働者たちは非人道的酷使を強いられていた。長時間に及ぶ労働、非衛生的な環境、食事すら満足に与えられない日々…。人権はなく、労働者たちは虫けらよりも無造作に使い捨てられた。だが、やがて過労による死者が出ると、労働者たちの意識は徐々に覚めて行く。そして遂に『ストライキ』を決意して——!? プロレタリア文学の金字塔が遂に登場!

声優・細谷佳正が紡ぐ名場面抜粋の朗読CDを封入

好　評　発　売　中

海王社文庫

人間失格

朗読CD付

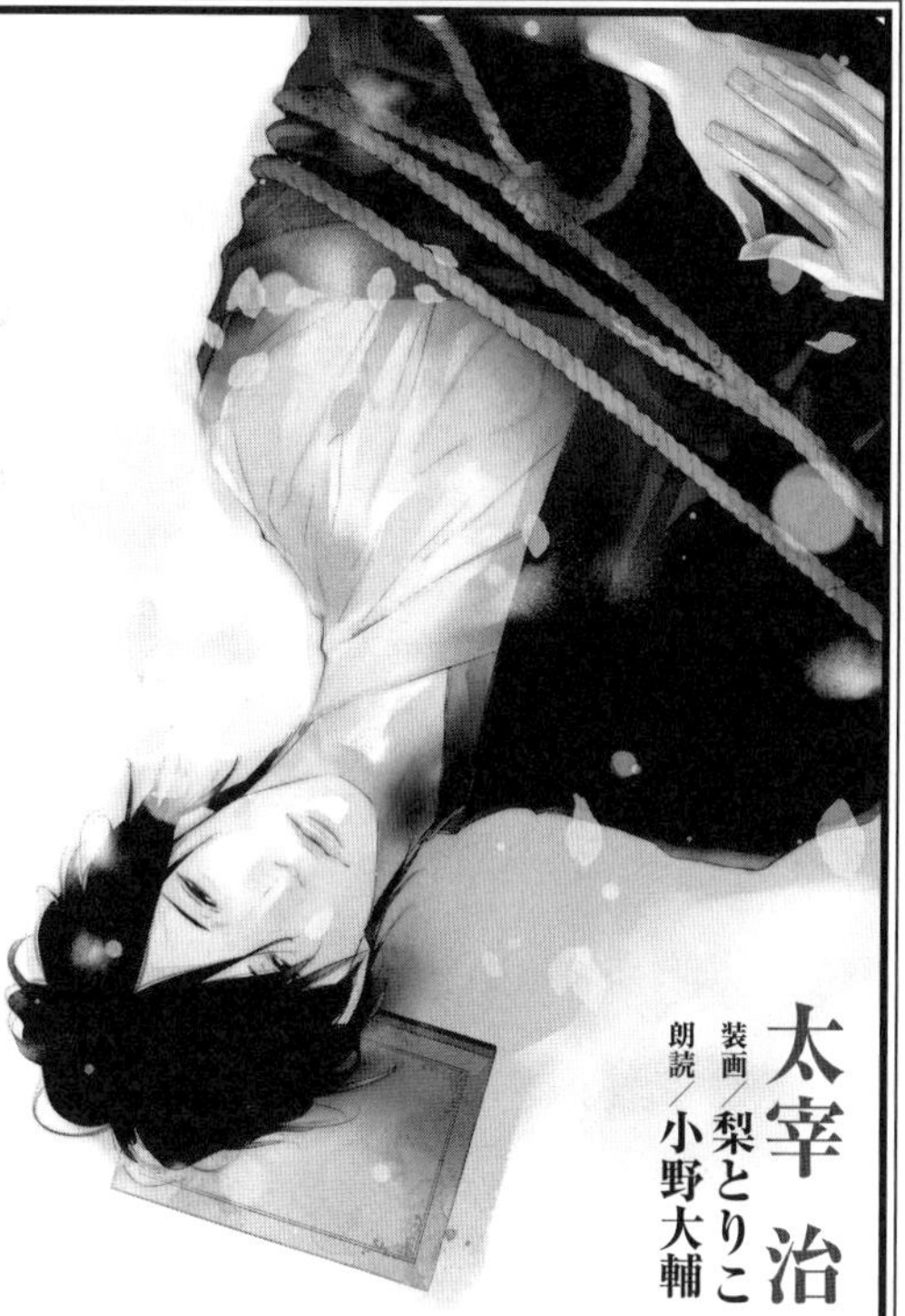

太宰 治
装画／梨とりこ
朗読／小野大輔

男は朝から晩まで人間を欺き、道化を演じ、見破られることを恐れた。けれども人間を拒絶することが出来ず、酒とモルヒネに溺れてゆき、やがて――。
太宰自身の壮絶な人生そのものを、
遺書ともいえる形で残した衝撃の問題作。

KAIOHSHA

声優・小野大輔が紡ぐ名場面抜粋の朗読CD封入

好評発売中

海　王　社　文　庫

タイムリミットは日没。メロスの身代わりに磔にされた友を救う為に、友の信頼を守る為に、メロスは疾風のごとく走った——美しい愛と友情を力強く綴った永遠の名作『走れメロス』、「富士には、月見草がよく似合う」の一節が名高い『富嶽百景』ほか、『駈込み訴え』『東京八景』など全六篇を収録した短編集。

声優・鈴木達央が紡ぐ「走れメロス」名場面抜粋の朗読CD封入

好　評　発　売　中

海王社文庫

「嗤ってくれ、詩人に成りそこなって虎になった哀れな男を」
旅の途中に襲ってきた人食い虎は、あろうことかかつての旧友だった。
博学才穎で自信に満ち溢れていた友人・李徴に一体何が起こったのか。
虎となった友が語る事の顛末とは —— 自尊心ゆえに獣に身を落とした友との再会を描く『山月記』、軍人・李陵、歴史家・司馬遷、李陵の友人・蘇武の数奇な運命を描く『李陵』ほか、夭折の鬼才・中島 敦の代表作である『名人伝』『弟子』を収録。

KAIOHSHA

声優・小野大輔が紡ぐ「山月記」名場面抜粋の朗読CDを封入

好評発売中

海王社文庫

こころ

夏目漱石

朗読CD付

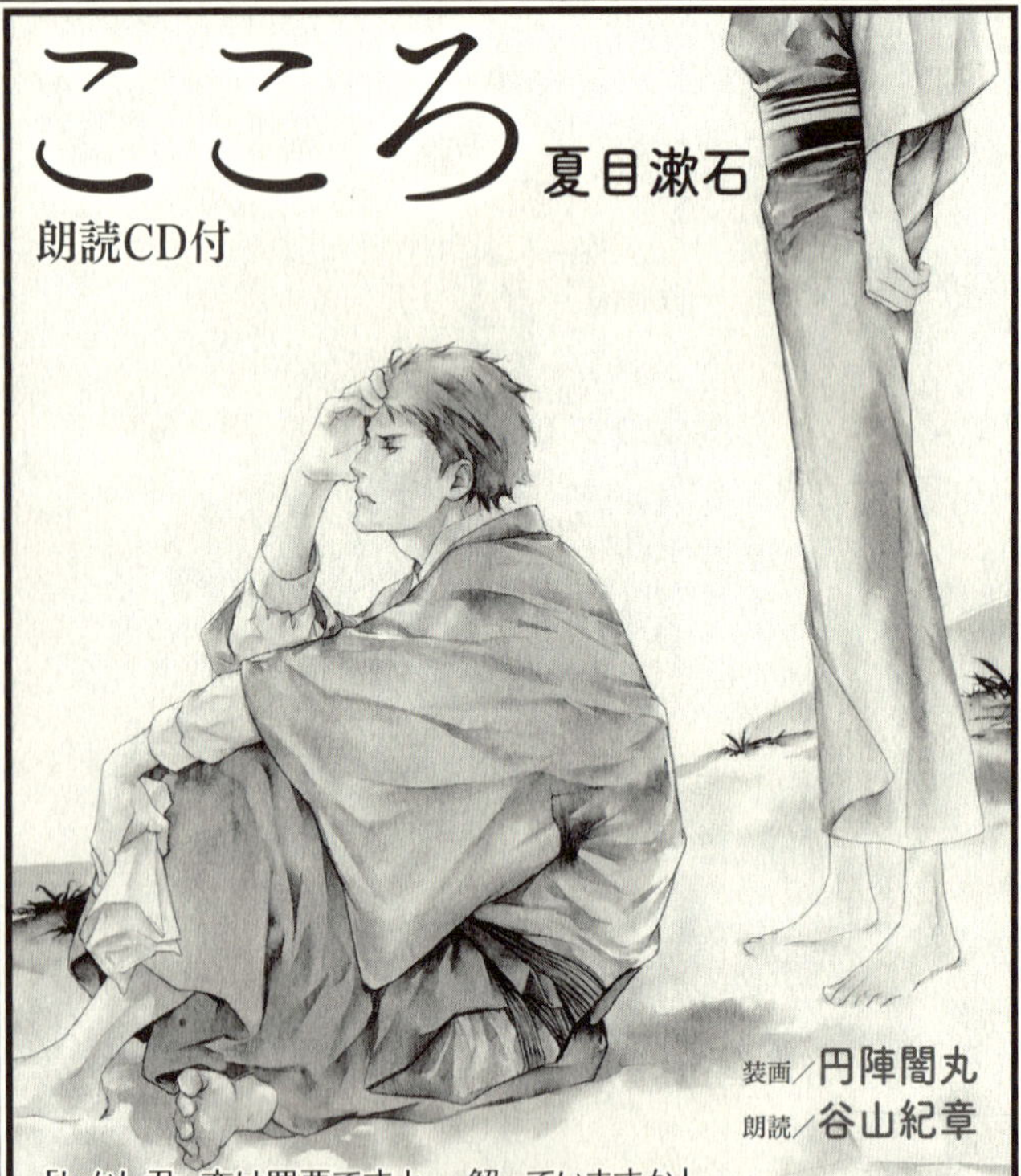

装画／円陣闇丸
朗読／谷山紀章

「しかし君、恋は罪悪ですよ。 解っていますか」

先生と出会ったのは、学生時代、夏休みに訪れた鎌倉。自分も他人も信じられないと語り、親しくなっても頑なに心を開いてくれない先生は、裡に何かを抱えているようであった。その真相を私が知るのは、先生の自決後――。

人間のエゴイズムと葛藤を克明に描いた名作。

KAIOHSHA

声優・谷山紀章が紡ぐ名場面抜粋の朗読CDを封入

好　評　発　売　中

海王社文庫

夏目漱石

坊っちゃん

朗読CD付

装画／高永ひなこ
朗読／木村良平

江戸っ子気質で無鉄砲な坊っちゃんは、赴任した
四国の中学校で、悪戦苦闘の日々を送る。
個性豊かな教師陣、生意気な生徒たち……しかし、
そこでおとなしくしている坊っちゃんではなかった——。
青年の奮闘を描く、ユーモアあふれる漱石の傑作。

KAIOHSHA

声優・木村良平が紡ぐ「坊っちゃん」名場面抜粋の朗読CD封入

好評発売中

海王社文庫

燃ゆる頬
風立ちぬ
朗読CD付
KAIOHSHA
堀辰雄
装画／宝井理人
朗読／鈴木達央
高等学校に入学した「私」は両親の勧めで寄宿舎に入った。
そこで同室になった一つ年上の同級生・三枝は静脈の透いて見えるような美しい皮膚と薔薇色の頬の所有者だった。彼は上級生の魚住と親密だったが、やがて「私」との関係も深まっていく――。
寄宿舎を舞台に少年たちの友情を越えた関係を描く「燃ゆる頬」、生きることと死ぬことの意味を問う「風立ちぬ」を収録。

声優・鈴木達央が紡ぐ「燃ゆる頬」名場面抜粋の朗読CDを封入

好評発売中

海王社文庫

声優・櫻井孝宏が紡ぐ「銀河鉄道の夜」名場面抜粋の朗読CD封入

好評発売中

海　王　社　文　庫

注文の多い料理店
朗読CD付
宮沢賢治
装画／SHOOWA
朗読／宮野真守
だいぶ山奥、お腹を空かせた紳士が二人。
ちょうど目の前に西洋料理店「山猫軒」の看板があったので店に入ると、なぜか服を脱いだり、身体を念入りにお手入れしたり。
なにやら怪しい気配が？
――表題作に加え、名作『グスコーブドリの伝記』を収録。
KAIOHSHA
声優・宮野真守が紡ぐ「注文の多い料理店」名場面抜粋の朗読CD封入

好　評　発　売　中

初出　「痴人の愛」　一九二四年（大正十三年）三月〜六月『大阪朝日新聞』
一九二四年（大正十三年）十一月〜一九二五年（大正十四年）七月『女性』

※漢字・仮名・フリガナの表記は、読みやすさを考慮し、原文をそこなわない程度に改訂しております。なお、本文中およびＣＤにおいて、現代では不当・不適切と思われる語句や表現がありますが、作品発表時の時代背景ならびに文学性を考え、原文のままとしました。

『痴人の愛 朗読CD付』付録

「痴人の愛」朗読CD

■朗読　岡本信彦

■STAFF
音響監督:田中英行
録音:木澤秀昭
スタジオ:STUDIO T&T
音響制作:デルファイサウンド
制作協力:フィフスアベニュー

■SPECIAL THANKS
プロ・フィット

■朗読抜粋箇所
P266〜P273

©KAIOHSHA 2016

このCDを権利者の許諾なく賃貸業に使用すること、このCDに収録されている音源を個人的な範囲を超える使用目的で複製すること及びネットワーク等を通じて送信できる状態にすることは、著作権法で禁じられています。

※CD開封の際、粘着シールにご注意ください。

海王社文庫

痴人《ちじん》の愛《あい》　朗読CD付

2016年6月20日初版第一刷発行

著　者　谷崎潤一郎《たにざきじゅんいちろう》
朗　読　岡本信彦
発行人　角谷　治
発行所　株式会社 海王社
〒102-8405　東京都千代田区一番町29-6
TEL.03(3222)5119(編集部)　TEL.03(3222)3744(出版営業部)
www.kaiohsha.com
印　刷　図書印刷株式会社

定価はカバーに表示してあります。　Design:Junko.K

乱丁・落丁の場合は小社でお取りかえいたします。また、本書のコピー、スキャン、デジタル化等の無断複製は著作権法上の例外を除き禁じられています。本書を代行業者等の第三者に依頼してスキャンやデジタル化することは、たとえ個人や家庭内での利用であっても、著作権法上認められておりません。本書の掲載作品はすべてフィクションです。実在の人物・事件・団体等には一切関係ありません。本書の無断転載・複写・上演・放送を禁じます。

Printed in Japan　ISBN978-4-7964-0876-9